김강현 신무협 장편소설
ORIENTAL FANTASYSTORY & ADVENTURE

황금공자

黄金公子

1

dream
books
드림북스

황금공자 1 금룡장의 소장주

초판 1쇄 인쇄 / 2011년 9월 14일
초판 1쇄 발행 / 2011년 9월 23일

지은이 / 김강현

발행인 / 오영배
편집팀장 / 신동철
책임편집 / 오승화
편집디자인 / 신경선
펴낸 곳 / (주)삼양출판사 · 드림북스

주소 / 서울특별시 강북구 송천동 322-10호
대표 전화 / 02-980-2112 팩스 / 02-983-0660
편집부 전화 / 02-980-2116 팩스 / 02-983-8201
블로그 / blog.naver.com/dreambookss

등록번호 / 제9-00046호
등록일자 / 1999년 3월 11일

ⓒ 김강현, 2011

값 8,000원

ISBN 978-89-542-4524-1 (04810) / 978-89-542-4523-4 (세트)

黃金公子
황금공자

김강현 신무협 장편소설

ORIENTAL FANTASY STORY & ADVENTURE

1

금룡장의 소장주

dream
BOOKS
드림북스

黄金公子

황금꽁자

목차

서장

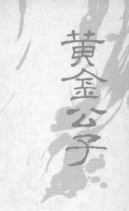

"뭐지? 이 뚱땡이는?"

연못에 비친 자신의 모습을 확인한 금철휘는 황당함을 감추지 못했다. 손을 들어 얼굴을 만져봤다. 투실투실한 살이 만져졌다. 또한 연못에 비친 뚱뚱한 사내의 손 역시 뺨을 만지작거리고 있었다. 의심할 여지없는 자신의 모습이었다.

"뭐, 뭐야! 이건!"

너무 놀라 뒤로 펄쩍 물러났다. 자신의 몸은 결코 이렇지 않았다. 비록 얼굴이 잘생긴 건 아니었지만, 또 나이가 좀 많긴 했지만 그래도 사내다웠고, 끊임없는 단련을 통해 만들어진 단단한 몸은 그 누구와 비교해도 뒤떨어지지 않았다.

한데 그런 노력의 결과물은 어디가고 이런 비정상적인 돼지 한 마리가 서 있단 말인가.

'그, 그러고 보니…….'

옷차림도 이상했다. 자신은 결코 이런 비단옷은 입지 않는다. 더구나 땅에 끌릴 정도로 치렁치렁한 장포라니. 이런 옷을 입으면 수련이나 싸움에 방해가 된다. 칼끝에 선 삶을 사는 금철휘의 입장에서 이런 옷은 그저 겉멋에 불과했다.

"그런 겉멋 든 놈 여럿 보냈지."

별호에 무슨 왕(王)이니 제(帝)니 하는 글자가 들어간 놈들이 꼭 이런 옷을 입고 다녔다. 당연히 금철휘의 검에 고혼이 되었다. 물론 편한 옷을 입었다고 해서 그들이 살아남지는 않았을 테지만 말이다.

금철휘는 팔을 들어 올렸다. 살이 뒤룩뒤룩 찐 새하얀 팔이 보였다. 절로 한숨이 나왔다.

"후우. 그나저나 대체 뭐가 어떻게 된 거지?"

금철휘가 혼란스러워 하고 있을 때, 멀리서 그를 부르는 소리가 들려왔다.

"공자님! 공자님 거기 계셨군요! 얼마나 찾아다녔는지 아십니까!"

금철휘는 흠칫 놀라 몸을 돌렸다. 십여 장 밖에서 자신을 향해 맹렬히 달려오는 사람 한 명이 보였다. 복장을 보아하니 호위무사쯤 되는 모양이었다. 금철휘가 놀란 건 그의 기척을 전혀 느끼지 못했기 때문이다.

'고작 십여 장 밖에 있었는데 내가 기척을 알아차리지 못해?'

금철휘의 눈에 긴장감이 어렸다. 상대는 실로 대단한 고수임이 분명하다. 어느새 금철휘 앞에 선 사내가 숨을 헐떡였다.

"허억! 허억! 공자님 찾아서 온 장원을 다 뛰어다녔습니다. 대체 여기서 뭘 하고 계셨던 겁니까?"

금철휘는 이해할 수 없다는 듯 사내를 쳐다봤다. 그토록 뛰어난 무공을 가졌으면서 왜 이렇게 숨을 헐떡이고 땀을 비오듯 흘린단 말인가.

'뭐지? 일종의 기만책인가? 날 안심시켜서 암습하려고?'

사내는 금철휘가 무슨 생각을 하는지 관심도 없다는 듯 자신이 할 말을 이어갔다.

"공자님, 장주님께서 찾으십니다. 공자님의 셋째 부인 되실 분이 곧 오신답니다."

"셋째 부인?"

금철휘는 그 말에 대한 의미를 곰곰이 생각했다. 그리고 이내 경악하며 외쳤다.

"뭐? 부인! 그것도 셋째?"

금철휘의 놀람에 사내가 의미심장하게 웃으며 말했다.

"헤헤. 그렇게 좋으십니까? 하긴 그분께서 워낙 아름다우시니…… 그래도 명색이 금룡장의 소장주님이신데, 그 정도는 되어야 합죠, 예."

금철휘는 무슨 말을 하는지 이해할 수가 없었다. 부인이라니, 자신은 맹세코 결혼을 한 적이 없었다. 아니, 결혼을 할 수 없는 몸이었다. 천하에 쫓기던 몸이었으니 말이다.

"자, 잠깐 어디라고 했느냐? 금룡장?"

사내의 눈이 살짝 커졌다. 그의 눈빛에 어린 것은 분명한 걱정이었다.

"공자님, 혹시 어디 아프신 거 아닙니까? 왠지 안색이 좋지 않습니다. 그리고 여기가 금룡장이 아니면 어디겠습니까? 설마 공자님께서 금룡장주님의 외아들이라는 것도 잊으신 건 아니겠지요?"

금철휘는 손을 들어 사내의 말을 일단 막았다. 그리고 차근차근 생각을 정리했다. 조금 전까지 연못에 비친 자신의 모습에 놀라 다른 생각을 할 여유가 없었는데, 생각해 보니 이상한 점이 한두 가지가 아니었다.

'내가 이런 여유를 가지다니. 이건 내가 아니야. 난 쫓기는 몸이야. 긴장을 풀 리가 없지. 게다가 이놈, 아무리 봐도 삼류 허섭스레기에 불과한 놈인데 전혀 기감이 느껴지지 않아.'

이상한 건 그뿐만이 아니었다. 갑자기 변한 자신의 몸. 그리고 금룡장주의 외아들이자 소장주라는 지위. 모든 것이 전과 달랐다.

'아, 그러고 보니 난……'

금철휘는 그제야 가장 중요한 점을 깨달았다. 사실 그것은 다른 그 무엇보다 먼저 깨달았어야 할 일이었다.

　'난 죽었는데!'

　소리 없는 외침이 금철휘의 마음과 뇌리를 뒤흔들었다.

제1장
금룡장의 소장주

黄金
公子

　금룡장은 항주제일장으로 불리기도 한다. 즉, 항주에서 가장 돈이 많은 곳이라는 뜻이다. 금룡장주 금일청은 부자이면서 주변에 덕을 많이 베푸는 사람으로 위명이 자자했다. 항주 사는 사람이라면 누구든 그를 칭송하지 않는 자가 없었다.

　하지만 그의 외동아들이자 금룡장의 소장주인 금철휘에 대한 세간의 평가는 금일청과는 많이 달랐다. 욕심 많은 호색한, 거기에 성격은 어찌나 더러운지 상종하기 어려운 돼지가 그에 대한 신랄한 평이었다.

　게다가 게으르긴 또 얼마나 게으른지 금일청이 그의 교육을 위해 쏟아 부은 돈이면 항주를 몽땅 살 수 있을 정도라는 소문이 돌 정도였다. 그런데도 얻은 건 고작 글만 간신히 뗀 정도에 불과했다.

건강을 위해 무공고수를 여럿 초빙했지만 한 달도 못 가 전부 포기하고 돌아갔다. 무공이라는 것은 의지가 없이는 익히는 게 불가능한데, 그런 건 금철휘에게 존재하지 않았다.

그래도 금일청은 금철휘를 너무나도 아끼고 사랑했다. 그가 자식이기도 했지만, 세상에서 가장 사랑했던 아내의 유일한 흔적이라는 이유가 더 컸다. 금일청의 아내이자 금철휘의 어머니인 장예린은 금철휘를 낳으며 난산으로 죽었다.

그러니 그의 애정이 모두 금철휘에게로 향하는 건 어찌 보면 당연한 일이었다.

그런 금철휘가 그의 방에 틀어박혀 밖으로 나오지 않은 지 벌써 하루가 꼬박 지났다.

침상에 앉아 고개를 이리저리 갸웃거리는 금철휘의 모습에 그의 호위무사이자 하인인 아칠이 퉁명스럽게 물었다.

"공자님, 대체 왜 이러시는지 말씀 좀 해주시죠. 답답해서 미칠 지경입니다."

금철휘가 고개를 획 들어 아칠을 노려봤다. 그 눈빛이 어찌나 살벌한지 아칠이 흠칫 놀라 뒤로 물러났을 정도였다.

"닥치고 있든가 아니면 나가."

"고, 공자님…… 어찌 제게 이러실 수가……."

아칠은 마치 여인이 고개 돌려 눈물을 뿌리는 것처럼 '흑'

하는 소리와 함께 잰걸음으로 후다닥 나가 버렸다. 금철휘는 그 모습을 보며 이를 갈았다.

"저놈을 그냥 확 죽여버릴 수도 없고……."

금철휘는 아칠이 나간 문을 노려보다가 다시 생각에 잠겼다. 지금의 시간은 금철휘에게 아주 중요한 시간이었다.

'이름이 똑같은 것도 뭔가 원인의 하나일까?'

별의별 생각이 다 들었다. 그리고 아주 조금씩 단편적인 기억들이 불쑥불쑥 떠올랐다. 몸의 원래 주인인 금철휘의 것이었다. 지금 시간이 중요한 이유도 바로 그것 때문이었다. 그 단편적인 기억들을 열심히 모아서 정리할 필요가 있었다.

'제일 처음 떠오른 기억이 매달 받은 용돈의 액수라니, 알 만한 놈이로군.'

금철휘는 한 달에 무려 금 백 냥이라는 거금을 썼다. 그나마도 모자라서 보름쯤 지나면 또 손을 벌렸다. 즉, 그가 매달 갖다 쓰는 돈은 금 이백 냥이 훌쩍 넘었다.

하지만 금룡장은 그 정도쯤은 쓴 티도 안 날 정도로 돈이 많았다. 괜히 항주제일장이라 불리는 것이 아니었다.

"그나마 그건 마음에 드는군."

금철휘는 기억이 떠오르는 횟수가 급격히 줄자, 서서히 정리를 마무리했다. 아무리 애써봐야 그 정도가 한계인 듯했다. 또한 생전에 중요하게 여기지 않은 기억은 아예 떠오르지도 않았다. 문제는 금철휘가 판단하기에 그 떠오르지 않은 기억들이 훨씬 중요하다는 점이었다.

'대체 기녀의 엉덩이에 난 점의 위치 따위를 알아서 어디에 써먹느냐고. 진짜 대책 없는 놈일세.'

금철휘가 원래의 몸 주인을 떠올리며 고개를 절레절레 젓고 있을 때, 슬며시 문이 열렸다. 금철휘는 또 아무런 기척을 못 느꼈다는 사실이 짜증났다.

"에헤헤. 공자님, 제가 그리우셨죠?"

아칠이었다. 그렇게 구박을 받고 쫓겨났으면서 넉살도 좋게 다시 기어들어오는 모습을 보고 있으니 웃음도 나지 않았다. 금철휘는 손가락을 까딱여 아칠을 불렀다. 아칠이 반색하며 쪼르르 달려와 금철휘 옆에 공손히 시립한 채로 손바닥을 슬슬 비볐다. 완벽한 아첨꾼의 자세였다.

금철휘가 고개를 슬쩍 모로 꼬며 아칠을 쳐다봤다. 삐딱하기 그지없는 눈으로 말이다. 아칠은 그 눈빛에 움찔 몸을 떨었지만 얼굴에 새겨진 미소는 조금도 지워지지 않았고, 손바닥도 여전히 비비고 있었다.

"헤헤. 왜 그런 뜨거운 눈으로 절 보십니까? 설마 갑자기 남색에 눈을 뜨신 건 아니시죠?"

금철휘는 아칠의 말에 대꾸하지 않고 가만히 쳐다보기만 했다. 아칠은 그동안 한 번도 겪어보지 못한 상황에 안절부절못했다.

"우리 집 돈이 얼마나 되지?"

"예? 그, 금룡장 말씀입니까?"

금철휘가 고개를 끄덕이자, 아칠이 어색하게 웃으며 대답했다.

"그, 그걸 제가 어찌 압니까. 공자님이 더 잘…… 아니, 공자님은 모르시겠지만, 아무튼 어마어마하게 많습니다요. 아마 장주님께서 마음먹으시면 항주라도 단번에 사버릴 수 있지 않겠습니까?"

"그렇게 돈이 많은데 왜 내 호위무사는 너처럼 덜떨어진 놈일까?"

"에헤헤. 원 공자님, 농담도 심하십니다."

"아니, 난 농담 같은 거 원래 안 하는 사람이다."

아칠은 속으로 거짓말 말라고 소리쳤다. 불과 며칠 전만 해도 자신과 시시덕거리며 농담 따먹기를 하던 사람이 이 무슨 망발이란 말인가.

"대답 못하는 거 보니 뭔가 구린 구석이 있는 모양이군?"

아칠이 기겁을 했다.

"아니, 공자님. 대체 오늘 왜 이러십니까. 마치 다른 사람처럼…… 헉! 설마 공자님, 기억을 잃으시거나 하신 건……!"

금철휘가 인상을 팍 썼다. 사실 엄밀히 따지면 그 말이 맞지만 굳이 그런 걸 밝힐 이유가 없었다. 다행히 금철휘의 의도가 먹혔는지 아칠이 더 이상 말을 잇지 못하고 금철휘의 눈치만 살폈다.

"됐다. 내가 궁금한 건 그게 아니니까. 셋째 부인인지 뭔지는 어떻게 됐느냐?"

"어떻게 되긴 뭐가 어떻게 됩니까. 전각 하나 차지하고 주인 노릇하고 있습니다."

"흐음."

금철휘는 턱을 한 번 긁적이며 고개를 끄덕였다. 어차피 그런 걸 생각할 여유도 없었다. 지금 상황을 이해하는 것만으로도 벅찼다.

"됐으니까 그만 나가봐라."

"헉! 고, 공자님. 설마 진짜 절 버리시려는 겁니까? 십 년 동안이나 함께 해온 우정을 헌신짝처럼 버리시면 나중에 벌 받으십니다!"

금철휘가 인상을 팍 썼다. 대충 왜 이런 놈을 호위무사랍시고 데리고 다녔는지 파악이 됐다.

"그냥 죽여버릴까 고민 중이다."

"헉! 나, 나가겠습니다. 나간다니까요."

아칠은 금철휘가 손에 든 벼루를 보며 황급히 밖으로 나갔다. 문도 제대로 닫지 않고서 말이다.

금철휘는 천천히 침상에서 일어났다. 일단 상황에 적응하는 게 우선이었다. 생각해보면 죽기 전까지는 너무 힘들고 피곤하고 치열한 삶을 살아왔다. 무려 수십 년 동안을 그렇게 살았으니 이젠 좀 쉴 때도 되었다.

'그래. 어차피 이렇게 된 거 편안하게 게으름이나 피우면서 사는 거야.'

돈도 많으니 돈이나 펑펑 쓰면서 살면 된다. 생각해보면 이보다 좋은 조건이 어디 있겠는가. 돈 많은 집 외아들에다가 부인이 셋이나 된다. 그리고 분위기를 보니 원하면 부인을 더 둘 수도 있을 듯했다.

'젠장. 누구는 여자 하나 없이 온몸에 피를 뒤집어쓰고 살았는데, 누군 이렇게 호의호식하면서 편히 살았다니. 이제부터 나도 즐겨주마.'

괜한 오기까지 생겨났다. 금철휘는 당장 밖으로 나갔다. 어디서 기다렸는지 아칠이 쪼르르 따라붙었다.

"공자님 어디 가십니까? 이 호위무사 아칠을 떼 놓고 가시면 섭하지요."

금철휘는 아칠을 힐끗 쳐다봤다. 정말로 얼굴 두꺼운 놈이었다. 그 점이 재미있어서 그냥 내버려뒀다. 아칠은 기쁜 표정으로 금철휘의 뒤를 따랐다. 용서받았다고 여긴 것이다.

"공자님, 어디로 모실까요?"

아칠이 환한 표정으로 물었다. 금철휘가 그동안 다닌 곳은 뻔하다. 기루와 도박장, 그리고 주루를 번갈아 다녔다. 당연히 그곳으로 안내하는 아칠의 입김이 강하게 작용했다. 아칠은 금철휘와 함께 즐기면서 기루나 도박장으로부터 뒷돈까지 받아 챙겼다.

"아버지께 가자."

"예? 어, 어디라굽쇼?"

금철휘가 인상을 팍 썼다. 아칠이 찔끔 놀라 뒤로 물러났다. 하지만 그래도 할 말은 했다.

"저…… 장주님께는 되도록 안 가시는 편이……."

"됐으니까 안내나 해. 호위무사 하기 싫어?"

"그, 그럴 리가 있겠습니까. 아, 안내하겠습니다."

아칠은 똥마려운 강아지처럼 안절부절못했다. 하지만 그래도 금철휘의 명을 어길 수 없기에 장주의 집무실로 향했다.

금철휘는 금철휘대로 필사적이었다. 아칠의 뒤를 따라가며 장원의 구조를 머릿속에 열심히 빨아들였다. 최소한 아버지의 집무실 위치 정도는 알고 있어야 한다고 생각했기에 결정한 일이었다. 또한 지금 몸의 아버지를 한번 보고 싶었다. 과연 어떤 사람인지 말이다.

"저, 공자님, 이쪽으로……."

금철휘가 잠깐 딴생각을 하는 사이 방향을 바꾼 아칠이 그를 불렀다. 금철휘는 멋쩍은 듯 헛기침을 두어 번 했다. 하지만 아칠은 전혀 이상하게 여기지 않았다.

"한데 공자님. 이렇게 갑자기 가시면 장주님께서 놀라지 않겠습니까? 장주님의 건강을 생각해서라도……."

금철휘가 인상을 썼다.

"아니, 그러니까 생전 처음 가시는 거잖습니까? 그러니 미리 기별이라도 하시는 것이……."

금철휘는 황당해졌다.

'설마 원래 장주의 집무실이 어딘지 모르는 거였어? 대체 뭐야? 나랑 이름만 같은 이 뚱땡이는!'

결국 아칠은 침묵을 지키는 금철휘의 압박을 이겨내지 못하고 다시 걸음을 옮겼다. 이내 두 사람은 장주의 집무실 앞에 도착했다. 집무실의 문은 활짝 열려 있었고, 장주인 금일청의 모습이 그대로 보였다.

'저분이 아버지로군.'

모습을 본 순간 알 수 있었다. 금철휘와는 완전히 다르게 생겼지만 한눈에 알 수 있었다. 가슴이 두근거리고 뭔가가 등줄기를 꿰뚫는 것 같았으니까.

"왔으면 들어오지 거기서 뭐 하고 있는 게냐."

금일청은 쳐다보지도 않고 말했다. 그의 시선은 시종일관 읽고 있는 서류에 향해 있었다. 금철휘는 그 모습이 왠지 마음에 들었다. 금철휘의 입가에 씨익 미소가 매달렸다.

"그냥 얼굴이나 한 번 뵈려고 왔습니다. 이제 봤으니 돌아가야지요. 바쁘신 분 귀찮게 해 드릴 생각 없습니다."

그 말에 금일청의 시선이 서류에서 떨어졌다.

"아들과 차 한 잔 나눌 시간도 못 낼 정도는 아니다. 들어오너라."

금철휘가 성큼성큼 집무실 안으로 들어갔다. 아칠은 머뭇
머뭇하다가 이내 눈을 질끈 감고 금철휘의 뒤를 따랐다. 다
른 사람은 몰라도 장주의 얼굴은 정말로 볼 낯이 없었다.

"어딘가 좀 변한 것 같구나."

금철휘는 속으로 뜨끔했지만 표정이 흐트러지지는 않았다.
그저 가볍게 웃기만 했다.

"살도 좀 빠진 것 같고. 밥은 제대로 먹는 게냐?"

금철휘는 속으로 헛웃음을 지었다. 이게 어디 살이 빠진 거
란 말인가. 돼지도 이런 돼지가 없었다. 꼬박 하루 동안 고민
하고 생각을 정리하느라 거의 먹지 않았지만 살은 조금도 빠
지지 않았다. 금철휘가 느끼기에는 그랬다.

"나름 잘 먹고 있습니다."

"그럼 됐다."

그 뒤로 두 사람은 아무런 말도 없이 차만 마셨다. 하지
만 금철휘는 분명히 느낄 수 있었다. 끊임없이 부딪쳐오는 감
정들을 말이다. 아마 원래의 금철휘는 이런 걸 느끼지 못했을
것이다. 복에 겨운 놈은 그렇다. 하지만 항상 애정에 목말라
있던 지금의 금철휘는 달랐다.

'좋구나. 정말로.'

차를 다 마신 금철휘는 자리에서 일어났다. 그리고 말없이
허리를 숙여 금일청에게 인사를 하고는 돌아섰다. 아칠이 깜
짝 놀라 밖으로 나가는 금철휘의 뒤를 따랐다. 물론 가기 전

에 금일청에게 인사하는 걸 잊지는 않았다. 아칠에게 있어서 금일청은 은인이었다.

금일청은 마지막 남은 한 모금의 차를 마시며 멀어져가는 아들의 뒷모습을 바라봤다. 그의 눈가에 어린 미소가 더욱 짙고 따뜻해졌다.

"저…… 공자님. 이제 어디로 모실까요?"

아칠이 조심스럽게 물었다. 왠지 오늘은 평소와 분위기가 달라도 너무 달라서 두렵기까지 했다. 아무래도 오늘 기루에 가는 건 물 건너간 듯했다.

"슬슬 가족을 봐야지. 첫째 부인 한 번 보러 갈까?"

"그건 좀 참으시는 편이……."

"왜? 참, 나 아직 애는 없지?"

아칠의 표정이 울상으로 변했다.

"공자님, 대체 오늘 왜 이러십니까."

금철휘는 아칠이 하는 말에 담긴 의미를 확실히 파악하지 못해 그저 그를 가만히 쳐다봤다. 하지만 그 시선 하나만으로 압박을 느낀 아칠이 알아서 줄줄 읊었다.

"아직 합방도 못 하셨으면서 왜 그런 쓸데없는 농담을 하십니까."

"뭐?"

금철휘는 정말로 놀랐다. 첫째 부인과 아직 합방조차 못했다니, 그럼 그게 무슨 부부란 말인가.

"그럼 둘째 부인도?"

"아니, 당연한 걸 왜 물으십니까? 설마 정말 어디 아프신 건 아니시죠?"

아칠의 얼굴에 또 금세 걱정이 어렸다. 금철휘는 그제야 자신이 왜 아칠을 계속 달고 다니는지 깨달았다. 지금 이 표정과 눈빛 때문이었다. 그건 그동안 자신이 다른 사람들에게서 그렇게나 바라던 눈빛 중 하나였다.

"그래도 얼굴은 한 번 봐야지. 가자. 앞장서라."

"가라면 갑니다만…… 나중에 후회하셔도 전 모릅니다."

아칠은 힘없이 걸음을 옮겼다. 첫째 부인을 만나는 건 아칠에게도 곤욕이었다.

첫 번째 부인이 머무는 전각은 상당히 크고 화려했다. 금철휘는 전각을 보며 내심 놀랐다. 전각 앞에 도착하자, 아칠이 쭈뼛거렸다.

"왜 그러는 거냐?"

"정말 가셔야겠습니까? 솔직히 좋은 기억 하나도 없잖습니까."

아직까지 잠자리조차 한 번도 갖지 않은 부부니 당연히 문제가 있겠지만, 지금 아칠이 하는 말을 들어보면 좀 더 복잡한 뭔가가 있는 듯했다.

'아니면 이 몸에게 해코지를 한다거나.'

금철휘는 그렇게 생각하며 피식 웃었다. 설마 그럴 리가 있겠는가. 남자가 여자에게 해코지를 하면 몰라도 여자가 남자에게 그럴 힘이 되겠는가?

"아, 첫째 부인이 혹시 무공이라도 익혔느냐?"

"당연히 아니죠."

아칠은 순순히 대답했다. 마치 금철휘가 그런 것에 대해 모르는 게 당연하다는 듯한 태도였다. 금철휘는 아칠의 그런 태도에 조금씩 더 대담해졌다.

"첫째 부인에 대해 네가 아는 걸 한번 읊어봐라."

"예?"

"어디 얼마나 자세히 알고 있나 들어보자."

"저야 뭐…… 공자님보다 손톱만큼 더 알고 있을 뿐인데요."

"그러니까 읊어 보라니까?"

아칠은 자신이 알고 있는 모든 걸 술술 말했다. 사실 예전 금철휘는 기억력이 꽤 나쁜 편이라 한 번 말한 걸 다시 떠올리는 경우가 매우 드물었다. 당연히 지금과 같은 일이 비일비재했고, 아칠이 조금이라도 더 많이 아는 척을 한다 싶으면 여지없이 주먹이나 발이 날아왔다. 물론 위협이 되는 건 아니었지만 말이다.

금철휘의 첫째 부인 유혜련은 소주 유가장주의 셋째 딸이었다. 유가장주는 야망이 큰 인물로 금룡장의 재산을 노리고 딸을 시집보냈다.

유가장은 무가(武家)였지만 셋째 딸은 무공을 전혀 익히지 않았다. 유가장주의 의도가 그러했다. 그래서 유혜련은 어릴 때부터 무공에 대한 욕망이 컸다. 그리고 자신이 무공을 익히지 못하게 된 근본적인 이유가 된 금철휘를 좋아하지 않았다.

설명을 가만히 듣고 있던 금철휘가 새삼스러운 눈으로 아칠을 쳐다봤다. 사족은 싹 빼고 핵심만 딱딱 짚어서 명쾌하게 설명을 하는데, 이런 능력을 가진 사람은 그리 많지 않았다.

"왜 그러십니까? 어딘가 마음에 안 드시는 점이라도……."

아칠이 헤헤 웃으며 조심스럽게 물었다.

"아니다. 설명을 아주 명쾌하게 잘하는구나."

아칠이 허리를 꾸벅 숙였다.

"다 공자님 덕분입니다!"

"응? 내 덕분?"

"공자님께서 열심히 격려해주시지 않았습니까."

아칠이 화들짝 놀라며 대답했다. 사실 금철휘가 그렇게 물고 늘어질 거라고는 생각도 못했기에 정말로 놀랐다. 그냥 덕분이라고 하면 그렇구나 하고 넘어가는 것이 보통이었다.

'대체 밥은 왜 굶어서. 배고프니까 신경이 날카롭잖아.'

아칠은 금철휘가 이러는 게 배고픔 때문이라고 확신했다. 금철휘는 하루 여섯 끼를 먹는다. 한데 꼬박 하루 동안 물 한 모금 마시지 않았으니 얼마나 화가 나겠는가.

"저…… 공자님. 배는 안 고프십니까? 일단 요기라도 하시는 것이 어떨까요?"

아칠의 말에 금철휘는 그제야 자신이 꽤 오랫동안 굶었다는 걸 깨달았다. 깨닫고 나니 엄청나게 배가 고팠다. 하지만 참지 못할 정도는 아니었다. 아니, 미묘한 경계에 있었다.

사실 예전의 금철휘는 제때 밥을 먹은 적이 드물었다. 특히 죽을 때에 가까이 가서는 거의 사흘에 한 끼 정도밖에 먹지 못했다. 그래서 굶는 것에는 이골이 나 있었다. 하지만 금룡장의 금철휘는 그와는 정반대였다.

몸과 정신이 따로 노는 바람에 배고픔에 대해 느끼는 것도 평소와 달랐다. 어쨌든 지금은 심하게 배가 고프긴 하지만 못 참을 정도는 아니었다.

"됐다. 밥은 천천히 먹자."

금철휘는 그렇게 말하고는 전각을 향해 뒤뚱뒤뚱 걸어갔다. 몸이 워낙 뚱뚱해서 걷는 것도 사실 쉽지 않았다. 땀이 삘삘 흘렀는데, 금철휘는 그조차 즐거웠다. 아니, 감정적인 충만감 때문에 육체적인 고통이나 어려움에 대해서는 거의 생각할 겨를도 없었다.

그렇게 전각으로 몇 발 다가갔을 때, 아름다운 여인 하나가 홀연히 앞에 나타났다. 금철휘는 반사적으로 걸음을 멈췄다. 경장을 입고 허리에 검을 차고 있었는데 정말 대단한 미모를 가진 여인이었다.

금철휘는 고개를 옆으로 돌려 아칠을 찾았다. 아칠의 얼굴에는 긴장감이 가득했다. 금철휘는 아칠의 귓가에 대고 말했다.

"쟤가 내 첫째 부인이냐?"

아칠이 기겁을 하며 펄쩍 뛰었다.

"으헉! 공자님 저, 절대 그렇지 않습니다!"

아칠은 그 말을 하면서 정작 앞에 선 여인의 눈치를 살폈다. 아니나 다를까 여인의 얼굴이 새빨갛게 달아올랐다.

"지금 절 모욕하러 여기까지 오신 건가요?"

여인의 몸에서 폭풍 같은 살기가 뿜어져 나왔다. 아칠은 자신도 모르게 오줌을 찔끔 지렸다. 하지만 정작 살기의 중심에 휘말린 금철휘는 멀쩡했다.

"뭐야? 그럼 호위무사 같은 건가? 아칠, 그런 거냐?"

"아…… 저…… 공자님…… 그러니까…… 네. 맞습니다."

아칠은 여인과 금철휘의 눈치를 계속 살피다가 그렇게 대답했다. 금철휘의 표정을 보고 있으면 정말로 몰라서 물었다는 걸 알 수 있었다.

'아, 진짜 머리가 아무리 나빠도 그렇지. 어떻게 저 여우귀신 같은 여자를 까먹어!'

금철휘는 가만히 눈앞의 여인을 쳐다봤다. 아름다웠다. 하지만 아무리 봐도 무사는 아니었다. 무사에게 흐르는 칼 같은 기세가 전혀 없었다.

"부인 만나러 왔으니 안내해라."

금철휘의 당당한 요구에 아칠의 안색이 창백해졌고, 여인의 얼굴이 더욱 붉어졌다.

"지금 뭐 하시는 거죠?"

금철휘는 어리둥절한 표정을 지었다. 부인 한 번 보러 왔을 뿐인데 뭐가 이리 복잡하단 말인가.

"내가 방금 한 말 못 들었나?"

"부인께선 몸이 좋지 않으시니 다음에 다시 와 주십시오."

여인은 차가운 눈으로 그렇게 말했다. 그 눈빛에 어린 것은 분명히 경멸이라는 감정이었다.

'이거 신선한데?'

금철휘의 표정이 묘해졌다. 그동안 자신 앞에서 이런 감정을 드러낸 사람은 단 한 명도 없었다. 태어나서 지금까지 단 한 번도 말이다.

어릴 때의 금철휘는 천재 중의 천재였고, 거기에 독기까지 더해져 아무도 그를 무시하지 못했다. 그리고 어른이 된 후에는 더 심했다. 천하에서 감히 금철휘를 무시하고 경멸할 수 있는 사람이 누가 있겠는가. 죽기 싫다면 말이다.

한 번도 겪어보지 못한 감정이긴 했지만 그래도 기분이 좋지는 않았다. 어쨌든 경멸과 무시라는 건 익숙한 사람에게도 쉽지 않은 경험이니까 말이다.

"부인이 아프다고 돌아가라니, 넌 그게 말이 된다고 생각하느냐?"

여인은 단호했다.

"돌아가십시오. 아니면 지난번과 같은 꼴을 당하실 것입니다."

"지난번?"

금철휘가 고개를 갸웃거리며 기억을 더듬었다. 당연히 기억이 날 리 없다. 자신은 그때의 금철휘와는 완전히 다른 금철휘니까.

"기억 안 난다. 그러니 비켜라."

금철휘가 한 발 성큼 앞으로 걸었다. 여인은 지체하지 않고 검을 뽑았다.

스릉.

날카로운 검 끝이 금철휘의 목젖 앞에서 멈췄다. 금방이라도 살을 갈라 버릴 것 같은 예기가 검 끝에 맴돌았다.

"꿀꺽."

침 삼키는 소리가 울렸다. 아칠이 낸 소리였다. 아칠은 긴장감과 두려움으로 다리를 덜덜 떨었다. 반면 금철휘는 너무나 평온했다. 아니, 오히려 은은한 미소까지 짓고 있었다.

"아칠, 첫째 부인 집안이 어디라고 했지? 아, 이놈의 대가리는 왜 이렇게 나빠?"

금철휘는 소주 유가장이 떠오르지 않아 짜증이 났다. 아칠이 왜 그렇게 설명을 잘하는지 또, 자신이 뭔가를 잘 몰라도 왜 아무렇지도 않게 여기는지 비로소 어렴풋이 알 수 있었다. 머리가 나빠도 너무 나빴다. 마치 머릿속에 바윗덩이 하나가 꽉 들어찬 것처럼 말이다.

"소, 소주 유가장입니다."

"아, 맞다. 유가장. 그러니까 소주 유가장에서는 이런 걸 예의라고 가르치나 보지? 호위무사를 시켜 지아비의 목에 칼질을 하겠다 이거야?"

금철휘의 말에 여인이 조금 당황했다. 하지만 이내 검을 쥔 손에 더욱 힘을 주었다. 그녀에게는 안에 있는 유혜련을 지킬 의무가 있었다. 이런 멍청한 작자에게 유혜련이 안기는 모습을 결코 보고 싶지 않았다.

"안 치우네? 유가장이 진짜 쓰레기 같은 가문이었나?"

"말 함부로 하지 마십시오!"

여인이 외친 순간 금철휘가 한 발 앞으로 나갔다. 너무나 절묘하게 파고들어 여인도 미처 반응하지 못했다. 금철휘의 목에 검이 살짝 파고들었다. 여인은 황급히 검을 치웠다.

여인은 금철휘의 목에서 주르륵 흘러내리는 피를 보며 크게 당황했다. 몸을 상하게 할 생각은 전혀 없었다. 예전에도 그랬고 지금도 마찬가지였다. 금철휘의 호위무사인 아칠에게는 손을 써도 금철휘에게는 직접적으로 손을 쓴 적이 한 번도 없었다. 그래선 안 되기 때문이다.

"이야, 이거 정말 진심이네? 그렇게 날 죽이고 싶은가보지? 좋아. 원하는 대로 해주지."

금철휘는 그대로 몸을 돌렸다. 아칠이 황급히 금철휘 옆에 달라붙었다.

"으악! 공자님! 피, 피 좀 보세요! 이를 어쩝니까! 의, 의각으로 가시죠! 어, 어서 이쪽으로!"

아칠이 어찌나 호들갑을 떨었는지 검을 든 여인의 얼굴이 더욱 창백하게 질렸다. 여인은 돌아가는 금철휘를 보며 어쩔 줄을 몰랐다.

"기다리세요!"

여인이 뒤에서 들려온 외침에 깜짝 놀라 돌아봤다. 어느새 전각 문이 활짝 열려 있었고, 그곳에 유혜련이 서 있었다.

금철휘는 천천히 몸을 돌렸다. 목에서는 여전히 피가 흘러나오고 있었고, 앞섶이 온통 피에 절어 붉었다.

"부인 얼굴 한 번 보기 힘들군."

금철휘는 그렇게 말하고는 고개를 한 번 끄덕였다.

"얼굴 봤으니 됐다. 가자."

금철휘는 다시 돌아서서 뒤뚱뒤뚱 걸어갔다. 그 모습이 비록 조금 우스꽝스럽긴 했지만 이곳에 있는 누구도 그것을 보고 웃지 않았다. 아니, 웃을 수가 없었다. 상황 자체가 전혀 우습지 않았으니까.

"고, 공자님. 이쪽으로, 이쪽으로 빨리 오십시오! 아, 그러게 가지 말자고 했잖습니까! 왜 굳이 가셔서……!"

"됐다. 술이나 마시러 가자."

"예? 고, 공자님. 지금 제정신이십니까? 이렇게 피를 철철 흘리면서 술이라니요! 제가 아무리 술을 좋아해도 지금은 아닙니다. 일단 치료부터 하시고 내일쯤 가시죠. 예?"

"됐다니까."

금철휘는 그렇게 말하며 목 여기저기를 주물럭거렸다. 살이 어찌나 쪘는지 혈도를 자극하는 것도 쉽지가 않았다. 그리고 결정적으로 기억이 가물거리기 시작했다.

'이거 그냥 두면 안 되겠는데?'

문득 그런 생각이 들었다. 머리가 나빠도 너무 나쁘다. 이건 어쩌면 일종의 병일 수도 있었다. 조금 전에 들은 말도 가물거리니 이게 어찌 정상적인 두뇌라 할 수 있겠는가.

'살은 굳이 뺄 생각 없었는데 어쩌면 조금 빠질 수도 있겠군.'

금철휘는 걸음을 멈췄다. 지금은 술이나 마시러 갈 때가 아니었다. 찝찝한 기분을 술로 풀어 버리려고 했지만 이 덜떨어진 머리를 어떻게 하는 것이 무엇보다 시급했다.

"공자님, 왜 그러십니까?"

어느새 머릿속에 슬그머니 술 생각이 파고든 아칠이 은근히 물었다.

"거처로 돌아가자. 길을 까먹었다."

"예?"

금철휘의 얼굴이 일그러졌다. 아칠이 찔끔 놀라 황급히 대답했다.

"알겠습니다! 즉시 모시도록 합죠!"

아칠은 금철휘가 행여 뒤통수라도 때릴까 봐 서둘러 걸음을 옮겼다. 금철휘가 길을 까먹는 게 하루 이틀인가. 괜히 머뭇거렸다간 자신을 무시한다고 손부터 올라온다는 걸 너무나 잘 아니 이럴 때는 서두르는 게 최선이었다.

금철휘는 그런 아칠의 뒷모습을 가만히 쳐다보다가 조금 굳은 표정으로 뒤를 따랐다. 아무래도 이건 너무 심했다.

'정말 어떻게 생겨먹은 놈인지 모르겠군.'

발걸음이 무거웠다. 머릿속에 오늘 본 아버지 금일청의 모습이 떠올랐다. 정말 빌어먹게도 얼굴이 명확하지 않았다. 심지어 그 뒤에 본 아름다운 두 여인의 얼굴조차 희미했다.

'이건 정말로 뭔가 문제가 있어. 분명히.'

그리고 어쩌면 그 문제를 빨리 해결하지 않으면 위험할 수도 있었다. 이건 수십 년을 칼끝에서 살아온 금철휘의 직감이었다.

제2장
천령신공(天靈神功)

"아가씨, 죄송합니다."

유혜련은 자신 앞에서 무릎 꿇고 고개를 조아린 여인, 설소영을 가만히 내려다보며 한숨을 내쉬었다.

"하아. 이미 지난 일이야. 일어나."

하지만 설소영은 일어나지 않았다. 그녀의 눈에서는 눈물이 흘러내렸다. 오늘 일은 결코 벌어져선 안 되는 일이었다. 금철휘가 당장에라도 그 일을 걸고 넘어가면 그녀로서는 손 쓸 도리가 없었다.

"아버지가 많이 실망하실 텐데……."

유혜련이 이곳 금룡장에 시집온 것은 모두 가문을 위해서였다. 유가장은 소주를 주름잡는 무가지만, 재정이 넉넉지 않았다. 유혜련이 금철휘와 혼례를 올린 순간, 유가장은 단숨에 재정 압박에서 벗어났다. 금룡장의 막대한 지원이 이어졌기 때문이다.

유가장주가 유혜련에게 무공을 가르치지 않은 것도 금철휘를 생각해서였다. 혹시라도 금철휘가 유혜련을 두려워하거나 해서 관계가 소원해지지 않도록 미리 준비한 것이다.

물론 그런 유가장주의 계획은 설소영 때문에 처음부터 완전히 틀어졌다. 하지만 유혜련도 설소영도 굳이 금철휘에게 아양을 떨어서 뭔가를 얻을 수 있다 여기지 않았다. 오히려 제대로 중심을 잡고 금룡장에서의 영향력을 확대해나가는 것이 훨씬 가능성이 높은 일이었다.

한데 이제 고작 여덟 달이 지난 시점에서 완전히 계획이 무너지게 생겼으니 아쉽지 않을 수 없었다.

"갑자기 왜 저러는 건지 모르겠구나."

유혜련은 그렇게 중얼거리며 고개를 갸웃거렸다. 금철휘의 행동이 평소와 너무 달랐다. 평소라면 설소영이 나서서 살짝 살기만 흘려도 알아서 찔끔 놀라 도망가곤 했다. 한데 오늘은 그걸 견뎌내고 설소영의 검에 목을 들이밀었다. 날카로운 검에 달려드는 건 웬만한 간담으로는 하기 어려운 일이다. 한데 금철휘가 그걸 한 것이다. 다른 사람도 아닌 금철휘가 말이다.

"제가 어떻게든 해보겠어요."

결연한 표정을 짓는 설소영의 말에 유혜련이 고개를 저었다. 그녀가 무엇을 생각하고 있는지 모를 수 없었다. 호색한인 금철휘에게 가서 몸이라도 던지면 어떻게든 될 것이다라고 생각하겠지.

"됐어. 다른 방법을 생각해보자."

"하지만……."

"정히 방법이 없으면 내가 직접 찾아가서 무릎이라도 꿇으면 돼."

"그건 안 됩니다! 아가씨!"

유혜련이 나직이 한숨지었다.

"하아. 이제 그 아가씨라는 말은 그만해. 난 더 이상 아가씨가 아니야."

설소영은 마지못해 대답했다.

"예…… 알겠습니다."

유혜련은 고개를 돌려 창밖을 내다봤다. 하늘이 참으로 맑았다. 하지만 점점 짜증이 차올랐다. 대체 왜 자신이 그런 멍청한 돼지새끼에게 무릎을 꿇어야 한단 말인가. 이 모든 것이 돈 때문이다.

'돈만 얻으면…….'

금룡장을 자신의 손아귀에 넣으면 모든 것이 해결된다. 어차피 부부긴 하지만 합방조차 하지 않았다. 금철휘가 나중에 바람을 피우든 말든 신경 쓰지 않고 자기 할 일만 하면 그만이다. 어차피 그러려고 이곳에 온 거니까 말이다. 그리고 이런 생각을 할 때마다 자신을 금룡장에 팔아치운 아버지가 원망스러웠다.

'저도 그리 호락호락하지 않아요. 나중에 누가 웃나 보자고요. 아버지.'

유혜련이 이를 악물며 눈을 빛냈다. 일단 당분간은 상황을 지켜보면서 뒷일을 결정해야 한다. 가서 사과를 할 것인지 말 것인지 말이다. 어쩌면 멍청한 금철휘는 이번 일을 전혀 문제 삼지 않을 수도 있었다. 유혜련은 부디 그렇게 되기를 바라고 또 바랐다.

*　　　*　　　*

아칠의 도움으로 자신의 방에 돌아온 금철휘는 아칠에게 수고했다고 말하며 손을 내저었다.

"고, 공자님. 그 손짓의 의미가 뭐죠? 설마 저보고 이제 그만 꺼지라는…… 그런 말씀은 아니시겠지요?"

"딱 그 말이다. 앞으로 내가 다시 밖으로 나가기 전까지는 아무도 안으로 들이지 마. 밥도 필요 없다. 그러니까 이 문 앞을 철통같이 지켜. 설사 아버지가 오셔도 열어주지 마."

"예! 맡겨만 주십시오! 그런데…… 저는 가끔 문 열어봐도 되죠? 헤헤."

"죽고 싶으면."

너무나 살벌한 말에 아칠이 울상을 지었다.

"공자님, 대체 요즘 왜 이러세요? 우리 착하고 귀여운 공자님은 대체 어디로 가셨는지……."

금철휘는 어이없는 눈으로 아칠을 노려봤다. 착하고 귀엽다니 대체 누구에게 하는 말인가? 아무리 잘 봐줘도 금철휘에게 귀엽다는 말은 어울리지 않았다. 또 착한 것과도 거리가 멀었다.

가만히 아칠을 노려보고 있던 금철휘는 문득 예전의 자신에 대해 궁금해졌다. 생각해보면 이상한 일이었다. 대체 왜 예전의 자신에 대해 지금까지 알아볼 생각을 한 번도 하지 않았을까?

"혹시 혈룡귀갑대라는 말을 들어봤느냐?"

"당연하죠. 무공을 익힌 사람이라면 누구나 동경하는 사람들 아닙니까."

"너도?"

"헤헤. 저야 그렇게 생각 안 하죠. 솔직히 아무리 무공이 강하면 뭐합니까. 결국 다 비참하게 죽었는데. 그냥 이렇게 편안하고 조용히 사는 게 최고 아니겠습니까?"

"비참하게 다 죽었다고?"

"어라? 모르셨습니까? 이름 좀 있는 문파는 싹 나서서 그들과 싸웠잖습니까. 중과부적이죠. 아무리 강하면 뭐합니까. 또 아무리 천하제일인이 있으면 뭐합니까. 고작 백 명으로 천하를 어떻게 상대하겠습니까?"

아칠의 말을 듣고 있으니 당시의 기억이 조금씩 떠올랐다. 동료들의 죽음, 그리고 마지막까지 살아남아 그들과 싸우던 자신의 모습까지.

'정말 어이없이 죽었지.'

사실 더 오래 살아남을 수 있었다. 비록 삶에 대한 애착은 없었지만 그래도 충분히 자신 있었다. 천하에 자신을 이길 수 있는 사람은 단 한 명도 없었다. 자신이 바로 천하제일인이었다. 그런데 산속에서 그저 벼락을 맞고 죽었다.

'아니, 그건 벼락이라기에는 좀⋯⋯.'

벼락같으면서도 벼락이 아니었다. 솔직히 벼락을 맞고도 살아남을 자신이 있었다. 하지만 그 한 방에 죽었다. 벼락이 아니라고 느끼는 이유는 벼락을 맞았을 때의 그 짜릿한 느낌이 없기 때문이었다. 그저 몸이 갈라지는 느낌뿐이었다.

"알았으니 이제 그만 나가봐라. 내가 한 말 잊지 말고. 문 열어봤다간 정말로 죽는다."

아칠이 몸을 한 차례 부르르 떨었다. 그리고는 갑자기 소변이라도 마려운 듯 사타구니를 움켜쥐었다. 금철휘가 아칠에게 쏘아 보낸 살기에 반응한 것이다. 아칠은 그렇게 되고서야 아까 살짝 오줌을 지렸다는 사실을 기억해냈다.

"그럼 전 나가보겠습니다. 무슨 일 있으시면 꼭 말씀해 주시고요. 그리고 무리하지 마십시오. 아셨죠?"

아칠은 그 말을 남기고 후다닥 밖으로 나갔다. 금철휘는 그런 아칠을 가만히 보다가 피식 웃고는 침상에 앉았다.

"거기 숨어 있는 사람, 슬슬 나오지?"

금철휘의 말이 공허하게 방안을 울렸다. 아무 일도 일어나지 않았다. 또 대답하는 사람도 없었다. 하지만 금철휘는 포기하지 않았다. 지금은 존재를 느끼지 못하지만 분명히 근처에 있었다.

'방법이야 있지.'

아까 썼던 방법을 다시 쓰면 된다. 금철휘가 이 기묘한 존재를 알아차린 것은 아까 설소영의 검에 목을 찔린 순간이었다. 그 순간 지극히 미약한 살기가 느껴졌다. 금철휘는 그제야 자신에게 진짜 호위무사가 하나 딸려 있다는 걸 깨달았다. 하긴 금룡장 같은 돈 많은 집안에서 아칠 같이 덜떨어진 호위무사만 달랑 붙여놓았을 리가 없었다.

금철휘는 느긋하게 품에서 비수 하나를 꺼냈다. 그리고 최대한 감각을 날카롭게 벼리며 망설임 없이 그것으로 목을 그었다. 워낙 창졸간에 벌어진 일이라 누구도 막을 수 없을 것처럼 보였다. 하지만 금철휘가 쥔 비수는 목에 닿는 순간 딱 멈춰 있었다.

"그동안 몰래 지켜보느라 고생 많았겠군."

금철휘가 자신의 손목을 쥔 사람을 슬쩍 쳐다봤다. 냉막한 인상의 중년인이었다. 적어도 나이가 마흔은 될 듯했다. 하지만 그래 봐야 예전의 금철휘보다도 훨씬 어리다.

사내는 말없이 금철휘의 손에서 비수를 낚아챘다. 그리고 사라지려 했다. 하지만 금철휘가 그냥 두지 않았다.

"잠깐! 우리 얘기 좀 할까?"

"나는 소장주의 사람이 아니오. 장주님의 명령만 듣소."

사내는 그 말을 끝으로 사라져 버렸다. 금철휘는 한숨과 함께 고개를 저었다. 아무에게도 보여주고 싶지 않아서 조치를 취하려는 거였는데, 어쩔 수 없게 되었다.

'하긴, 본다고 뭐 알겠어?'

어차피 가만히 앉아만 있을 것이다. 또한 기운이 맹렬히 움직인다거나 하지도 않을 것이다. 그게 바로 천령신공의 오묘한 점 아니겠는가.

금철휘는 침상에 편안히 앉았다. 다른 무공은 가부좌를 틀고 앉아서 혈행이 편하게 만들어야 하지만 천령신공은 전혀 그럴 필요가 없다. 천령신공은 일반적인 무공과는 그 궤가 완전히 달랐다.

'일단 머릿속을 헤집어야 하니까.'

분명히 머릿속에 뭔가 문제가 있었다. 금철휘는 눈을 지그시 감았다. 그리고 천령신공을 시작했다.

천령신공은 일반적인 운기법과 달리 상단전을 중심으로 펼쳐진다. 기운을 움직이는 것이 아니라 상단전을 활짝 열어서 자신을 관조하는 것이 그 첫 번째 단계다.

금철휘가 천령신공을 얻은 것은 그리 오래되지 않았다. 천령신공을 얻은 지 오 년 만에 죽었으니 고작 오 년을 익힌 것이다. 하지만 그 오 년의 수련으로, 그것도 목숨을 걸고 싸우면서 틈틈이 한 수련으로 금철휘는 누구도 이르지 못한 지고한 경지에 이르렀다.

기연을 통해 얻은 것이 아니라 깨달음을 통해 얻었기에 누군가에게 전수해주는 것조차 쉽지 않았다. 천령신공을 만든 것은 금철휘였다. 하지만 혼자서 해낸 일은 결코 아니었다.

천령신공은 혈룡귀갑대 전원이 함께 만들어냈다. 금철휘가 비록 대주이긴 했지만 능력이 월등히 뛰어난 건 아니었다. 혈룡귀갑대는 대원 하나하나의 능력이 거의 비슷했다. 그런 자들 백 명이 모여 신공을 만들어냈으니 그것이 평범할 리 없다.

그렇게 천령신공을 만들어가는 와중에 동료들이 하나둘 죽어갔다. 그리고 절반 이상이 죽었을 때, 금철휘는 자신이 익혔던 모든 무공의 벽을 일제히 깨부수며 실낱같은 깨달음을 얻었고, 그것을 바탕으로 오 년 만에 천령신공을 만들어냈다. 그리고 그 이후 오 년 동안 익혔다. 아쉽게도 다른 동료들은 그것을 익히지 못했다. 마지막에 얻은 깨달음이 천령신공의 요체였는데, 그것은 깨달은 자 외에는 아무도 익힐 수가 없었다. 또한 전해줄 수도 없었다.

천령신공은 무공이면서 또 무공이 아니었다.

'일단 집중부터 하자.'

천령신공에서 가장 중요한 것은 집중력과 인내력이었다. 금룡장의 금철휘에게는 손톱만큼도 없는 것이었지만, 혈룡귀갑대주 금철휘에게는 차고 넘치는 것이 바로 그것이었다.

눈을 감은 금철휘는 미간에 정신을 집중했다. 그리고 천천히 천령신공을 펼쳤다. 천령신공의 요체는 집중이었다. 금철휘는 집중하고 또 집중했다. 한 번 지났던 길이라 그런지 어렵지 않게 첫 단계를 넘어설 수 있었다.

정수리에서 발바닥까지 뭔가가 관통했다. 시원한 감각이 온몸에서 느껴졌다. 천령신공의 첫 번째 단계를 무사히 넘어간 것이다. 이제 금철휘는 자신의 몸을 완벽하게 관조할 수 있게 되었다.

금철휘는 내친김에 자신의 머릿속을 차근차근 들여다봤다.

'이거였군.'

머릿속 군데군데 뭔가가 잔뜩 뭉쳐 있었다. 그것이 두뇌에 안 좋은 영향을 미치고 있었다. 제대로 기억을 못 하는 것을 비롯해 금철휘가 재능을 발휘하지 못하는 건 모두 이 때문이었다.

원인을 파악했으면 제거하는 것이 다음 수순이다. 하지만 그를 위해선 관조를 넘어서는 힘이 필요했다. 그것이 바로 천령신공의 두 번째 단계였다. 거기에 오르면, 자신의 몸을 마음대로 조절하고 다룰 수 있게 된다.

두 번째 단계에서 필요한 것은 강력한 의지였다. 의지의 극에 이르는 것이 두 번째 단계에서 필요한 것이었다. 당연히 금철휘에게는 그조차 아주 간단했다.

단숨에 천령신공의 두 번째 단계에 올라선 금철휘는 서둘러 두뇌에 있는 문제점들을 해결해 나갔다. 일단 천령신공의 두 번째 단계에 오른 이상 의념(意念)을 통해 몸의 세포 하나하나를 마음껏 다룰 수 있었다. 두뇌에 있는 이상을 치료하는 것쯤 아무것도 아니었다.

전생의 금철휘는 상당한 수준의 의술도 익히고 있었다. 자신의 몸에 대해 모르는 것이 없고, 또 모든 기관을 마음껏 조절하고 움직일 수 있으니 그것만 몇 번 해봐도 사람 몸의 이치를 꿰뚫을 수 있었다.

지금 두뇌의 잘못된 부분을 고치는 것도 다 거기에 기반을 둔 작업이었다. 순식간에 뇌에 끼어 있는 불순물을 제거한 금철휘는 그것들을 몸 밖으로 밀어냈다.

금철휘의 코에서 새까만 피가 줄줄 흘러내렸다. 누가 봤다면 가만히 앉아 있다가 주화입마에 빠졌다고 믿었을 것이다. 그리고 그것을 본 사람이 있었다.

"이런!"

갑자기 나타난 사내가 금철휘를 보며 인상을 찌푸렸다. 그는 장주의 명으로 금철휘를 암중에서 지키고 있는 호위무사였다.

"가만히 앉아 있다가 갑자기 피를 흘리다니."

사실 처음에는 주화입마라고 생각해 모습을 드러냈다. 하지만 냉정하게 마음을 가라앉히고 나니 금철휘가 무공을 거의 익히지 않았다는 사실이 떠올랐다.

"무공도 익히지 않은 자가 주화입마에 들 리 없지."

호위무사는 금철휘에게 뭔가 다른 병이 있을지도 모른다는 생각을 했다. 일단 몸의 기력이 어떤지 알아보기로 하고 금철휘의 손목을 잡으려 했다.

"멈춰."

막 손목에 손을 대려는 순간 금철휘가 입을 열었다. 호위무사는 소스라치게 놀라 뒤로 훌쩍 물러났다.

"정신을 잃은 게 아니었나?"

호위무사의 물음에 금철휘는 아무런 대답도 하지 않았다. 무사의 눈썹이 꿈틀거렸다. 자신을 무시하는 게 아니라면 이런 간단한 질문에 대답조차 못할 리 없었다.

"위험해 보여서 도와주려 했더니, 필요 없다고 하니 난 이만 물러가지."

호위무사는 다시 모습을 감췄다. 그가 받은 명은 외부적인 위험에서 금철휘를 보호하는 것이었다. 금철휘가 어떤 병을 앓다가 죽든 사실 상관없는 일이었다. 물론 상당히 찝찝하겠지만 말이다.

금철휘는 현재 천령신공의 세 번째 단계에 막 올랐다. 만일 그렇지 않았다면 호위무사가 다시 모습을 드러내고 자신을 만지려 한다는 사실도 몰랐을 것이다. 천령신공의 세 번째 단계에서 얻어내는 것이 바로 주변을 관조하는 능력이었으니까 말이다.

천령신공은 모두 아홉 단계로 이루어져 있으며, 전생의 금철휘는 다섯 번째 단계에 올라 있었다. 그래서 지금도 단숨에 거기까지는 이를 수 있을 거라 여겼는데, 세 번째 단계를 마무리하고 네 번째 단계에 막 발을 들이는 정도에서 성장이 멈춰 버렸다.

'뭐가 문제지?'

금철휘는 이해할 수가 없었다. 천령신공은 오로지 정신력에 의존하는 신공이다. 육체가 어떻든 아무런 상관이 없었다. 한데 네 번째 단계에 간신히 발을 들인 이후부터는 아예 성장할 기미가 보이지 않았다. 아무리 애를 써도 천령신공은 제자리를 맴돌 뿐이었다.

결국 금철휘가 다시 눈을 떴다.

'아쉽구나. 제대로 써먹으려면 네 번째 단계를 좀 더 깊게 파고들어야 하는데, 그게 안 되니……'

천령신공의 네 번째 단계에 오르면 주변을 장악할 수 있다. 세 번째 단계에서 주변을 관조할 수 있게 되고, 그렇게 관조한 주변을 장악해 자신의 의지 아래 두는 것이 바로 천령신공의 네 번째 단계였다.

'하긴, 뭐 굳이 필요 없나?'

생각해보면 더 이상 무공을 익힐 생각도 없고 게으름이나 피우며 편히 살겠다고 다짐한 마당에 굳이 천령신공에 매달릴 이유가 없었다. 어쨌든 목표는 머릿속에 있던 이상을 치료하는 것이었다.

'목표를 달성했으니……'

금철휘는 침상에서 내려와 가볍게 몸을 풀었다. 몸이 워낙 비대해서 제대로 몸을 푸는 것도 쉽지 않았다. 하지만 금철휘는 전혀 신경 쓰지 않았다. 몸을 풀던 금철휘의 시선이 천장 한구석으로 향했다. 그곳이 바로 호위무사가 은신한 장소였다.

"쯧, 좀 편히 있어도 될 것을."

금철휘는 그 말을 남기고 밖으로 나갔다. 생각해 보니 너무 오래 굶었다. 슬슬 뭔가를 먹어주지 않으면 이 비대한 몸을 유지하기 어려우리라.

"아칠! 밥이나 먹으러 가자!"

금철휘의 말에 아칠이 쪼르르 달려와 손바닥을 열심히 비볐다.

"헤헤. 공자님, 드디어 나오셨군요. 정말 오랫동안 기다렸습니다. 헤헤헤."

"닥치고 밥이나 먹으러 가자. 안내해라."

그제서야 아칠이 팔을 쫙 펴며 금철휘를 안내했다.

"이쪽으로 가시지요. 해가 막 저물 시간이니 화홍루에 가시면 별미를 맛보실 수 있으실 겁니다. 헤헤헤."

금철휘는 아칠이 안내하는 대로 천천히 걸음을 옮겼다. 이번에는 주위를 그저 둘러보기만 해도 길과 주변 모습들이 속속 뇌리에 박혔다. 이 역시 천령신공의 공능 중 하나였다.

*   *   *

금철휘와 아칠이 완전히 사라지자, 장내에 홀연히 한 사람이 나타났다. 금철휘를 보호하는 호위무사였다. 그의 얼굴에는 믿을 수 없다는 표정이 가득했다.

"설마…… 내가 은신한 곳을 알아차린 건 아니겠지?"

분명히 눈이 마주쳤다. 금철휘는 그가 은신한 장소를 똑바로 쳐다봤고, 눈이 마주침과 동시에 고개를 돌리고 나가 버렸다. 정말로 믿을 수 없는 일이었다.

호위무사는 굳은 얼굴로 몸을 날렸다. 어쨌든 다시 금철휘의 뒤를 따라야만 했다. 최소한 자신이 맡은 임무는 끝까지 완수해야 하니까 말이다.

*   *   *

아침과 함께 밥을 먹은 금철휘는 천령신공이 제대로 돌아가고 있는지 확인했다. 천령신공은 여타의 내공심법이나 무공과는 완전히 궤를 달리했다. 이렇게 평소에 움직이면서도 끊임없이 그 경지를 높여나갈 수 있었다. 또한 경지가 올라가면 올라갈수록 천령신공이 미치는 범위가 끝없이 확장된다.

첫 번째 단계인 '자신의 관조'를 예로 들면, 처음에는 몸의 장기나 피의 흐름을 파악하게 되고 경지가 깊어지면 거기에서 더 세부적으로 들어가 근본적인 움직임에 대해 파악이 가능해진다. 또 나중에는 온몸의 세포 하나하나를 파악할 수 있게 되고, 더 나아가면 그 세포의 근원까지 파고들 수 있다.

첫 번째 단계가 끝났다는 것은 일단 관조를 시작해서 몸의 장기를 파악할 수 있다는 것이고, 그 뒤로도 끊임없이 천령신공을 수련해야 더 깊은 경지에 이를 수 있게 된다.

두 번째인 '자신의 장악'에 대한 것도 마찬가지다. 경지가 깊어지면 나중에는 자신의 몸을 마음껏 변형시킬 수도 있었다. 물론 그렇게 깊은 경지에 도달하기 위해서는 엄청나게 오랜 세월이 필요하겠지만 말이다.

또한 주변의 관조나 장악 역시 경지가 깊어지면 나중에는 온 천하를 다 관조하고 장악할 수 있게 된다. 물론 이론적으로 얻어낸 결론이었기에 실제로 어디까지 가능할지는 금철휘도 알지 못했다.

"공자님, 이제 어디로 갈깝쇼? 슬슬 기루에 한번 가실 때가 안 되셨습니까?"

아칠이 실실 웃으며 그렇게 말했다. 그의 얼굴에는 기대감이 가득했다. 그는 금철휘가 자신의 의견을 결코 거부하지 않을 거라 믿었다. 벌써 며칠째 기루에 가지 않았다. 슬슬 여자를 안고 싶을 때가 되었다.

"둘째 부인도 한 번 봐야지."

"예에?"

아칠이 깜짝 놀라 자신도 모르게 걸음을 멈추고 돌아서서 금철휘를 바라봤다. 첫째 부인을 만난 것도 모자라 이번에는 둘째 부인이라니 대체 왜 이런단 말인가. 아칠은 더없이 진지한 표정을 지었다.

"공자님, 정말로 어디 아프신 데 없으십니까?"

아칠의 표정과 눈빛에 어린 진심과 염려는 단번에 금철휘의 가슴에 와 닿았다. 금철휘의 기분이 묘해졌다. 이런 감정을 받았으면 기분이 좋아야 정상인데, 술과 기루를 멀리한다는 이유로 이런 대접을 받으려니 은근히 울화가 치밀었다. 그 두 가지 기분이 뒤섞여 만들어낸 금철휘의 표정도 상당히 묘했다.

금철휘는 아칠을 향해 손가락을 까딱였다. 아칠은 금철휘의 손가락이 아닌 눈을 보고는 뒷걸음질쳤다.

"왜 그러시는데요?"

금철휘는 아무 말 하지 않고 손가락만 까딱였다. 아칠이 헤헤 웃었다.

"가면 때리실 거죠?"

금철휘는 대답하지 않았다. 하지만 아칠은 그것을 보고는 확신했다. 가면 한 대로는 끝나지 않을 거라는 사실을 말이다.

"둘째 부인께 모시면 되잖습니까. 어서 가시죠."

아칠이 부리나케 달려갔다. 금철휘는 그런 아칠을 보며 피식 웃었다. 눈치도 빠르고 버릇도 없다. 하지만 항상 진심으로 자신을 대한다. 그런 아칠이 비록 얄미울지언정 싫지는 않았다. 금철휘는 느긋하게 아칠의 뒤를 따랐다. 과연 둘째 부인은 어떤 여자일지 기대하면서.

"호오. 둘째 부인은 첫째와는 완전히 다른데?"

금철휘는 정말로 감탄했다. 자신이 거처에 도착하기도 전에 알아차리고 그에 대한 준비를 모두 마친 걸 보면 확실히 그러했다. 금룡장 안을 손바닥 들여다보듯 훤히 꿰고 있다는 뜻이다.

서른 명이나 되는 무사가 나란히 서서 전각으로 가는 길을 꽉 틀어막고 있었다. 그들이 항상 그곳을 지킬 리 없으니 둘째 부인이 미리 알고 대처했다는 뜻이다.

"이건 첫째보다 더하네?"

"그러니까 제가 기루에나 가자고 말씀드리지 않았습니까."

"그래도 이왕 왔으니 얼굴은 보고 가야지."

금철휘가 고집을 부리자 아칠이 안절부절못했다.

"공자님, 저들은 건드리지 않는 편이 낫습니다. 저들은 첫째 부인의 호위무사와는 다릅니다. 공자님의 안위를 신경 쓸 위인들이 아니라고요."

아칠의 어조에는 답답함이 가득했다. 금철휘는 아칠의 말에 의아한 표정을 지었다.

"응? 다르다니, 뭐가?"

"아, 공자님은 벌써 그런 것도 잊으셨습니까?"

금철휘가 인상을 팍 쓰자 아칠이 즉시 대답했다.

"네 달 전에 이미 저들에게 한 번 당하시지 않으셨습니까."

"네 달 전? 그럼 둘째 부인을 들이자마자 당했단 말이야?"

금철휘는 여덟 달 전에 첫째 부인을 얻었고, 네 달 전에 둘째 부인을 얻었다. 그리고 조만간 셋째 부인도 생길 예정이었다. 물론 금철휘가 인정하는 부인은 단 한 명도 없었지만 말이다.

"저들은 엄밀히 따지면 둘째 부인과는 상관이 없는 자들입니다. 그저 자발적으로 나서서 둘째 부인을 지키는 자들이죠."

"자발적으로? 뭔가 좀 이상한데?"

"뭐, 눈 가리고 아웅이죠."

"그럼 다 쫓아내도 괜찮겠네?"

"왜요? 지금까지는 한 번도 신경 안 쓰셨으면서."

금철휘는 대답하지 않았다. 그런 자질구레한 이유까지 몽땅 설명할 필요를 느끼지 못했다.

"일단 가보자."

"으힉! 공자님! 안 된다니까요! 괜히 당하지 마시고 그냥 기루나 가자고요!"

"내 몸에 손대면 그건 그것대로 괜찮지. 저놈들을 쫓아낼 구실이 생길 거 아냐. 아닌가?"

금철휘의 말에 아칠이 답답하다는 듯 가슴을 팡팡 두드렸다.

"아오. 공자님은 어째 눈앞에 있는 것만 보십니까? 나중을 생각해 보세요. 여기서 쫓겨난 저놈들이 가만있겠습니까? 공자님께서 기루라도 가시는 순간을 노려 습격이라도 하면 어쩌시려고 이러십니까?"

"습격?"

금철휘의 안색이 살짝 굳었다. 기분이 점점 나빠졌다. 그리고 몸 주인인 금철휘가 너무나 한심스러웠다. 집안 단속도 안하고 술과 계집만 쫓아다니니 이런 꼴을 당하는 것 아닌가. 금철휘는 앞을 막고 선 서른 명의 무사들을 다시 한 번 살펴봤다.

'일단 지금은 무공을 익히지 않았으니까 혼자서 저놈들을 다 상대하려면 쉽지는 않겠군.'

천령신공은 무공과는 개념이 다르다. 천령신공의 성취가

높다고 강해지는 건 아니다. 물론 무공을 익혔다면 상승작용을 일으켜 수련한 시간에 비해 엄청나게 강해지긴 한다. 또한 천령신공의 여섯 번째 단계에 이르면 굳이 무공을 익히지 않고도 얼마든지 강한 능력을 발휘할 수 있다. 하지만 지금의 금철휘는 그 중 어느 것도 가지지 못했다.

'그래도 아예 가능성이 없는 건 아니야.'

천령신공의 두 번째 단계는 자신을 장악하는 것이다. 그걸 이용하면 두뇌회전을 빠르게 할 수도 있고 근육을 쇠처럼 단단하게 만들 수도 있다.

근육을 변화시켜 속도와 힘을 얻을 수는 있지만, 그래도 무공을 익힌 자들과 싸우는 건 쉽지 않았다. 경지가 훨씬 깊어져 한계를 부순다면 모를까.

금철휘는 자신만만한 표정으로 걸어갔다. 서른 명의 무사들이 비웃음 가득한 눈으로 금철휘를 노려봤다. 예전의 금철휘라면 대번에 주눅 들어 도망쳤겠지만 지금은 그렇지 않았다.

"비키지?"

금철휘의 말에 무사들이 어이없다는 듯 입을 쩍 벌렸다. 금철휘로부터 이런 말을 들을 줄은 몰랐다.

"지금 그 말 우리한테 한 거요?"

"그럼 여기 너희들 말고 누가 있지?"

"허! 이거 정말 간이 배 밖으로 나온 도련님일세."

무사들의 말에 금철휘가 살짝 인상을 찌푸렸다.

'이건 완전히 파락호 같은 놈들이군. 이런 놈들을 장원 안에 들였는데도 아무런 제재를 가하지 않았다고?'

금철휘는 조금 더 부인들에 대한 것을 알아봐야겠다고 생각했다. 사실 이런 일을 금룡장주인 금일청이 가만히 보고만 있다는 건 이상했다.

"이봐, 도련님. 여긴 너 같은 뚱땡이가 올 곳이 아니야."

무사 중 하나가 손가락을 들어 금철휘의 이마를 꾸욱 눌러 밀었다. 금철휘의 고개가 살짝 뒤로 젖혀졌다가 무사가 전혀 예상치 못한 호흡으로 다시 앞으로 강하게 움직였다.

뚜둑!

"크아악!"

무사가 손가락을 쥐며 비명을 질렀다. 고개의 움직임이 워낙 절묘했는지라 손가락 관절이 그대로 꺾여 버렸다. 더구나 금철휘가 목 부분 근육을 강화시켰기에 손가락에 가해진 힘은 상당했다.

"이놈이!"

몇몇은 손가락이 부러진 동료를 돌보고, 나머지 중 다섯 명 정도가 화를 내며 앞으로 나섰다. 금철휘는 그 순간 오른쪽 뒷부분을 힐끗 쳐다봤다. 그곳에 그의 호위무사가 모습을 감추고 숨어 있었다.

금철휘의 눈빛을 받은 호위무사는 나직이 탄식을 하며 모습을 드러냈다. 그의 실력은 굉장했다. 순식간에 금철휘 앞을 막고 서서 달려드는 무사들을 단번에 날려 버렸다.

뻐버버버벅!

무사들은 비명도 지르지 못하고 정신을 잃었다. 호위무사는 자신에게 쏟아지는 금철휘의 눈빛에 거북함을 느끼며 재차 몸을 날렸다. 서 있던 나머지 무사들이 우수수 쓰러졌다.

"쓸 만하군."

금철휘의 평가였다. 호위무사는 왠지 찜찜한 기분으로 다시 모습을 감췄다. 그러면서도 자신이 대체 왜 이런 번거로운 짓을 했는지 이해할 수가 없었다. 그저 지켜보다가 위험한 순간에만 잠깐 도와줘도 괜찮았을 텐데 말이다.

호위무사가 받은 명령은 금철휘를 죽지 않도록 지키는 것이었다. 즉, 몇 대 맞거나 하는 정도에 모습을 드러낼 필요가 없다는 뜻이다. 한데도 지금은 그냥 나섰다. 금철휘가 당한 것도 아닌데 말이다.

'이래서야 마치 부하 같잖아.'

주변에 동화되며 완벽히 모습을 감춘 호위무사는 그렇게 투덜거리며 입맛을 다셨다.

금철휘의 둘째 부인 채명화는 패천보주의 여식이었다. 패천보는 안휘에서 제법 영향력을 가진 방파였는데, 최근 지속적으로 남궁세가에 밀려 점점 그 힘을 잃어가고 있었다.

패천보주는 다시 예전의 힘과 영향력을 되찾기 위해 한 가지 방편을 마련했는데, 그것이 바로 금룡장이었다. 금룡장의 소장주가 호색한이라는 점을 이용해 자신의 딸을 그에게 시집보낸 것이다.

당연히 그 이후로 조금이나마 숨통이 트였다. 하지만 패천보주는 더 큰 것을 원했다. 금룡장의 힘을 조금 맛보니 그 힘이 얼마나 대단한지 알게 된 것이다. 그 모든 힘을 가지고 싶었다. 만일 그렇게 되면 패천보는 당당히 남궁세가를 넘어 안휘의 패자가 될 수 있을 것이다. 패천보라는 이름에 걸맞게 말이다.

금철휘의 둘째 부인은 패천보주의 둘째 딸로, 보주가 시키지도 않았는데 자진해서 시집을 왔다. 그녀 역시 야망이 컸기에 금룡장의 힘이 얼마나 대단하고 중요한지 안 것이다.

"오랜만이군요."

채명화는 차가운 경멸이 담긴 눈으로 금철휘를 바라보며 먼저 인사를 했다. 어쨌든 여기까지 와서 얼굴을 본 이상 제대로 예의를 차려야만 했다.

금철휘는 가만히 채명화의 얼굴을 뜯어보다가 고개를 한 번 끄덕이고는 돌아섰다. 채명화의 눈에서 분노가 번득였다. 감히 자신을 무시한다고 여긴 것이다.

'멍청한 돼지 주제에!'

금철휘는 채명화가 무슨 표정을 짓든 신경 쓰지 않고 돌아선 채로 말했다.

"밖에 있는 쓰레기들은 내가 치우지. 앞으로 집에 쓰레기 들이지 마라. 더러운 것도 모르고. 쯧쯧."

금철휘는 그 말을 남기고 밖으로 나갔다. 채명화는 분노가 폭발할 지경이었지만 그 자리에서 그것을 터트리는 우를 범하지는 않았다. 그녀는 초인적인 인내를 발휘해 금철휘가 완전히 전각을 나갈 때까지 기다렸다.

"아아아악!"

채명화가 화를 폭발시키며 악을 썼다. 그녀는 손에 잡히는 물건을 모조리 벽에 집어던졌다. 그녀의 방이 순식간에 난장판으로 변했다.

"화영! 어디 있어!"

채명화의 외침에 그림자 하나가 그녀 앞에서 일렁이더니 이내 부복한 사람으로 변했다. 그리고 고개를 들어 채명화를 바라봤다. 놀랍게도 여인이었다.

"저 돼지새끼가 대체 왜 이러는지 알아내! 도대체 감시를 어떻게 한 거야!"

화영이라 불린 여인이 깊이 고개를 숙인 후, 다시 일렁이더니 사라졌다. 그녀가 사라지자 채명화는 한동안 씩씩대며 분을 삼키고는 방에서 나갔다. 이내 시비 몇 명이 들어와 방을 치우기 시작했다. 그녀들에게 이런 일은 거의 일상이었다. 채명화는 툭하면 이렇게 화를 폭발시켜 방을 엉망으로 만들곤 했다.

제3장
부인들

　"공자니임!"

　아칠이 부담스러울 정도로 반짝이는 눈으로 금철휘를 바라봤다. 두 손을 꼭 맞잡은 채로 그렇게 바라보니 왠지 소름이 돋을 지경이었다. 금철휘는 고개를 돌려 그 모습을 외면해버렸다. 하지만 아칠은 다시 종종종 달려 금철휘의 시선 안으로 들어갔다.

　"공자니임!"

　결국 금철휘가 짜증을 냈다.

　"뭐야?"

　"대체 언제 이렇게 멋있어지신 겁니까?"

아칠의 눈이 별처럼 반짝였다. 금철휘는 결국 다시 고개를 돌리고 말았다. 도저히 쳐다볼 수가 없었다. 헛구역질까지 나려고 했다. 하지만 아칠은 결코 금철휘의 비위를 배려하지 않았다. 다시 종종종 달려 금철휘의 시야로 들어간 아칠이 자신 있게 말했다.

"이런 공자님이라면 아마 기루에서 최고 인기를 누리실 수 있으실 겁니다. 기녀들이 다 쓰러질 걸요?"

금철휘가 한숨을 푹 내쉬었다. 어떻게 보면 아칠이야말로 정말 대단했다. 절대 꺾이지 않는 의지의 사나이 아닌가. 그 목표가 기루라는 점이 조금 문제이긴 하지만.

"그나저나 대체 내가 왜 저런 여자들이랑 혼례를 올린 거지?"

금철휘의 물음에 아칠이 뜨악한 표정을 지었다. 금철휘는 그것을 보고 피식 웃었다. 하긴 입장을 바꿔놓고 생각하면 이상할 것이다. 혼례를 올린 당사자가 그런 말을 하면 누구라도 미친놈 취급하지 않겠는가.

"공자님이 첫눈에 반했다느니 어쩌느니 해서 하신 거잖습니까."

"하긴 얼굴은 좀 반반하더라."

"그게 아니고…… 아이고, 답답해 돌아가시겠네."

아칠이 가슴을 팡팡 두드렸다. 금철휘는 의아한 표정으로 아칠을 쳐다봤다. 반응을 보니 분명히 뭔가가 있었다. 그리고 아칠은 그 이유를 알고 있는 듯했다.

"뭔가 다른 내막이 있었던 것이냐?"

아칠이 황당한 눈으로 금철휘를 바라봤다.

"공자님의 두 부인들께서 계획적으로 접근하시지 않았습니까. 처음에는 그렇게 간이든 쓸개든 다 빼줄 것처럼 아양을 떨어 대더니 막상 혼례를 올리고 나서 합방조차 못 하게 으름장을 놓고 그런다고 공자님께서 제게 얼마나 성토를 하셨는데, 설마 그걸 다 잊으신 겁니까?"

아칠은 그렇게 말하면서도 정말 황당했다. 아무리 기억력이 가물가물한다 해도 그렇지. 하루가 멀다 하고 그런 성토를 한 지가 얼마나 되었다고 벌써 다 잊었단 말인가.

금철휘의 표정이 싸하게 굳었다. 설마 그런 일이 있으리라고는 생각도 못 했다. 물론 자신과는 상관이 없는 일이다. 또한 그녀들이 무슨 목적으로 자신과 혼례를 올렸는지도 잘 안다. 그리고 마음만 먹으면 그녀들의 목적을 완전히 부숴 버릴 수도 있었다.

'이 뚱땡이 자식, 사람이 물러도 너무 물러. 나 같았으면 당장 박살을 내 버렸을 텐데.'

금철휘는 잠시 고민을 했다. 어쨌든 그녀들을 받아들인 건 금철휘 본인이다. 그러니 내칠 때도 뭔가 그럴듯한 명분이 필요했다. 물론 예전 같으면 그냥 무식하게 힘으로 해결했겠지만 지금은 그럴 수가 없다.

'일단 지켜야 할 것들이 많고, 이런 편한 생활을 걷어차기 싫거든.'

지나치게 나서서 튀어 오르면 편안한 생활은 끝이다. 보아 하니 금일청은 아직도 금철휘에게 거는 기대가 상당했다. 금철휘가 직접 만나서 파악한 바로는 그러했다. 물론 금철휘가 사람 보는 눈이 뛰어나거나 하지는 않는다. 하지만 기본적으로 오래 살았기 때문에 그런 것들은 직감적으로 알 수 있었다.

"그럼 셋째 부인은?"

아칠은 대답하지 못했다. 그 일은 기억나지 않으면 차라리 그냥 잊는 편이 나았다. 셋째 부인은 그냥 그러려니 하고 넘어가는 것이 좋다. 그러면 부인들 셋이서만 박 터지게 싸울 것 아닌가.

한참을 머뭇거리던 아칠은 금철휘의 눈빛이 점점 깊고 싸늘해지자 결국 압박감을 참지 못하고 입을 열었다.

"그러니까…… 협박을 당하셨습니다."

"협박?"

"예. 우연히 만난 분인데, 사실 제가 보기엔 우연이 아니라 계획적으로 접근한 게 분명합니다만, 어쨌든 공자님께서 수작을 거시다가……."

그 뒤는 듣지 않아도 예상이 가능했다.

"뒤지게 얻어터졌다는 말이지?"

"아니, 꼭 그런 건 아니고……."

금철휘가 인상을 팍 썼다.

"똑바로 말해!"

금철휘는 심기가 불편했다. 어찌 부인들이 하나같이 다 그 모양인가.

"손을 잡았으니 책임을 지라고…… 아니면 목을 잘라버리 겠다고 말씀만 했습죠."

금철휘가 턱을 쓰다듬으며 피식 웃었다. 생각하면 생각할 수록 가관이 따로 없었다. 대체 이 돼지는 어떻게 되려고 이따 위로 살아왔단 말인가.

'이 뚱땡이 자식. 완전히 가문을 거덜 내려고 작정을 했군.'

물론 자신과는 상관없는 일이었다. 예전이라면 말이다. 하 지만 이제부터는 그럴 수 없다. 금룡장이라는 가문은 앞으로 그가 편안한 생활을 영위하기 위해서는 반드시 필요한 기반이 었다. 그걸 눈 멀거니 뜨고 빼앗길 수는 없었다.

"호구라고 소문이 파다하게 났나 보군. 별 떨거지들이 다 찾아오는 걸 보면 말이야."

금철휘의 말에 아칠이 실없는 표정으로 웃었다.

"헤헤. 그건 그렇습죠. 하지만 누구나 그런 건 아닙니다. 솔 직히 말하자면 공자님의 내자 되시는 분들이 좀 특별합니다."

"그런가?"

아칠은 금철휘의 눈치를 살폈다. 아칠은 당장 금철휘를 기루로 안내하고 싶었다. 하지만 금철휘는 그럴 생각이 전혀 없어 보인다. 아칠은 대체 어떻게 꼬드겨야 기루에 가서 신명 나게 놀 수 있을지 고민했다.

그리고 아칠이 고민하는 사이 금철휘는 다음 행보를 결정했다.

"협박꾼 보러 가자."

"예? 협……박꾼이라니요?"

아칠은 불안한 표정으로 설마 그것만은 아니길 빌었다. 하지만 아칠의 바람은 여지없이 깨졌다.

"셋째 부인인지 뭔지 하는 여자 보러 가자고. 더 이상 혼례를 올릴 생각 없으니 쫓아내야지."

금철휘의 말에 아칠이 울상을 지었다. 셋째 부인이 되겠다고 온 여인이 뇌리에 떠올랐다. 그리고 아칠은 온몸을 부르르 떨었다. 정말로 무서운 여자였다.

"저…… 공자님, 지금이라도 다시 생각해 보시는 게……."

"가자."

금철휘의 단호한 말에 아칠이 눈물이라도 뚝뚝 흘릴 듯한 표정으로 힘없이 돌아섰다.

'아아, 대체 내게 왜 이런 시련을……!'

아칠이 소리 없이 절규했다.

금철휘의 셋째 부인이 머무는 전각 역시 첫째나 둘째와 다를 바 없이 크고 화려했다. 그들은 마치 서로가 경쟁하고 견제라도 하는 듯했다. 조금의 차이도 없었다.

"이거 설마 셋이 짜고 이러는 건 아니겠지?"

금철휘가 피식 웃으며 그렇게 말하자 아칠도 따라 웃었다. 겉으로는 웃고 있었지만 속은 썩어 문드러졌다. 벌써 전각에 도착했다. 아마 셋째 부인이 득달같이 달려오리라. 그 생각을 하자, 아칠의 얼굴이 창백해졌다.

아니나 다를까 문이 활짝 열리며 한 사람이 나타났다. 첫째 부인과 둘째 부인도 상당한 미인이었지만 이 셋째 부인은 그 둘과는 비교도 할 수 없을 정도로 아름다웠다. 순간적으로 금철휘의 눈이 살짝 커졌을 정도였다.

"무슨 낯짝으로 찾아온 거죠?"

여인, 한서연의 말투에는 한기가 풀풀 날렸다. 당연하다. 혼례를 위해 찾아온 자신을 한 번도 만나주지 않았으니 화가 나지 않는 게 오히려 더 이상한 일이었다. 하지만 말투와 달리 표정은 그리 싸늘하지 않았다. 물론 화가 잔뜩 난 건 맞지만, 그저 그뿐이었다.

금철휘는 묘한 위화감을 느끼며 고개를 살짝 갸웃거렸다. 그리고 그 순간 한서연의 시선이 아칠에게로 향했다. 아칠이 움찔 몸을 떨었다.

"보아하니 넌 아직도 정신을 못 차린 모양이구나."

그녀의 말이 떨어지기 무섭게 아칠이 돌아섰다. 도망치기 위함이었다. 하지만 한서연은 아칠이 반응하기 어려울 정도로 빨랐다. 순식간에 몸을 날려 돌아선 아칠의 등짝을 차버렸다.

"으아악!"

아칠이 바닥을 데굴데굴 굴렀다. 이래서 오기 싫었다. 하지만 어쩌랴, 이미 와버린 것을.

금철휘는 그것을 멀뚱히 쳐다보고만 있었다. 사실 아칠을 구해줄 수도 없었다. 한서연의 무공은 상당히 뛰어났다. 전생의 금철휘라면 코웃음도 안 나왔겠지만, 지금의 금철휘는 그저 보고 감상하는 것 외에는 아무것도 할 수 없었다. 물론 자신에게 달려들었다면 얘기가 조금 달라지겠지만 말이다.

사실 금철휘는 한서연이 몸을 날린 순간부터 그녀의 목표가 어디이며 어떤 식으로 어느 부분을 공격할지 훤히 보였다. 아무리 내공도 없고 몸도 형편없다지만 그래도 금철휘는 전생에 천하제일인이었다.

'흠, 나 같으면 등 근육을 강하게 만들고 탄력을 줘서 힘을 좀 흘려버렸을 텐데. 천령신공이 없으니 아칠은 못하겠지만. 뭐, 그래도 치명적인 공격은 아니니까 좀 맞아도 별문제는 없겠지.'

한서연의 공격은 매서웠지만 치명적이지 않았다. 맞는 사람을 충분히 배려해서 때린 것이다. 그녀를 보는 금철휘의 시각이 조금 달라졌다. 하지만 아무리 그래도 자신을 협박해서 여

기까지 온 사람이었다. 이런 여자와 혼례를 올릴 생각은 없었
다. 이미 첫째와 둘째 부인을 본 것만으로도 족했다.

"이거 너무하는 거 아닌가? 명색이 내 호위무사인데 이렇게
함부로 해도 돼?"

금철휘의 말투가 너무나 차가웠다. 한서연은 그 말에 그대
로 몸이 굳은 듯 움직이지도 못했다. 그리고 천천히 고개를
돌려 금철휘를 바라봤다. 여인의 얼굴이 싸늘해졌다. 그리고
눈동자가 흔들렸다. 어떻게 자신에게 이럴 수 있느냐는 듯한
눈빛이었다.

금철휘는 살짝 찜찜했지만 이미 내친걸음이었다. 어차피 혼
례를 올릴 생각도 없는데 굳이 잘해주고 어쩌고 하기도 싫었
다.

금철휘와 한서연 사이에 한기가 감돌았다. 그리고 분위기
가 점점 심상치 않게 변해갔다. 금철휘는 가만히 서서 천령신
공으로 한서연 주위에 휘몰아치는 기운들을 살폈다. 그것을
읽어내는 것만으로도 그녀가 어떤 식으로 공격하려는지 충분
히 알 수 있었다.

'뭘 그렇게 고민해? 그냥 확 날려버리지.'

금철휘는 살짝 답답했다. 한서연의 공격을 읽어 그것을 적
당히 흘려버릴 생각이었다. 한데 계속 공격을 할까 말까 고민
만 하고 정작 움직이질 않았다.

두 사람 사이의 분위기가 험악해지자, 그새 몸을 털고 일어

난 아칠이 득달같이 달려와 둘 사이에 끼어들었다. 아칠은 조금 전에 자신이 한서연에게 맞아 뒤로 날아갔다는 사실조차 잊은 듯 흥분했다. 한서연이 금철휘를 때리려는 걸로 본 것이다. 그녀가 감정을 실어 공격하면 금철휘는 버틸 수 없다. 한서연은 무공을 익혔다. 그것을 알기에 아칠은 그냥 내버려둘 수가 없었다.

"이거 너무하시는 거 아닙니까? 어찌 공자님께 이러실 수가 있습니까!"

한서연의 고개가 아칠에게로 홱 돌아갔다. 그녀의 눈에는 불길이 활활 타오르고 있었다. 아칠은 아차 하며 찔끔 놀라 뒤로 후다닥 물러났다. 너무 흥분했다.

"죽어볼래?"

아칠은 즉시 두 손을 공손하게 단전 앞으로 모았다. 표정 역시 자세와 마찬가지로 공손하기 그지없었다.

"전 아직 창창한 삶을 포기할 생각이 없습니다만."

그렇게 말한 아칠은 억지로 호의를 담아 웃어주었다.

"헤헤. 한 번만 봐주시지요."

"흥."

한서연은 코웃음을 치며 고개를 돌렸다. 아칠 때문에 분위기가 완전히 식어 버렸다. 그녀는 다시 고개를 돌려 똑바로 금철휘를 바라봤다. 그녀의 눈이 별처럼 반짝였다.

금철휘는 쩝쩝 입맛을 다셨다. 왠지 모르게 정말 아쉬웠지만 어쨌든 지금은 더 이상 혼례를 올릴 생각이 없었다.

"내가 원하는 부인상과는 참으로 거리가 먼 듯하오. 그러니 이번 혼례는 없던 일로 합시다. 아무리 호위라지만 사람을 이 지경으로 팼으니 소저께서도 이의는 없을 거라 믿소."

금철휘의 정중한 말에 한서연의 눈이 커다래졌다. 금철휘는 여유를 주지 않고 계속해서 몰아붙였다.

"자, 그럼 즐거웠소. 근시일 내에 전각을 비워주면 고맙겠소. 내 이번에는 좀 제대로 된 여인을 한 번 찾아볼 생각이니까 말이오."

금철휘는 그 말을 끝으로 냉정히 돌아섰다. 한서연은 멀어져가는 금철휘의 등을 하염없이 바라보다가 이내 고개를 홱 돌려 버렸다. 그녀의 눈가가 반짝였다.

"고, 공자님. 정말 괜찮으시겠습니까?"

아칠이 호들갑을 떨며 묻자, 금철휘가 걸음을 더 빨리 했다. 아칠이 화들짝 놀라 종종종 그 뒤를 따랐다.

"공자님. 괜찮으시냐니까요? 셋째 부인은 그래도……."

"일없다."

"예? 일이 없다니 그 무슨 이해하기 어려운 말씀이십니까?"

"한 대 덜 맞겠다고 주인을 내팽개친 발칙한 호위는 필요 없다는 뜻이다."

"예에? 그런 발칙한 놈이 있었습니까? 대체 어떤 놈입니까?

이 아칠에게 말씀만 해주시면 당장 치도곤을……."

금철휘가 결국 피식 웃었다.

"하긴 창창한 삶을 포기하기엔 너무 젊지."

아칠이 금세 헤헤 웃었다.

"헤헤. 역시 절 알아주시는 분은 공자님뿐입니다."

"어이가 없군. 너 정말 얼굴 하나는 금강석이구나."

"그런 말 많이 듣습니다. 헤헤헤."

아칠은 금철휘의 말을 칭찬으로 받아들였다. 결국 금철휘
도 고개를 휘휘 젓고 말았다. 물론 말은 그렇게 했어도 섭섭
하지는 않았다. 아니, 오히려 더 마음에 들었다. 비록 폭력에
굴복하긴 했지만 그 전에 보여준 용기는 금철휘를 생각하는
마음이 컸기에 나온 것이 분명했다.

'하긴 그게 날 위한 게 아니라, 이 뚱땡이를 위한 거긴 하지
만.'

갑자기 씁쓸해졌다. 그동안 한 번도 느끼지 못했던 육체와
영혼의 괴리감이 느껴졌다. 그리고 그 순간 어지러움을 느끼
고 비틀거렸다.

"헉! 공자님! 괜찮으십니까?"

금철휘는 손을 들어 다가오는 아칠을 멈췄다.

"됐어. 별거 아니니까 신경 쓰지 마."

"아무래도 어디 잘못되신 거 같은데, 의원이라도 부를까
요?"

금철휘는 고개를 젓고는 다시 걸음을 옮겼다. 느낌이 좋지 않았다. 대충 어떻게 된 상황인지 짐작이 가기에 더 불안했다.

일단 천령신공을 이용해 스스로의 몸을 관조한 결과 금철휘는 죽었을 확률이 높았다. 두뇌의 상황이 지나치게 안 좋았고, 또 몸 상태도 완전히 개판이었다. 그때까지 살아 있던 게 용했다.

'그런 와중에 내가 스며든 거지.'

육체가 죽은 순간 새로운 영혼이 스며들며 일시적으로 몸 상태가 좋아진 것이다. 죽음의 순간 영혼이 떠나기 직전, 영혼을 붙잡고 있던 선천지기의 폭발로 인해 큰 문제가 되었던 부분 몇 군데가 좋아졌다.

'만일 천령신공이 아니었다면 난 며칠 더 살지도 못하고 또 죽었겠지.'

만일 하루만 늦었어도 어찌 되었을지 알 수 없다. 물론 몸이 좋지 않았기 때문에 금철휘가 서둘러 천령신공을 펼친 것이긴 하지만 말이다.

그것을 알기에 더 조심스러웠다. 그리고 천령신공에 대한 집착이 커졌다. 앞으로도 천령신공을 꾸준히 수련하지 않으면 아마 위험할 것이다. 최소한 죽기 전에 올랐던 다섯 번째 단계에는 올라야 한다.

'어쩌면 그것만으로는 모자랄지도 모르지만.'

어쨌든 금철휘는 꾸준히 천령신공을 수련하기로 했다. 아니, 일단 천령신공을 익힌 이상, 수련은 끊임없이 이어질 수밖에 없다. 천령신공은 원래 그런 것이니까. 지금도 이렇게 걷고 딴생각을 하는 와중에도 천령신공은 계속해서 금철휘의 상단전을 중심으로 돌아가고 있었다. 그리고 집중하면 훨씬 좋은 효과를 볼 수 있다.

"가자."

금철휘는 천령신공에 잠시 집중해서 어지러움을 모두 날려버린 후 다시 걸음을 옮겼다. 이제는 멀쩡했다. 역시 천령신공은 대단했다.

'그러니까 이 몸에 내 영혼이 들어온 게 맞긴 맞는 모양이군.'

사실 처음에는 환생을 한 게 아닐까 생각했다. 그리고 잊었던 전생의 기억을 되살렸을지도 모른다고 여겼다. 하지만 지금 분명히 깨달았다. 이 몸은 자신의 것이 아니었다.

'아니, 이제부터는 내 것이다. 그걸 분명히 인지하는 게 중요해.'

마치 세뇌라도 하듯 금철휘는 스스로에게 끊임없이 되뇌었다. 이 몸은 자신의 것이라고. 그러니 다른 곳으로 갈 필요가 없다고 말이다.

그렇게 속으로 중얼거리며 걷다 보니 어느새 거처에 도착했다. 아칠의 표정이 대번에 실망으로 얼룩졌다.

"공자님, 정말 기루 안 가실 겁니까?"

"그놈의 기루 타령, 지겹구나. 며칠 쉬자. 죽다 살아난 지 얼마 되지도 않았다."

"예? 죽다 살아나요? 공자님, 무슨 일 있으셨습니까?"

"그래. 그러니까 열흘만 쉬자."

금철휘는 그 말을 남기고 방으로 들어갔다. 아칠은 방문 앞에서 안절부절못하다가 이내 고개를 푹 숙이고 돌아섰다. 왠지 오늘은 돌아가야만 할 것 같았다. 걸음을 옮기는 아칠의 얼굴에 걱정이 가득했다.

"도저히 이해할 수가 없군. 아무리 등신 멍청이라도 그렇지, 그런 부인들을 그냥 둬? 보아하니 몇 달 동안 그저 현실을 외면한 모양인데, 이 뚱땡이는 그럴 수 있을지 몰라도 난 절대 안 되지."

금철휘는 차갑게 웃으며 침상에 편안히 앉았다. 일단 육체와 영혼의 괴리감을 느낀 이상, 열심히 천령신공을 파고들어야 한다. 아칠에게 열흘 동안 쉬고 싶다고 말한 이유도 그것이었다.

사실 금철휘는 즐기고 싶었다. 기루에도 가고 싶고, 주루에 가서 진탕 취해보고 싶기도 했다. 또한 도박장에서 마음껏 도박을 즐기고 싶었다. 게다가 수많은 사람을 만나보고 싶었고, 뭔가 뜻깊은 일도 해보고 싶었다.

하고 싶은 일이 엄청나게 많았다. 즉, 편하고 평범하게 살아가고 싶었다. 전생에서는 한 번도 하지 못했던 일이다. 태어나서 죽을 때까지 오로지 수련과 싸움, 그리고 피와 검으로 점철된 삶을 살았다. 이제 더 이상 그런 건 사양이다. 앞으로는 평범한 인생을 살아가리라.

하지만 그러기 위해서는 참을 줄도 알아야 한다. 참는 것은 자신 있었다. 전생을 살아가며 금철휘에게 가장 필요한 것이 바로 인내였다. 누군가를 죽이고, 검을 수련하고, 또 싸우고. 모든 것이 인내와의 싸움이었다.

그런 금철휘가 고작 열흘 정도 못 참겠는가. 금철휘는 지그시 눈을 감았다. 근처에서 자신을 지켜보는 호위무사의 존재가 느껴졌지만 신경 쓰지 않았다. 그는 자신이 무엇을 하는지 결코 알아차리지 못하리라.

편안히 눈을 감고 앉은 채로 몸을 건들거리며 천령신공에 빠져든 금철휘는 이내 침상에 누워 버렸다. 천령신공은 자세와 상관없이 수련이 가능하다. 금철휘는 그 상태 그대로 무아지경에 빠져들었다. 그야말로 순식간이었다. 이런 집중력 역시 금철휘만의 독보적인 능력 중 하나였다.

*　　　*　　　*

금철휘의 호위무사는 질린 눈으로 금철휘를 노려봤다. 오늘 있었던 일은 정말 너무나 어이가 없었다. 자신을 교묘하게

끌어들여 원하는 결과를 착착 만들어가는 금철휘를 보고 있
자니 너무나 놀라웠다.

'마치 장주님을 보는 듯하지 않은가. 역시 호랑이 새끼는
다르다 이건가?'

금룡장주가 바로 그러했다. 자신을 둘러싼 모든 상황을
이용해 자신이 원하는 가장 유리한 방향으로 일을 이끌어간
다. 그렇지 않았다면 금룡장을 항주 제일로 만들지도 못했으
리라. 더구나 금일청은 버는 돈 못지않게 쓰는 돈도 많다. 항
상 베푸는 삶을 살기 때문이다.

그렇게 베풀고 또 베풀면서도 계속해서 재산이 늘어나는
건, 모두 금일청의 그러한 능력 때문이었다.

한데 그런 금일청의 능력을 금철휘 또한 타고난 듯하지 않
은가. 호위무사는 정말로 감탄하지 않을 수 없었다. 하지만
그러면서도 또 괘씸했다.

'그나저나 대체 내가 숨은 곳은 어떻게 아는 거지?'

다른 사람은 몰라도 호위무사는 확실히 알고 있었다. 금
철휘가 전혀 무공을 모른다는 사실을 말이다. 금철휘가 어렸
을 때부터 계속 지켜봤기 때문에 누구보다 금철휘에 대해 잘
알고 있었다. 금철휘는 무공을 제대로 익힌 적이 단 한 번도
없었다.

한데 무공조차 익히지 않은 금철휘가 번번이 자신을 찾아
낸다는 건 숨겨진 뭔가가 있다는 뜻이다. 호위무사는 눈을

빛내며 침상에 누워 자고 있는 금철휘를 바라봤다.

확실히 요즘 많이 달라지긴 했다. 뭔가 변화가 생겼거나 아니면 자신도 모르는 사이에 중요한 것을 얻었을 수도 있었다. 그조차 아니라면 타고난 감각을 가지고 있거나.

'아니, 감각을 타고난 건 아니야.'

만일 그랬다면 예전부터 자신의 은신을 알아챘어야 한다. 하지만 금철휘는 최근 갑자기 이런 능력이 생겨났다. 원래 가지고 있던 능력을 그동안 숨겼을 수도 있지만 그동안 보아온 금철휘의 성정을 생각하면 그건 절대 아닐 것이다.

'그럼 뭔가를 얻었다는 뜻인데……'

대체 그것이 무엇인지, 또 언제 그것을 얻었는지 전혀 알 수 없었다. 호위무사는 한시도 금철휘에게서 눈을 떼지 않는다. 물론 그도 사람인지라 가끔 자리를 비울 때가 있다. 하지만 그것은 그야말로 아주 잠깐의 시간뿐이다. 잠도 금철휘 근처에서 잔다. 금철휘가 깨어나 움직이면 그도 즉시 잠에서 깨 움직인다.

호위무사는 점점 머릿속이 뒤죽박죽되어 뭐가 어떻게 돌아가는지 가늠할 수가 없었다. 금철휘에게 무슨 일이 생겼는지, 또 왜 갑자기 이렇게 변했는지 알 수가 없었다.

*　　　*　　　*

무아지경에 빠져 천령신공을 수련하던 금철휘는 아침이 되어서야 눈을 떴다. 천령신공을 수련한 덕분에 잠을 전혀 안 잤지만 머리도 맑고 몸도 개운했다. 물론 여기서 끝낼 생각은 없었다. 내친김에 끝을 볼 작정이었다. 원하는 수준까지 천령신공을 끌어올리는데 예상한 시간이 바로 열흘이었다.

금철휘는 그야말로 생존을 위한 최소한의 행동을 제외하고는 모조리 침상에 누워서 천령신공과 함께 시간을 보냈다.

매일 그를 찾아온 아칠도, 또 천장에 숨어 지켜보던 호위무사도 질릴 대로 질려 버렸다.

'뭐 저런 게으름뱅이가 다 있어? 이건 해도 해도 너무하는구나. 저러니 살이 뒤룩뒤룩 찌지.'

열흘 동안 잠만 퍼질러 잘 수 있다는 것도 어찌 보면 대단했다. 호위무사는 속으로 돼지라고 욕했지만 사실 그 열흘 동안 금철휘는 살이 조금씩 빠졌다. 평소보다 훨씬 적게 먹으니 당연했다. 물론 그럼에도 금철휘의 그 육중한 몸은 살이 빠진 티도 나지 않았지만 말이다.

열흘이 지난 후, 금철휘는 맑게 빛나는 눈으로 침상에서 내려와 방문을 열었다. 문 앞을 지키고 있던 아칠이 그 모습을 보고는 눈을 크게 뜨고 외쳤다.

"공자님!"

아칠이 당장에라도 금철휘에게 안기려는 듯 종종종 달려갔다. 그 눈빛과 표정이 너무나 부담스러워 금철휘는 슬쩍 몸을 피했다.

쿠당탕!

아칠이 꼴사납게 바닥을 구르며 문짝을 부숴 버렸다. 정말로 안기려고 달려들었는데 금철휘가 피해 버리자 중심을 못 잡고 넘어진 것이다.

"에구구. 공자님, 정말 너무하십니다! 어떻게 절 피하실 수가 있어요?"

"헛소리 그만하고 밥이나 먹으러 가자."

그 말에 아칠이 슬그머니 일어나 금철휘의 눈치를 살폈다. 금철휘가 피식 웃으며 말을 이었다.

"적당한 기루로 안내해라."

아칠이 금세 반색하며 가슴을 주먹으로 탕탕 치고는 큰 소리로 대답했다.

"저만 믿으십시오! 그동안 진짜 멋진 곳을 발견했습니다!"

아칠은 신명 나게 걸으며 금철휘를 안내했다. 조금 있으면 춤이라도 덩실덩실 출 기세였다. 어지간히도 기루에 가고 싶었던 모양이었다. 금철휘는 그것을 보며 또 웃었다.

'나도 슬슬 즐겨야지.'

지난 열흘 동안 충분히 성과를 거뒀다. 목표로 했던 성과를 넘어섰기에 더 이상 불안하지 않았다. 앞으로는 영육(靈肉)의 괴리감을 느끼는 일이 없을 거라고 확신했다.

금철휘는 천령신공의 다섯 번째 단계를 넘어 여섯 번째 단계로 접어들었다. 물론 깊이는 얕았다. 하지만 앞 단계의 수련을 병행했기에 첫 번째나 두 번째 단계는 상당히 깊어졌다. 영육의 안정도 그로 인해 얻은 성과였다.

사실 조금 의외의 일이긴 했다. 아무리 한 번 갔던 길이고, 천령신공이 육체보다는 정신에 좌우되는 공부라 하더라도 금철휘의 육체로는 처음 익히는 건데 그 진전이 너무 빨랐다. 여섯 번째 단계라면 전생에서도 이루지 못한 경지 아닌가.

천령신공의 여섯 번째 단계는 직접적으로 힘을 외부로 발현할 수 있는 경지였다. 사물을 파악하고 장악할 수 있는 능력이었다. 즉, 힘이 닿는 범위 내에 있는 사물을 들여다보고 그 사물의 구조 자체를 바꿔 버릴 수 있었다. 예를 들어 손에 든 검을 더욱 날카롭고 강하게 만들 수도 있고, 상대의 검이 범위에 들어온 순간 날을 무디게 바꿔 버릴 수도 있었다.

쓰기에 따라서는 정말로 막강한 능력이었지만, 사실 제대로 쓰는 건 쉽지 않았다. 실제로 싸움에 응용하기에는 문제가 많았다. 발현하는 데 시간이 필요하기 때문이다.

하지만 금철휘에게는 천령신공이 그 경지에 이르렀다는 자체가 중요했다. 다섯 번째 단계, 즉, 오단공에 이르면서 영육이 서서히 일치해가는 느낌을 받았다. 뭐가 어떻게 된 건지는 모르지만 왠지 확신할 수 있었다.

'그리고 육단공에 오르면서 영육이 정확히 일치했지. 이건 확실해. 설명할 수는 없지만.'

드디어 완벽한 금철휘가 된 것이다. 물론 예전 금철휘의 기억은 거의 남아 있지 않지만 말이다.

"이곳입니다! 굉장하지요? 으흐흐흐."

아칠이 음흉하게 웃으며 떠드는 말에 금철휘는 정신을 차렸다. 이제 확실히 육체를 얻은 기념으로 한바탕 질펀하게 놀 차례였다.

'전생에서는 단 한 번도 와본 적 없는 곳이로군.'

생각해보면 암울하기 그지없는 삶이었다. 아이 때부터 죽을 때까지 어쩌면 그리도 피와 싸움, 광기에 점철되어 살아왔는지 지금 생각하면 그렇게 살면서 버틸 수 있었던 것 자체가 신기했다.

'이런 멋지고 훌륭한 세상도 있는데 말이지.'

금철휘는 흐뭇하게 웃으며 아칠을 따라 기루 안으로 들어갔다.

수많은 기녀들이 눈웃음을 머금고 사뿐사뿐 다가왔다. 그녀들은 아칠과 금철휘에 대해 너무나 잘 알고 있었다. 기루가 생긴 지 얼마 되지 않아 두 사람 모두 처음 방문했지만, 그들에 대한 소문이 워낙 항주를 쩌렁쩌렁 울리고 있었기에 모를 수가 없었다.

또한 항주에서 이름난 기루가 되려면 금철휘를 잡으라는 말까지 있었다. 금철휘만 확실히 휘어잡을 수 있다면 기루의 매상 걱정은 할 필요가 없었다. 다른 손님을 안 받아도 기루

운영에 문제가 없을 정도였으니 기녀들이 공을 들이는 것도 당연했다.

"자자, 제일 크고 좋은 방으로 안내해라. 오늘 우리 공자님께서 한번 제대로 놀아보잡신다. 으헤헤헤헤."

아칠이 경박스럽게 웃으며 다가온 기녀들을 끌어안았다. 기녀들은 아칠이 비록 금철휘의 호위무사에 불과하지만 얼마나 중요한 사람인지 알기에 극진히 대접하며 교태를 부렸다.

금철휘는 흐뭇한 표정으로 아름답게 치장한 기녀들을 하나하나 둘러봤다. 이런 별천지가 있다는 걸 예전에는 왜 몰랐단 말인가. 물론 알았다 하더라도 즐길 수는 없었겠지만 말이다.

'아주 제대로 즐겨주지. 남은 삶은 하고 싶은 걸 다 하면서 살 테다.'

금철휘는 기녀들을 품에 안으며 다짐하고 또 다짐했다.

"끄응. 공자님, 괜찮으십니까?"

아칠이 부스스한 얼굴로 지끈거리는 머리를 두 손으로 부여잡으며 물었다. 밤새 놀다가 술에 취해 기녀들을 제대로 안아보지도 못하고 잠들고 말았다. 너무나 억울했지만 오늘만 날이 아니나 사실 아쉬울 건 없었다. 어제 못 했으니 오늘 하면 되고, 오늘도 못하면 내일이 있다.

"쯧쯧, 그러니 적당히 마셔야지. 이기지도 못할 술을 왜 그리 퍼마셨느냐."

아칠이 기가 막힌다는 듯 멍하니 금철휘를 바라봤다. 지금까지 금철휘는 자신보다 훨씬 더 술에 빠져 살았다. 그러면서도 술을 이긴 적은 거의 없었다. 그런 사람이 지금 누구에게 훈계를 한단 말인가.

"어라? 공자님 멀쩡하시네요?"

"그럼 멀쩡하지 않기를 바랐단 말이냐."

"그, 그럴 리가 없잖습니까! 제가 공자님을 얼마나 좋아하고 사랑하고 존경하는지 잘 아시면서. 헤헤헤."

아칠은 그렇게 일단 아부를 한 방 날렸다. 그러면서도 의심스러운 눈으로 금철휘의 모습을 유심히 살폈다. 분명히 어제는 자신보다 훨씬 더 많은 술을 마셨다. 한데 너무나 멀쩡했다.

"그런데 왜 여기서 주무셨습니까? 정신이 남아있으셨으면 마음에 드는 애 한 명 데리고 다른 방에서 주무시지."

"술이 참으로 마음에 드는구나."

금철휘는 그렇게 말하며 술잔을 단번에 비웠다. 그 모습을 본 아칠의 입이 떡 벌어졌다.

"서, 설마 지금까지 계속 술을 드시고 계셨던 겁니까?"

"왜? 그럼 안 되느냐?"

"아니, 그건 아니지만……."

아칠은 혼란스러웠다. 금철휘가 정말로 많이 변했다. 심지어 주량까지 말이다. 예전의 금철휘 역시 술을 좋아하긴 했지만 보통 이기지 못할 정도로 진탕 먹은 뒤 기녀와 뒹굴곤 했다. 지금처럼 아침까지 술만, 그것도 맨 정신으로 혼자 마신 적이 없었다. 오늘 보니 얼굴과 몸만 같았지, 완전히 다른 사람처럼 보였다.

"공자님, 정말 괜찮으십니까?"

아칠의 물음에 금철휘의 손이 멎었다. 금철휘는 막 술잔을 입에 대려다가 다시 내려놓고는 고개를 돌려 아칠을 쳐다봤다. 금철휘의 냉정한 눈빛이 아칠에게 쏟아졌다.

'윽!'

아칠은 깜짝 놀라 자신도 모르게 뒤로 주춤 물러났다. 이렇게 차갑고 냉정한 눈은 처음이었다. 다른 사람도 아닌 금철휘가 이런 눈빛을 자신에게 보일 리가 없었다. 다른 사람 같다는 생각이 또 들었다. 하지만 눈앞에 있는 사람은 분명히 금철휘였다.

"밤새 곰곰이 생각해봤는데 말이야."

금철휘가 입을 열자 아칠이 입을 닫았다. 그리고 자신도 모르게 침을 꿀꺽 삼키고는 금철휘를 바라봤다.

"아무리 내가 덜떨어진 놈이었다 하더라도 혼례는 좀 다른 문제란 말이지. 이해가 가지 않아."

"예?"

아칠이 멍청한 표정을 지었다. 첫째 부인을 만날 때가 엊그제 같았다. 그때의 광경이 아직도 선명하게 뇌리에 남아 있는데, 이건 또 무슨 뚱딴지같은 소리란 말인가.

"공자님이 좋다고 달라붙어서 갖은 아양을 떠니 당연히 홀딱 넘어가죠. 공자님, 설마 기억 안 나십니까?"

아칠이 이건 좀 심하다는 듯한 표정으로 금철휘를 바라봤다. 아무리 기억이 가물가물하고 이것저것 잊는 게 많다고 하지만 이건 좀 심하지 않은가.

"아! 그랬다고 했지. 정말 아무짝에도 쓸모없는 뚱땡이야."

금철휘가 피식 웃고는 다시 물었다.

"둘째도?"

"예. 사실 조금 경우가 다르긴 하지만 셋째 부인도 그런 편이었습죠."

"셋째도?"

금철휘가 자신의 이마를 탁 때리고는 쿡쿡 웃었다. 이건 어이가 없어도 너무 없지 않은가. 같은 일을 두 번이나 겪고도 또 같은 실수를 반복하다니, 그냥 멍청한 돼지라고 하기에도 과분한 놈 아닌가.

"뭐, 앞으로 안 그러면 되지."

금철휘는 홀가분한 표정으로 술잔을 비우고는 자리에서 일어났다. 앞으로 어떻게 할 것인가를 생각할 때 가장 마음에 걸리는 부분이 바로 부인들이었다. 하지만 이제는 그럴 필요가 없다. 순수하지 못한 목적으로 다가온 사람들이니, 같은 대접을 해주면 그만이다.

'진작 이놈에게 물어볼 걸 그랬군. 멍청한 뚱땡이라 다행이라고 여기게 될 줄이야.'

금철휘가 그간 보여준 행실이 워낙 덜떨어졌기에 이렇게 말도 안 되는 질문을 해도 아칠은 전혀 이상하게 여기지 않고 성실히 대답해 주었다. 그것은 금철휘에게 상당한 도움이 되었다.

'앞으로 잘 이용해야겠어.'

확실히 금룡장에 적응할 때까지는 아칠의 도움을 적극적으로 받아들여야만 한다. 그래야 진짜 금룡장의 소장주 금철휘로 살아갈 수 있을 테니까.

'네놈들 몫까지 철저히 잘 살아주마.'

금철휘는 갑자기 동료들이 떠올라 속으로 중얼거렸다. 그러다가 문득 자신이 죽은 지 얼마나 됐는지가 궁금해졌다.

"너 전에 혈룡귀갑대를 알고 있다고 했지?"

아칠이 피식 웃었다.

"뭐든 물어보십시오. 워낙 유명한 사람들이라서 아마 세 살 먹은 어린애들도 다 알 테니까요."

"죽은 지 얼마나 되었지?"

"흐음. 기준이 좀 애매하네요. 그리고 사실 아직 다 죽었는지 아닌지 확인이 안 되고 있으니까요."

"확인이 안 돼?"

"혈룡귀갑대에서 제일 강한 사람의 생사가 아직 불분명하거든요. 뭐, 죽었다고 다들 믿는 모양이지만, 전 그렇게 생각 안 합니다. 혼자서 무림맹의 최정예 이백을 몰살시킨 사람이 어디 그리 쉽게 죽겠습니까? 게다가 벼락에 맞아 죽었다니, 말도 안 되지요."

"벼락에 맞아 죽어?"

금철휘가 흥미를 보였다. 실제로 자신은 벼락에 맞아 죽었다. 물론 그때 그것이 벼락이라고는 생각하지 않지만, 그 광경을 누군가 봤다면 분명히 벼락에 맞았다고 여길 것이다.

'하면 누군가 봤단 말인가?'

금철휘가 상념에 잠겨 있을 때, 아칠이 입에 침을 튀며 말을 이었다.

"지금은 무림맹주이시자, 당시에는 무림맹이 혈룡귀갑대를 상대하기 위해 특별히 만들어낸 참룡단(斬龍團)의 단주이셨던 검성 만호유 대협께서 직접 목격하셨다고 하셨죠. 하지만 시체조차 남지 않아 아무도 믿지 않으셨다는 말씀. 아무리 벼락에 맞았어도 재는 남아 있어야 정상 아니겠습니까?"

금철휘가 묘한 표정을 짓자 아칠은 더욱 신이 나서 떠들었다.

"그래서 당시, 그러니까 지금으로부터 칠 년 전, 만호유 대협을 제외한 전 무림이 나서서 샅샅이 추적을 시작했죠. 하지만 아무런 성과를 거둘 수 없었습니다. 추적에는 일가견이 있다는 자들이 다수 나섰지만, 결국 혈룡귀갑대주의 행방은 더 이상 알 수 없었습죠."

"그럼 그 만호유라는 사람은?"

"뭐, 남들 추적하고 신경 쓰는 동안 무공을 열심히 갈고 닦아 경지에 이르렀다고 하더군요. 아주 자연스럽게 무림맹주가 되셨습니다. 아무리 바빠도 수련을 빼먹지 않는 걸로 아주 유명한 분이시죠. 뭐, 그러니 맹주가 되셨겠지만."

"재미있군."

금철휘는 그렇게 말하며 턱을 쓰다듬었다. 자신이 죽은 지 칠 년이 지났다. 하면 그 칠 년 동안 자신은 대체 뭘 하고 있었단 말인가. 사후세계에 대해 무지하기에 더 이상은 생각을 이어갈 수 없었다.

'하긴, 그게 중요한 건 아니지.'

그렇다. 지금 중요한 건 앞으로 어떻게 살아갈 것인가. 예전 혈룡귀갑대를 이끌고 살아갈 때처럼 피와 전장의 광기로 점철된 삶은 더 이상 사양이었다.

금철휘가 생각을 다 정리했다는 것도 모르고 아칠은 자신의 얘기에 스스로가 심취해서 열심히 말을 쏟아냈다.

"또한! 그 혈룡귀갑대와 무림의 길고 긴 싸움으로 인해서 기반 자체가 흔들린 무림 유수의 문파들이 몰락하고 다시 일어서는 일이 부지기수로 일어나면서! 무림 자체가 완전히 개편되었습죠. 물론 그런 와중에도 무림맹만은 굳건히 자리를 지

켰지만 말입니다. 만호유 대협이 무림맹주가 될 수 있었던 것
도, 무림맹이 세파에 흔들리지 않도록 음으로 양으로 엄청나
게 신경을 쓰고 공을 세웠기 때문입죠."

"그래, 그래. 알았다. 알았으니까 술이나 좀 더 마시자."

"헉! 밤새 마셨다면서 또 마십니까?"

"그래 봐야 몇 병 마시지도 못했어. 가서 술 더 가져오라고
해라. 술 떨어졌다. 그리고 이것들 좀 치우라고 하고."

금철휘가 바닥을 가리키며 말하자, 아칠은 그제야 주위를
둘러봤다. 십여 명의 기녀들이 바닥에 널브러져 있었다. 보아
하니 술에 못 이겨 정신을 잃은 듯했다. 아칠은 질린 눈으로
금철휘를 바라보다가 이내 고개를 절레절레 젓고는 밖으로
나갔다. 금철휘 말대로 일단 정리가 필요해 보였다.

제4장
항주오룡

금철휘는 기녀들을 모두 내보낸 후, 술을 세 동이나 더 마신 뒤에야 자리에서 일어났다. 아칠은 그 모습을 보며 옆에서 치를 떨었다. 어찌 인간이 이렇게 술을 퍼마실 수 있단 말인가.

'쯧쯧, 어쨌든 제 버릇 개 못 주지. 술에 먹힐 정도로 마셔 대는구나.'

자리에서 일어난 금철휘가 비틀거리는 모습을 보며 아칠은 고개를 끄덕였다. 역시 금철휘는 금철휘, 다른 사람이 될 수 없는 법이다.

그렇게 대충 마무리하고 자리를 뜨려는데, 밖이 소란스러워졌다. 꺅꺅거리는 기녀들의 비명 속에 굵은 사내들의 목소리가 섞여 있었다. 그리고 그 소란은 점점 금철휘의 방으로 다가왔다.

"무슨 일인지 알아볼까요?"

아칠의 물음에 금철휘가 피식 웃으며 고개를 저었다.

"알아서 뭐하게? 술도 다 먹었는데 그냥 가자."

아칠은 불만스럽게 입술을 삐죽였지만 금철휘가 시키는 대로 했다. 대충 옷가지를 챙기고는 금철휘가 나갈 수 있도록 서둘러 방문을 열었다. 아니, 열려고 했다.

"어라?"

아칠은 놀란 눈으로 자신이 손대기도 전에 열린 문을 쳐다봤다. 눈앞에 헌앙한 청년 셋과 아리따운 여인 둘이 서 있었다. 아칠은 그들의 면면을 확인하고는 표정이 그대로 굳어 버렸다. 너무나 잘 아는 사람들이었다. 남자는 물론이고 여자들까지.

"고, 공자님들께서 여긴 어쩐 일로……."

가장 앞에 선 청년이 허리춤에 매달아 놓은 검을 툭툭 치며 말했다.

"기루에 술 마시러 오지, 뭐 하러 왔겠느냐?"

청년의 시선이 아칠 뒤에 있는 금철휘에게로 슬쩍 향했다. 그의 눈가와 입가에 비웃음이 걸렸다.

"그런데 마침 반가운 돼지가 있구나."

청년의 말에 뒤에 선 나머지 사람들이 웃음을 터트렸다. 그들에게 있어서 금철휘는 그저 돈 많은 돼지일 뿐이었다. 물론 그렇다고 해서 금룡장을 우습게 여길 생각은 없었다. 금룡장이 비록 상인의 가문이라 하지만 가진 바 힘은 상당했으니까. 하지만 금룡장과 금철휘는 별개다. 그들이 보는 금철휘는 거의 쓰레기에 가까웠다.

다섯 명의 시선이 일제히 금철휘에게로 향했다. 그들의 눈가에는 앞에 선 청년과 마찬가지의 비웃음이 어려 있었다.

금철휘는 기분이 묘해졌다.

'기억에 어렴풋이 새겨져 있는 걸 보면 이 뚱땡이의 인상에 남을 정도의 놈들이라는 건데, 분위기를 딱 보니 괴롭힘 깨나 받은 모양이군. 부인보다 더 기억에 남는 놈들이라니.'

생각해 보니 우습기 짝이 없었다. 부인도 뇌리에서 사라진 판에 자기를 괴롭힌 놈들의 면면이 남아 있다니. 물론 너무 희미해서 얼굴조차 모호했지만 말이다.

'그나저나 반가운 돼지라……. 이거 기분이 과히 좋진 않은데? 살을 확 빼버려야 하나?'

금철휘가 그렇게 잠깐 고민 같지도 않은 고민을 하는 사이 문을 가로막고 서 있던 청년과 여인들이 성큼 안으로 들어왔다. 역시 말을 꺼낸 사람은 가장 앞에 선 청년이었다.

"이렇게 만났으니, 오늘 술은 네가 사는 게 어때? 언제나처럼."

금철휘의 시선이 반사적으로 아칠을 향해 돌아갔다. 아칠은 금철휘가 자신을 보자 움찔 놀라 자신도 모르게 고개를 끄덕였다. 괜히 당하느니 차라리 돈을 주고 가는 게 현명하다는 뜻이었다. 이들도 과한 요구는 하지 않는다. 물론 보통 사람들에겐 눈 돌아갈 정도로 큰돈이었지만.

금철휘는 재미있기도 하고 기가 막히기도 하며, 다른 한편으로는 예전 몸뚱이의 주인인 뚱땡이 자식에게 짜증이 나기도 하는 복잡한 심정이 되었다. 그래서 나직이 한숨을 내쉬었다.

"후우. 보시다시피 난 이미 술을 다 마셔서."

금철휘의 말에 청년의 눈이 휘둥그레졌다. 하지만 그것도 잠시 그의 눈이 웃음기를 머금으며 가늘어졌다.

"네가 술을 다 마셨건 그렇지 않건 무슨 상관이야? 어차피 넌 우리랑 같이 술 안 마실 거잖아? 그렇지 않아?"

금철휘가 고개를 끄덕였다.

"잘 아네. 그럼 이만."

금철휘는 귀찮다는 듯 청년 옆을 지나갔다. 하지만 청년은 금철휘가 그냥 지나가게 두지 않았다. 그의 허리춤에 있던 검이 검집째로 휙 올라와 금철휘의 앞을 가로막았다.

금철휘의 고개가 살짝 삐딱해졌다. 그리고 손가락을 들어 검을 가리켰다.

"이건 무슨 뜻이냐?"

"무슨 뜻이냐? 그게 지금 나한테 한 말이 확실한가?"

청년의 얼굴이 서서히 일그러졌다. 그의 눈에서 스산한 살기가 흘러나왔다. 물론 진짜 죽일 생각은 없었지만 심정은 당장 죽이고 싶었다.

"이 돼지새끼가 감히 날 무시해? 언제부터 이 추영우 님한테 말을 놓았지? 응?"

검을 쥔 추영우의 손에 힘이 꽉 들어갔다. 그리고 그의 몸 주위로 한 차례 기의 파동이 일어났다. 금철휘는 그대로 주저앉았다. 마치 다리에 힘이 풀려 넘어진 것처럼 보였다.

하지만 결과적으로는 추영우의 일격을 피한 셈이 되었다. 방금 금철휘의 머리가 있던 공간을 추영우의 검이 쓸고 지나간 것이다. 물론 검집째로 휘둘렀지만, 만일 맞았다면 머리가 깨져 얼굴이 온통 피투성이가 되었을 것이다.

"이놈이?"

추영우의 얼굴이 더욱 크게 일그러졌다. 그의 눈에서 노골적인 살기가 쏟아져 나왔다. 그는 지금 살짝 정신을 놓은 상태였다. 아무것도 아닌 놈이 자신의 일격을 우연으로나마 피했다는 사실을 인정하고 싶지 않았다. 아니, 자신의 실수를 인정하기 싫었다.

"그만!"

묵직한 목소리가 분위기를 단번에 깨뜨렸다. 추영우는 퍼뜩 정신을 차리고 검을 내렸다. 자신이 무슨 짓을 하려고 했는지 깨달은 것이다. 금철휘를 두드려 패고 괴롭히는 것과 그를 죽이는 건 전혀 다른 문제였다.

그동안 금철휘를 괴롭힐 수 있었던 건, 그의 문제는 딱 거기서 끝났기 때문이다. 만일 금철휘가 죽는다면 금룡장이 움직일 것이다. 그렇게 되면 아무리 그들의 가문이 대단하다 하더라도 위험해진다.

"겁먹은 것 같으니 그쯤 해두게."

뒤에 서 있던 두 명의 사내 중, 짙은 눈썹을 가진 청년이 말했다. 그가 은연중 무리를 이끄는지 다들 그의 말에 수긍하는 표정이었다. 또한 추영우도 마찬가지였다.

"자네가 그렇게 말하니 그만두지."

추영우의 말에 그의 행동을 저지했던 청년, 표백영은 빙긋 웃으며 금철휘를 쳐다봤다. 금철휘는 어느새 자리에서 일어나 있었다. 얼굴에 살이 워낙 많아 표정을 읽을 수는 없었지만 다들 확신했다. 겁에 질려 있을 거라고. 금철휘는 그런 사람이었다.

"돈이나 놓고 가라. 오늘은 취월루에서 마실 생각이니 꽤 많이 필요할 거야."

너무도 당당히 돈을 요구하는 표백영의 태도에 금철휘는 정말 어이가 없었다. 대체 이놈들은 뭘 믿고 이렇게 까분단 말인가?

'보아하니 무공을 익힌 것 같군. 뭐 썩 쓸 만해 보이지도 않는데, 고작 저런 실력을 믿고 나대는 건가? 이해할 수가 없

군.'

금철휘가 잠정적으로 세운 기준은 그를 암중에서 지켜보던 호위무사였다. 예전 금철휘가 전생에 상대하던 자들에 비하면 엄청나게 약했지만, 어중이떠중이를 자신의 호위로 붙였을 리 없으니 현 무림에서 그리 약한 수준은 아닐 거라 판단한 것이다.

지금 눈앞에 있는 삼남 이녀는 금철휘의 호위무사에게 한꺼번에 덤벼들어도 옷자락 하나 건드릴 수 없을 정도로 약했다.

금철휘가 고개를 살짝 모로 꼬며 표백영을 쳐다봤다. 살 때문에 드러나지 않았지만 아니꼬운 표정을 지으려 애썼다.

"내가 왜?"

금철휘의 반응이 너무나 예상을 벗어나서일까, 다섯 사람이 동시에 당황했다. 하지만 그 당황이 분노로 바뀌는 데는 그리 오랜 시간이 필요치 않았다.

"이 돼지새끼가 대체 뭘 믿고 이러는 거지? 너 우리 안 보는 사이에 무슨 절세신공이라도 얻어 익혔어?"

추영우가 그렇게 말하곤 피식 웃었다.

"무공을 익혔으면, 우리를 어떻게 할 수 있을 거 같아? 무공이 그렇게 하루아침에 이뤄지는 건 줄 알아?"

금철휘가 당당히 그들을 둘러보며 말했다.

"무공을 익히고 말고가 중요한가? 지금 중요한 건, 내 앞에 내 돈을 뜯어내려는 강도들이 있다는 사실이지. 내 말이 틀렸나?"

"뭐?"

다섯 명의 표정이 흉험해졌다. 감히 그들을 강도라고 하는데 화가 안 나면 이상한 일이었다.

"그동안 맞은 매가 모자랐군. 오늘 한번 죽어 봐라."

금철휘가 피식 웃었다.

"죽어? 날 죽일 수 있겠어? 그럴 용기는 없어 보이는데? 실력도 그렇고."

금철휘의 말이 추영우의 가슴에 불을 질렀다. 추영우는 더볼 것도 없다는 듯 그대로 몸을 날리며 주먹을 내질렀다. 무시무시한 기파가 주먹을 따라 일어났다.

금철휘는 추영우가 주먹을 날리기 전부터 그 궤도를 읽어냈다. 천령신공의 공능이었다. 주변을 관조하고 장악한다는건, 기의 흐름을 읽고 건드릴 수 있다는 뜻이다. 당연히 추영우의 단전에서 일어난 기의 흐름을 파악했고, 그것이 주먹으로 향하는 것도 미리 파악했다.

그리고 수십 년간 피로 점철된 전장에서 살아온 그의 경험이 추영우 같은 애송이가 내지르는 주먹의 궤적을 읽는 건 너무나 당연했다.

금철휘는 모로 꼬았던 고개를 원래대로 했다. 빠르게 움직이진 않았지만 미리 예측했기에 맞지 않았다. 추영우의 주먹이 금철휘의 귓가를 스치고 지나갔다. 금철휘의 눈에는 단전에서부터 이어져 팔을 타고 올라 주먹에 어린 기운의 흐름이 명확히 보였다.

'진짜 어설프군. 기의 흐름을 제대로 통제하지도 못하면서 왜 쓰는 건지. 쯧.'

금철휘는 천령신공을 이용해 난폭하게 휘도는 기의 흐름을 슬쩍 건드렸다. 아주 조금 건드렸을 뿐이지만 완벽히 통제가 안 되고 있었기에 기의 흐름이 크게 비틀렸다. 당연히 추영우는 그것을 제대로 수습하지 못했다.

쿠당탕!

정말로 꼴사납게 바닥을 굴렀다. 주변 사람들 눈에는 추영우가 허공에 주먹질을 하다가 다리가 꼬여 중심을 잃고 자빠진 걸로 보였다.

"끄으윽."

추영우는 신음을 흘리며 바닥에 쓰러진 채 몸을 뒤틀었다. 온몸이 찢어지는 것처럼 아파서 일어날 수가 없었다. 아니, 몸을 뒤튼 채로 움직일 수가 없었다. 아무리 애써도 몸은 계속 뒤틀리기만 했다.

'주화입마!'

갑자기 정신이 번쩍 들었다. 주화입마라니, 쓰레기 하나 치우려다가 이 무슨 꼴이란 말인가. 추영우는 다급히 추혼신공을 써서 단전을 다독였다. 하지만 그 결과는 극심한 고통뿐이었다.

"크아아악!"

비명을 질렀다. 그러자 잠시 온몸이 시원해지는가 싶더니 더욱 심한 고통이 몰려왔다. 추영우는 눈물, 콧물, 침을 쏟아 내며 짐승 같은 신음을 흘렸다.

"크흐으으."

당황한 건 표백영을 비롯한 그의 동료들도 마찬가지였다. 추영우가 금철휘의 얼굴에 주먹을 꽂을 거라 예상했건만 그조차 성공시키지 못하고 바닥을 뒹굴며 온몸을 뒤틀고 있으니 어찌 당황하지 않겠는가.

"이, 이보게, 괜찮은가?"

표백영이 먼저 나서서 추영우에게 다가갔다. 하지만 추영우는 대답하지 못했다. 이를 악물고 고통을 참아내는 데 온정신을 다 할애했다.

"이럴 게 아니라 어서 옮겨야 하지 않을까요?"

뒤에 서 있던 두 여인 중 한 명이 걱정스럽게 말하자, 다들 고개를 끄덕이고 추영우를 조심스럽게 들었다. 추영우가 워낙 몸부림을 치고 있어서 들기가 쉽지 않았지만 무공을 익힌 사람들답게 간단히 들고 날랐다.

마치 폭풍처럼 돌아간 사람들을 아칠은 멍하니 쳐다봤다. 그들은 워낙 다급했는지라 금철휘는 쳐다보지도 않고 돌아가버렸다.

"고, 공자님. 이게 어떻게 된 일입니까?"

"어떻게 되긴 뭐가 어떻게 돼? 주화입마지."

"예에?"

아칠이 엄청나게 황당하다는 눈으로 금철휘를 바라봤다. 금철휘는 대수롭지 않은 표정으로 성큼성큼 밖으로 나갔다. 그러자 아칠이 황급히 그 뒤를 따랐다.

"고, 공자님! 같이 가야죠!"

문밖으로 나가니, 십여 명의 기녀들이 서 있었다. 방금 전의 일행을 금철휘가 있는 방에 들어오지 못하도록 막으려 애쓴 모양새가 역력했다. 옷이 얌전한 기녀가 한 명도 없었다. 금철휘는 그 모습을 보고는 씨익 웃었다. 그래도 자신을 위해 뭔가를 해준 사람들이다.

'나쁘지 않아.'

정말로 기분이 괜찮았다. 금철휘는 품에서 전낭을 꺼냈다. 전낭 안에는 은전이 가득했다. 그걸 한 줌 잡히는 대로 쥔 다음 가장 가까이 선 기녀에게 내밀었다. 기녀가 얼결에 두 손을 내밀어 그것을 받았다.

"고생들 많았다. 나눠 가져."

금철휘는 그 말을 남기고 휘적휘적 걸어 기루를 나갔다. 기녀들의 시선이 온통 금철휘에게 쏟아졌다. 돈 때문이 아니라, 자신들을 생각해준 금철휘의 마음 때문이었다. 지금까지는 그저 돼지처럼 살만 뒤룩뒤룩 찐 호구였는데, 왠지 달라 보였다.

"캬아. 공자님. 대체 요즘 왜 이러십니까? 왜 이렇게 멋지신 겁니까?"

아칠의 말에 금철휘가 인상을 팍 쓰고는 걸음을 더 빨리했다. 헛소리를 듣기 싫어서 점점 걸음이 빨라졌다.

"고, 공자님! 같이 가자니까요! 공자님!"

아칠이 달리다시피 금철휘를 쫓아갔다. 하지만 그저 빠르게 걷고 있을 뿐인 금철휘를 좀처럼 따라잡지 못했다. 아칠은 마치 귀신에 홀린 기분으로 그렇게 금룡장까지 금철휘를 뒤쫓아 달려갔다.

           *   *   *

금룡장 내원의 중심. 고즈넉하게 서 있는 작은 전각. 바로 금룡장주의 집무실이었다.

집무실에서 서류를 확인하는 금일청 앞 멀찍이 떨어진 곳에 한 사내가 부복하고 있었다. 그는 금철휘의 호위무사였다.

"믿은 보람이 있군."

"처음에는 저도 의심했습니다만, 요즘은 역시 장주님의 아들이라는 생각뿐입니다."

"그래, 그래야지. 이십 년이 넘게 마음껏 살았으면 이제 슬슬 정신을 차릴 때도 되었지."

금일청은 아들이 대견스러웠다. 그동안 주색잡기에 빠져서 허송세월을 보낼 때는 답답하기도 했지만, 그래도 끝까지 믿고 기다렸다. 그리고 이제야 그 보답을 받았다.

"이제 뭔가 일을 맡겨 보는 것이 좋겠어. 참, 추영우에 대한 얘기를 들었는데, 이해할 수가 없더군. 자네가 한번 얘기를 해보게. 처음부터 끝까지 지켜봤을 것 아닌가."

호위무사는 올 것이 왔다는 표정으로 잠시 머뭇거렸다. 사실 할 얘기도 별로 없었다. 그리고 금철휘에게는 분명히 숨겨진 뭔가가 있다는 확신이 들게 만들었다.

"추영우는 그저 헛손질을 하다가 넘어졌고, 그 여파로 주화입마에 걸린 걸로 보입니다."

"헛손질 때문에 주화입마에 걸렸다?"

금일청의 얼굴이 황당함으로 물들었다. 헛손질에 주화입마라니, 가당키나 한 말인가. 추영우는 꽤 촉망받는 인물이었다. 항주의 후기지수들 중에서도 단연 돋보여 항주오룡 중하나로 불릴 정도였다.

한데 그런 인물이 헛손질을 했고, 그것도 모자라 주화입마에 걸렸다는 말을 어떻게 믿을 수 있단 말인가.

"제가 본 바로는 그렇습니다. 하지만 어쩌면 놓친 것이 있을 수도 있습니다."

"놓친 것?"

"이건 그저 개인적인 추측일 뿐인지라……."

금일청이 손을 휘 내저었다. 추측이든 사실이든 말해주면 알아서 판단하겠다는 뜻이다. 호위무사는 굳은 표정으로 보고를 이어갔다.

"추영우의 일격을 공자님이 피했고, 그에게 뭔가를 했을 것 같습니다."

"뭔가를 했다? 그게 대체 뭔가?"

"그건 저도 모르겠습니다. 하지만 무인을 주화입마에 빠트릴 정도로 대단한 것이겠지요."

금일청은 눈살을 찌푸렸다. 듣고 나니 왜 호위무사가 말하기 꺼렸는지 알 것 같았다. 너무나 허황된 얘기 아닌가. 이 말을 그냥 믿어줄 사람이 과연 몇이나 있을까.

"자네는 그걸 어느 정도로 확신하나?"

"절반 이상입니다."

금일청의 표정이 굳었다. 그가 아는 바로, 이 호위무사, 무영객은 결코 허언을 하지 않는다. 그가 절반 이상의 확률을 내걸었다면 그건 거의 확신하고 있다는 뜻이었다.

"혹여 그놈이 무슨 마공이라도 익히는 건 아니겠지?"

"염려 마십시오. 그건 절대 아닙니다."

"그럼 다행이긴 하지만 혹시 모르니 철저히 지켜보게."

"심려 놓으십시오."

그 뒤로 무영객과 금일청은 금철휘에 대한 몇 가지 얘기를 나누었다. 그리고 대화가 끝나자, 무영객은 다시 자신의 자리로 돌아갔다. 금철휘를 지켜보는 고된 호위무사의 자리로 말이다.

* * *

추가장은 항주에서 열 손가락 안에 드는 가문이었다. 무공이면 무공 재물이면 재물 어느 하나 빠질 것 없는 대단한 가문이었다. 한데 그런 추가장이 지금 발칵 뒤집혔다.

"지금 내 아들이 고작 그 금룡장 돼지한테 날린 헛손질 때문에 주화입마에 걸렸다는 말을 믿으란 말이더냐?"

추가장주이자, 추영우의 아버지이기도 한 추차성은 노기 가득한 눈으로 소리쳤다. 그의 눈에 어린 살기가 방안을 꽉 메웠다. 그 앞에 앉아 있던 네 사람이 추차성의 살기를 감당하지 못하고 몸을 부르르 떨었다.

"고정하십시오."

추차성은 옆에서 들려오는 차분한 목소리에 자신이 너무 흥분했다는 걸 깨닫고 얼른 살기를 죽였다. 하긴 이 앞의 네 사람이 무슨 죄가 있는가. 오히려 주화입마에 빠져 오도 가도 못하게 된 아들을 추가장까지 안전하게 데려왔으니 고맙다고 인사라도 하는 게 옳다.

"후우. 어쨌든 난 믿을 수가 없구나. 내 아들이 천재는 아니지만 그래도 제법 뛰어난 녀석이다. 그런 놈이 그렇게 어이없이 주화입마에 들어? 너희들이 내 입장이라면 믿을 수 있겠느냐?"

추차성의 말에 네 사람은 미미하게 고개를 저었다. 그들 역시 믿을 수 없었다. 사실 그들은 눈앞에서 그 광경을 지켜봤음에도 믿기 어려웠다.

"분명히 뭔가가 있어. 분명히. 그걸 알아내야만 한다."

추차성의 눈이 표백영에게로 향했다. 항주오룡 중 가장 뛰어나다는 평가를 받는 표백영이라면 뭔가 그럴듯한 의견을 낼 수 있을 거라 믿었다.

"네 생각은 어떠하냐?"

표백영이 힘없이 고개를 저었다.

"바로 옆에서 지켜봤지만 특별히 이상한 점을 찾을 수 없었습니다."

"상대가 금룡장의 돼지라고 했지?"

"그렇습니다."

추차성은 문득 드는 생각에 눈살을 찌푸렸다. 일이 벌어진 곳은 기루다. 그런 곳에 남녀가 함께 몰려갔다는 건, 술이나 풍류를 즐기기 위함이 아니라, 다른 목적이 있었다는 뜻이다.

"쯧쯧. 아직도 그러고 다니는 게냐?"

"송구합니다."

표백영은 물론이고 그 옆에 나란히 앉은 다른 사내와 여인들도 일제히 고개를 푹 숙였다. 입이 열 개라도 할 말이 없다.

"됐다. 적당한 선을 지키도록 해라. 내, 너희들도 다 자식 같아서 하는 말이야. 지렁이도 밟으면 꿈틀한다는 걸 명심해라. 게다가 그놈의 뒤에는 금룡장이 있다. 금일청은 제 자식과는 전혀 다른 사람이야."

"명심하겠습니다."

추차성은 고개를 한 번 끄덕이고는 생각에 잠겼다. 상대가 금철휘라는 점이 묘하게 마음에 걸렸다. 하지만 아무리 생각해도 금철휘가 무슨 짓을 했을 가능성은 없었다. 금철휘 뒤에 숨은 호위무사라면 또 모를까.

'아니, 그놈도 그럴 능력은 없지. 우리 영우가 어떤 녀석인데.'

추영우는 추가장이 기대하는 기재 중의 기재였다. 오죽하면 항주오룡이라 불리며 세인들이 떠받들겠는가. 무공도 뛰어나고, 머리도 좋았다. 아마 이대로만 자라면 추가장을 더욱 크게 성장시킬 것이다.

'그럼 그냥 우연히 벌어진 일이란 말인가? 우리 영우가 고작 헛손질 한 방에 주화입마에 빠져? 그게 진실이란 말인가?'

추차성의 얼굴이 점점 일그러졌다. 인정할 수 없었다. 그러니 자신이 인정할 만한 사실을 캐내야 한다. 없다면 만들어서라도 말이다.

"그놈에 대해서 잘 아느냐?"

"그저 쓰레기 같은 놈이라는 사실밖에 모릅니다."

"너희들이 도와줘야겠다. 그놈에 대해 알아봐라. 그놈 입장에서 너희들이 조금만 잘해준다면 춤이라도 추지 않겠느냐?"

표백영의 눈이 빛났다. 말인즉슨, 접근해서 이용하고 뭔가가 있다면 그걸 이끌어 내라는 뜻이다. 사실 거절해도 그만이다. 표백영은 물론이고 이 자리에 있는 다른 사람들도 추가장의 위세에 눌리지 않을 정도로 대단한 가문의 자식들이다.

하지만 그들은 이 일에 호기심을 느꼈다. 그동안은 그저 돈이나 뜯어내고 괴롭히는 정도였는데, 생각해 보니 의도적으로 접근하면 더 재미난 일이 많을 듯했다. 그리고 나중에 피눈물을 흘릴 정도로 그놈에게 지독한 상실감과 치욕을 안겨 줄 수도 있고 말이다.

"재미있겠군요."

"저도 해볼게요."

네 사람이 거의 동시에 대답했다. 그들의 눈이 호기심과 기대감으로 빛나는 걸 확인한 추차성의 눈에 음험한 빛이 살짝 어렸다 사라졌다.

"하면 저희는 이만 물러가겠습니다. 영우가 하루빨리 일어날 수 있도록 저희들도 힘껏 돕겠습니다."

표백영의 말에 추차성이 크게 고개를 끄덕였다.

"고맙구나. 나중에 영우가 많이 고마워할 게다."

네 사람이 인사를 하고 밖으로 나가자, 추차성이 날카로운 눈으로 고개를 돌려 옆에 가만히 서 있는 총관을 쳐다봤다.

"자네 생각은 어떠한가?"

"금철휘 주변에 뭔가가 있음이 분명합니다. 일단 그의 곁에 항상 머무는 개 한 마리를 치워야 그게 드러날 것 같습니다."

"나도 그리 생각하네. 하면 자네가 알아서 조치를 취하게. 난 이놈을 고칠 방도를 궁리해야 하니까."

총관이 공손히 허리 숙여 인사를 하고 밖으로 나갔다. 추차성은 착잡한 눈으로 침상에 누운 자신의 아들을 바라봤다. 주화입마에 제대로 걸려 온몸이 뒤틀린 상태였다. 이대로 방치하면 오래가지 않아 목숨을 잃거나, 주화입마에서 벗어나더라도 거의 폐인에 가깝게 변할 것이다.

"그렇게 둘 수는 없지."

추차성은 급한 대로 자신의 내력을 이용해 아들의 기맥과 단전을 다독였다. 힘든 일이었지만 효과는 있었다. 물론 미미했다. 그저 상태가 더 악화되는 것을 막았을 뿐이다. 추차성은 아들의 몸에 내력을 불어넣으며 누굴 불러야 제대로 된 치료를 할 수 있을지 고민하기 시작했다. 답은 금세 나왔다.

'의선, 만혈괴의, 그리고 약왕문.'

다들 의술의 정점에 위치한 자들이다. 하지만 주화입마를 치료하려면 최소한 그 정도는 되어야 했다. 추차성은 그들을 어떻게 끌어들일까 고민하며 다시 한 번 내력을 불어넣었다.

　　　　*　　　*　　　*

　금철휘는 침상에 누워 지그시 눈을 감고 천령신공을 수련했다. 여섯 번째 단계에 접어들면서 천령신공에 대한 호기심과 성취욕이 급속히 올라가 버렸다. 원래는 예전 경지인 다섯 번째 단계에서 끝낼 생각이었다. 영육의 괴리감을 없애고 안정만 찾으면 더 이상 수련할 생각이 없었다.

　하지만 그럴 수가 없었다. 이번 생은 지난번과 달리 즐기면서 살기로 했다. 즉, 즐거운 일을 찾아다니겠다는 뜻이다. 지금 금철휘에게 가장 큰 즐거움을 주는 건 바로 천령신공이었다.

　천령신공의 성취가 깊어지면 깊어질수록 새로운 가능성들이 연이어 열렸다. 만일 천령신공이 극에 이르면 정말 무슨 일이든 다 할 수 있을 것 같았다.

　물론 다른 사람들 눈에는 그 모습이 마치 뒹굴뒹굴 게으름을 피우다가 잠을 자는 것처럼 보였다. 천장에 숨어 금철휘를 유심히 지켜보는 호위무사처럼 말이다. 그는 연방 한숨을 내쉬며 고개를 저었다.

　'저게 대체 뭐 하는 건지. 저러니 살이 안 찌고 배겨?'

　먹는 건 오지게 먹으면서 움직이지는 않으니 그게 다 어디로 가겠는가. 똥과 살로 가지 않겠는가. 보면 볼수록 한심하기 그지없었다. 하지만 그러면서도 요즘 많이 달라진 모습에 내심 기대가 되는 것도 사실이었다.

'어쩌면 어느 날 갑자기 벌떡 일어나 살을 쫙 빼버릴 수도 있고 말이야.'

호위무사는 그렇게 억지로 기대감을 만들고 흥미를 붙이며 금철휘를 지켜봤다.

한 번 침상에 누운 금철휘는 다시 일어날 생각을 하지 않았다. 천령신공에 푹 빠졌으니 당연한 일이다. 남들이 보기엔 자는 것 같겠지만, 사실 금철휘는 지금 무아지경에 빠진 상태였다. 천령신공의 무한한 바다를 유영하며 어디에서도 얻을 수 없는 즐거움에 허우적거리는 중이었다.

"공자님! 아직도 주무십니까?"

문밖에서 들려온 아칠의 목소리에 금철휘는 인상을 팍 찡그렸다. 아칠의 목소리가 우렁차긴 했지만 그의 무아지경을 깨뜨릴 정도는 아니었다. 아니, 금철휘는 이제 옆에서 벼락이 쳐도 무아지경을 유지할 능력이 있었다. 이 역시 천령신공이 가진 능력 중 하나였다.

"공자님! 아직 안 일어나셨냐니까요!"

"젠장!"

금철휘가 결국 눈을 떴다. 아칠은 보기보다 집요하기 때문에 아마 자신이 일어나 대답을 할 때까지 저기서 목청을 드높일 게 분명했다.

"들어와!"

금철휘의 목소리에 담긴 짜증을 읽었지만 아칠은 헤헤 웃으며 방문을 열고 안으로 들어와 넉살 좋게 꾸벅 인사를 했다.

"요즘 절 너무 안 불러주시는 거 아닙니까? 그래도 명색이 호위무사인데."

"됐고, 무슨 일인지나 말해."

"손님이 찾아왔습니다."

"손님? 나한테 올 손님이 있긴 해?"

"그 무슨 섭섭한 말씀이십니까. 당연히 있지요. 명실공히 항주제일인 금룡장의 후계자 아니십니까. 당연히 줄 한 번 대고자 애쓰는 사람들이 부지기수지요."

"그래?"

금철휘가 고개를 갸웃거리면서 턱을 긁었다. 금철휘의 몸을 입은 이후 상당한 시간이 지났음에도 아직 찾아온 손님이 한 명도 없었다.

"누군데?"

"항주오룡입니다."

"항주오룡? 그게 뭐냐? 먹는 거냐?"

아칠이 뜨악한 표정으로 금철휘를 바라봤다.

"설마 공자님! 그것도 까먹으신 겁니까? 대체 우리 공자님 머리는 뭘로 만들어졌기에…… 헙!"

아칠은 자신도 모르게 말을 쏟아내다가 식겁해서 두 손으로 입을 틀어막았다. 하지만 이미 쏟아진 말을 다시 주워담아 삼킬 수는 없었다.

"헤헤헤헤. 공자님. 제 맘이 그게 아니란 거 아시죠? 헤헤헤 헤."

"그래. 알지, 아주 잘 알아. 네놈이 날 어떻게 생각하는지 뼈저리게 알고 있으니 그 항주오룡인지 뭔지 하는 음식부터 설명해 봐."

"음식이라니요. 말씀을 하셔도……. 그 사람들 앞에서는 절대 그런 말 하시면 안 됩니다. 안 그래도 지난번 일 때문 에……."

금철휘가 손을 들어 아칠의 말을 막았다.

"잠깐. 지난번 일? 지난번 일이라면 기루에서 있었던 그 일 말이냐? 그 웃기지도 않는 애송이들? 그놈들이 항주오룡이 야?"

"예. 이제 보니 까먹으신 게 아니었군요. 그 사람들 맞습니 다. 물론 그때 함께 있던 여자들은 빼고요. 남자들만요. 거기 에 두 명을 더 붙이면 항주오룡입지요. 뭐, 한 명은 오늘 오지 않았습니다만. 설마 왜 그런지 모르시는 건 아니시죠?"

금철휘가 피식 웃으며 물었다.

"왜 그러는데?"

아칠의 입이 떡 벌어졌다. 하지만 이내 금철휘의 눈에 어린 장난기를 보고는 입맛만 쩝쩝 다셨다.

"거, 저같이 순진한 사람 놀리면 재밌으십니까? 아무튼 그 사람들이 손님으로 왔습니다. 여섯 명이나 한꺼번에 공자님을 찾아온 경우는, 더구나 또래의 손님이 온 경우는 처음 아닙니까. 그러니 어서 나가 보시지요. 설마 금룡장 안에서도 행패를 부리진 않을 거 아닙니까?"

금철휘가 손으로 얼굴을 비비며 침상에서 내려섰다. 듣고 있으니 묘하게 기분이 나빴다. 물론 자신이 겪은 적은 없지만, 그래도 지금 입고 있는 몸이 겪은 일 아닌가.

"하나만 묻자."

"백 개 물으셔도 됩니다."

금철휘는 시도 때도 없이 농담을 섞는 아칠을 가만히 쳐다보다가 아칠이 다시 헤헤 웃자, 고개를 한 번 젓고는 말을 이었다.

"항주오룡이 전부 날 전낭으로 여겼느냐?"

"예? 전낭이요? 아하! 그 말이 그 말씀이시군요. 이야, 우리 공자님 다시 봐야겠는데요? 그런 재치 있는 말씀을 다 하시고. 이크! 그러니까 맞습니다! 그놈들 전부 공자님을 전낭으로 여겼습죠."

아칠은 헛소리를 늘어놓다가 금철휘가 주먹을 들어 올리자, 황급히 원하는 대답을 해주고는 또 헤헤 웃었다. 아부가 득한 웃음은 아무나 할 수 있는 게 아니다. 아칠은 그 방면으로는 따를 자가 없어 보였다.

"그래. 그렇단 말이지. 알았다. 그놈들 얼굴이나 한 번 보러 가자."

"에이, 얼굴은 자주 보셨으면서. 이크! 얼른 가시죠! 그 주먹은 좀 내려놓으시고요. 헤헤헤."

금철휘가 휘적휘적 앞서 걸어가자, 아칠이 종종종 그 뒤를 따랐다. 금철휘의 거처에서 손님들이 머무는 접객당까지 가려면 족히 일 각은 걸어야 한다.

한참 가다가 금철휘가 갑자기 걸음을 멈췄다. 아칠이 의아한 눈으로 바라보자, 금철휘가 물었다.

"그런데 너 수련을 하긴 하는 거냐?"

예상 밖의 질문을 받은 아칠이 당황했다. 하지만 아칠은 금세 분위기를 바꿔 팔을 들어 올려 불끈 힘을 줬다.

"그럼요. 전 매일 수련을 쉬지 않습니다. 공자님의 호위무사인데 그 정도 노력은 해야죠. 안 그렇습니까? 헤헤헤."

금철휘의 눈이 가느다래졌다. 그렇지 않아도 살에 파묻혀 눈이 잘 보이지 않는데, 그 눈을 가느다랗게 만드니 아예 눈이 사라진 것처럼 보였다. 아칠은 그 광경이 너무나 웃겼지만 초인적인 인내로 웃음을 꾹 참았다.

"내가 좋은 무공 하나 알려줄까?"

아칠의 눈이 화등잔만 해졌다. 눈동자에서 번쩍번쩍 광채가 일어났다. 좋은 무공이라니. 이 얼마나 아름다운 단어란 말인가. 아칠은 훌륭한 무공만 있다면 단번에 고수가 될 수 있다고 여겼다. 자신의 재능이라면 충분히 그 정도는 가능하다고 믿었다.

"저, 정말이십니까? 농담 아니시죠? 이런 걸로 농담하시면 공자님이고 뭐고 없습니다!"

아칠은 너무 흥분해서 할 말 못 할 말을 가리지도 못했다. 하지만 일단 꺼낸 말이 자신의 귀에 들어오자, 대번에 얼굴이 창백해졌다. 아칠이 금철휘 앞에 오체투지를 하며 엎드렸다.

"공자님!"

아칠이 금철휘의 바짓가랑이를 잡았다. 금철휘가 심드렁한 표정으로 물었다.

"뭐냐?"

"부디 제가 한 말은 잊으시고! 아니, 혹여 잊지 못하시겠거든 벌을 주십시오!"

"그래? 벌을 주라고?"

그 말에 아칠이 엎드린 채 고개만 들어 금철휘를 바라보며 헤헤 웃었다.

"그런데 벌을 주시기 전에 무공부터 주시면 안 될까요?"

얼굴에 철판이라도 깐 듯한 아칠의 태도에 금철휘가 피식 웃었다. 사실 아칠이 하는 짓이 그리 싫지 않았다. 전생에는 한 번도 겪어보지 못한 인간상이라 그럴지도 모른다.

"일단 항주오룡인지 토룡인지부터 보러 가자. 아, 배고프다."

금철휘가 발을 휙 떨쳐 아칠의 손을 날려 버리고는 걸음을 옮겼다. 아칠은 손이 떨어져 나가는 듯한 통증에 바닥을 몇 바퀴나 데굴데굴 굴러야 했다.

"으아악! 공자님이 나 잡네! 으아악!"

아칠이 비명을 질렀지만 금철휘는 눈 하나 깜짝하지 않았다. 아칠은 금철휘의 반응이 없자 머쓱한 표정으로 툭툭 털고 일어나 종종종 그 뒤를 따랐다. 손이 떨어져 나갈 것 같은 고통은 여전했지만 아칠은 꾹 참고 만면에 웃음을 머금었다.

그리고 그런 아칠의 행동에 금철휘의 입가에도 빙긋 미소가 떠올랐다. 정말 재미있는 놈 아닌가.

접객당에는 네 명의 사내와 두 명의 여인이 있었다. 금철휘는 그들을 한 번 스윽 둘러보고는 그들 앞에 마련된 자리에 앉았다. 비대한 몸을 감당하기 위해 그의 의자는 특별히 크고 튼튼한 것으로 준비되어 있었다.

금철휘가 앉자, 아칠이 금철휘 뒤에 섰다. 호위무사의 자리였다. 물론 금철휘를 지킬 실력 같은 건 없었지만 말이다.

그런 금철휘의 모습을 여섯 사람이 묘한 눈으로 바라봤다. 전에는 몰랐는데, 확실히 이렇게 보니 뭔가가 달라진 것 같았다. 그래봐야 멍청한 뚱땡이라는 사실은 변함이 없지만.

"뭐야? 왜 이렇게 뻣뻣해? 너 내가 누군지 잊은 거냐? 설마?"

제일 먼저 나선 사람은 항주오룡 중에서 가장 성격이 급하다고 소문난 장무룡이었다. 백월보의 소보주로, 항주오룡 중무공만으로는 표백영과 더불어 최고라고 알려져 있었다.

"누군데?"

금철휘의 말에 장무룡이 기가 막힌다는 듯 헛숨을 토해냈다.

"허어. 이거 대체 뭘 믿고 이러지? 설마 여기가 금룡장이라는 걸 믿고 이러는 거냐? 너 평생 여기서만 살 생각이야? 응? 그런 거야?"

"무룡, 그만하게."

표백영이 나서서 말렸다. 장무룡은 못이기는 척 뒤로 물러났다. 어차피 한 번 윽박질러서 기를 죽일 셈이었지 여기서 손을 쓸 생각은 없었다. 어쨌든 이곳에 온 목적은 그게 아니었으니까.

"우리가 온 걸 반기지 않는 모양이군. 그동안의 일이 있으니 당연하겠지. 하지만 이제 더 이상 그런 유치한 짓은 안 할 생각이고, 그동안의 일이 좀 미안하기도 해서 왔네."

표백영의 말에 나머지 다섯 사람의 표정이 살짝 굳었다. 미리 말을 맞추고 왔고, 예상했던 말임에도 막상 듣고 나니 기분이 과히 좋지 않았다. 지금 표백영은 그들을 대표해서 사과하는 중이었다.

'이런 돼지새끼한테 사과를 해야 한다니.'

장무룡은 정말로 마음에 안 들었다. 하지만 지금은 일단 참기로 했다. 수틀리면 계획이고 나발이고 다 치우고 아주 박살을 낼 생각이었다.

그런 장무룡의 눈빛을 금철휘가 못 알아볼 리 없다. 다른 건 몰라도 적대적인 분위기는 누구보다 민감하다. 전생에서 겪은 일이 있기 때문이다. 금철휘는 피식 웃으며 표백영의 말을 받았다.

"그래서 이제부터 나도 함께 다니자, 뭐 그런 얘기인가?"

금철휘의 냉소적인 반응에도 표백영은 그저 미소를 지었다. 이런 반응을 보이는 게 당연하다. 표백영은 자신이 금철휘의 심리상태를 완벽히 꿰뚫고 있다고 자신했다. 모두 예측한 대로였다.

"자네가 불편하지만 않다면 그러고 싶네. 어쩌면 좋은 친구가 될 수도 있지 않겠나."

"좋은 친구?"

금철휘가 피식 웃었다. 좋은 친구를 원하는 게 아니라 좋은 돈주머니를 원하는 것이다. 그것도 아니면 나중을 위한 포석이거나. 거기까지 생각한 금철휘의 입가에 슬쩍 미소가 걸렸다.

"같이 다니더라도 돈을 쓸 생각은 전혀 없어. 그러니까 돈을 원하는 거라면 그냥 돌아가."

금철휘의 말에 표백영이 빙긋 웃으며 고개를 저었다.

"우리도 염치가 있지. 그동안 얻어먹은 게 얼만데·또 돈을 요구하겠나. 자네는 돈을 쓸 필요가 없네. 뭘 하든 자네 몫까지 우리가 알아서 해결하지. 자네는 그냥 몸만 오면 되네."

"호오. 정말?"

금철휘의 눈이 살짝 번득였다. 그리고 투실투실한 턱을 쓰다듬으며 의자에 파묻었던 몸을 일으켰다. 정말로 구미가 당긴다는 듯한 표정과 태도였다.

'드디어 넘어왔군.'

표백영은 한 치의 오차도 없이 자신의 계획대로 움직이는 금철휘를 보며 묘한 쾌감까지 느꼈다. 그리고 그렇게 만든 스스로의 능력에 새삼 감탄했다.

"좋아. 그렇게 하지. 재미있겠어."

금철휘가 허락하자, 모두의 표정이 밝아졌다. 특히 뒤에서 안절부절못하고 지켜보던 두 여인, 문아영과 소연희는 환하게 웃으며 서로를 바라봤다. 앞으로 이 일로 인해 얻게 될 대가가 너무나 달콤했기에 기대가 컸다.

"말 나온 김에 오늘은 간단하게 뱃놀이나 가는 게 어떻겠나? 가볍게 술도 한잔 하면서 놀면 좋을 거 같은데."

"그거 좋군. 꼭 해보고 싶었어."

금철휘는 진심으로 그렇게 말했다. 호수에서의 뱃놀이는 그가 꼭 해보고 싶었던 것 중 하나였다.

당연히 금철휘도 호수에 가본 적이 있었다. 특히 항주의 서호에는 두 번이나 왔었다. 하지만 뱃놀이를 위한 것이 아니라 싸움을 위한 것이었다. 당시 물속에서 폐가 터질 정도로 싸웠다. 과장 좀 보태서 서호가 온통 새빨개졌을 정도로 치열한 싸움을 두 번이나 했다.

금철휘가 생각에 잠긴 사이 표백영을 비롯한 일행은 자리에서 일어나 접객당을 나섰다. 당장에라도 서호에 배를 띄울 생각이었다. 거기서 벌어질 일을 생각하니 너무나 즐거웠다.

다들 가는 것도 모르고 옛 생각에 잠긴 금철휘의 입가에 슬쩍 미소가 맺혔다. 치열했던, 그리고 힘들었던 기억이지만, 그래도 그때는 동료들과 함께였기에 불행하다는 생각을 하지 않았다. 외롭지도 않았다.

'지금은 외로운가?'

금철휘는 스스로를 돌아봤다. 외롭냐는 물음을 떠올림과 동시에 세 사람의 얼굴이 뇌리를 스쳤다. 지금의 아버지인 금일청, 자신을 암중에서 지켜보는 호위무사, 그리고……

"공자님 왜 그런 눈으로 절 보십니까? 하긴 제가 좀 잘생기긴 했지요. 그래도 남자의 사랑은 정중히 사양하겠습니다. 그러니 공자님께서도 여자 분을…… 이크! 뱃놀이 안 가십니까? 다들 저만치 가고 있는데."

금철휘는 냉큼 도망가는 아칠을 보며 피식 웃었다.

'이러니 외로울 틈이 없지.'

금철휘는 저만치 앞서 가는 항주오룡과 두 여인을 보며 입꼬리를 슬쩍 말아 올렸다.

"과연 어떤 일이 기다리고 있을지 정말로 기대되는구나."

금철휘는 느긋하게 걸음을 옮겼다. 멀찍이 도망쳤던 아칠이 어느새 쭈뼛쭈뼛 다가와 종종종 금철휘의 뒤를 따랐다.

제5장
뱃놀이

표백영 일당이 준비한 놀잇배는 제법 크고 화려했다. 준비한 술과 음식도 훌륭했다. 여섯 명 모두 내로라하는 집안의 자식들이니 돈 쓰는 것도 거침이 없었다.

'이렇게 돈 많은 놈들이 날 벗겨 먹으려고 해?'

금철휘는 어이가 없었지만 직접적으로 당한 건 없으니 일단 넘어갔다. 물론 앞으로 벌어질 일을 기대하고 있기에 그런 사소한 것들은 관대히 넘어가 주기로 했다.

가장 마지막에 배에 오른 사람은 금철휘였다. 뚱뚱한 몸인지라 배에 오르는 것도 쉽지 않았다. 배를 제대로 대지 않고 타기가 조금 어렵게 해뒀기 때문이다. 먼저 배에 탄 표백영 일당이 눈을 반짝이며 금철휘가 배에 오르는 모습을 지켜봤다.

이내 금철휘가 안전히 배에 오르자, 다들 실망을 감추지 못했다. 일단 한 번 빠지고 시작하기를 기대했다. 물론 진짜 빠뜨릴 생각은 없었다. 여기서 표백영이나 장무룡이 나서서 빠지기 직전에 금철휘를 구해내 신뢰를 쌓을 계획이었다.

한데 금철휘가 뒤뚱거리면서도 결국 아무 일 없이 배에 오르니 흥이 식어 버렸다. 금철휘는 일당의 표정을 보며 그들이 무슨 생각을 하고 있는지 다 짐작하고 있으면서도 모른 척 싱글벙글했다.

아니, 꼭 기분이 나쁜 것만은 아니었다. 상대방의 얼굴이 구겨지면 이쪽 얼굴이 펴지는 건 당연한 일 아니겠는가. 친구나 동료도 아니고 적이니 말이다.

"날씨가 좋군."

금철휘는 그렇게 말하며 가장 상석에 가서 털썩 앉았다. 육중한 몸이 둔중한 울림을 만들어냈다. 일순 배가 흔들렸다.

다들 어이가 없는 눈으로 금철휘를 노려봤다. 당당하게 상석에 앉는 것도 그렇고, 쿵 소리가 날 정도로 세게 앉은 것도 기분을 상하게 만들었다.

"먹어도 되는 거지?"

금철휘는 그렇게 물으며 눈앞에 놓인 닭다리 하나를 거침없이 뜯어먹었다. 병째로 술을 마시는 건 기본이었다. 순식간에 그릇 몇 개가 깨끗이 비었다.

그 모습에 다들 고개를 절레절레 저으며 자리에 앉았다. 일단 즐기는 척이라도 해야만 한다. 그래야 나중에 다른 말이 나오지 않을 테니까.

표백영은 금철휘 맞은편에 앉았다. 그리고 금철휘의 양옆으로 문아영과 소연희가 자리했다. 그녀들은 금철휘를 떠보는 역할을 맡았다. 혹시 추영우의 일에 대해 아는 것이 없는지 확인하기 위함이었다.

"자네 많이 변한 것 같군. 혹시 무슨 일이라도 있었던 건가?"

표백영의 눈이 예리하게 빛났다. 금철휘의 태도가 이렇게 심하게 변한 데에는 분명히 뭔가 이유가 있을 것이다.

'어쩌면 그 이유라는 것이 내게 큰 도움이 될지도 모르지.'

금철휘는 술병을 입에 대고 꿀꺽꿀꺽 마셨다. 마치 질문에 대답할 생각 따위는 없다는 듯한 태도였다. 표백영의 눈썹이 꿈틀거렸다. 금철휘는 그것까지 모두 파악하고 있었다. 천령신공의 힘은 굉장했다. 배 안에서 벌어지는 일은 물론이고, 배를 중심으로 사방 십여 장에서 벌어지는 모든 일을 다 알 수 있었다.

'확실히 깊이도 중요해.'

전생에서는 다섯 단계까지 오르긴 했지만 깊이는 얕았다. 하지만 그 얕은 깊이만으로도 그가 익힌 무공과 맞물리면서 굉장한 힘을 발휘했다. 만일 지금 무공을 다시 익히면 어떤 능력을 가지게 될지 상상조차 할 수 없었다.

"내 질문에 답하지 않을 생각인가? 우린 친구라고 생각했는데 아무래도 나 혼자만 그런 모양이군."

표백영의 말에 금철휘가 피식 웃었다.

"너 말투가 왜 그래? 나이도 나랑 비슷한 걸로 아는데, 그럼 고작 스물하나 아냐. 그게 스물한 살짜리 말투냐?"

"자네의 경박한 말투보다야 훨씬 낫다고 생각한다만."

"뭐, 그럼 그러시든가."

금철휘는 더 이상 관심 없다는 듯 다시 먹는 것에 열중했다. 어느새 차려진 음식이 모조리 사라졌다. 금철휘의 먹성에 다들 질린 눈을 했다. 그 많은 음식을 금철휘 혼자서 다 먹어 치운 것이다.

"정말 질리는군. 이 돼지새끼."

장무룡이 고개를 저으며 중얼거렸다. 딴에는 혼잣말이라고 한 것인데 목청이 워낙 커서 못 들은 사람이 없었다. 하지만 누구도 눈살을 찌푸리지 않았다. 심지어는 그 당사자인 금철휘까지도.

"배불리 먹었으니 이제 슬슬 풍광을 즐겨볼까?"

금철휘는 천천히 자리에서 일어나 배의 가장자리를 두른 난간으로 다가갔다. 난간에 손을 얹고서 주위를 둘러 보니 과연 왜 서호가 그렇게 유명한지 알 수 있었다.

'세 번째에 와서야 이 아름다움을 느낄 수 있다니, 나도 참

재미있게 살았어.'

금철휘 옆으로 아칠이 조심스럽게 다가갔다. 아칠의 눈에는 걱정이 가득이었다. 눈치 빠른 아칠이 지금 이 배 위의 분위기를 모를 리 없다.

"공자님, 난간은 좀 위험하지 않을까요?"

"왜? 이렇게 튼튼한데."

금철휘가 난간을 퍽퍽 두드렸다. 그의 말대로 난간은 아주 튼튼했다. 웬만한 사람이 힘껏 내리쳐봐야 흔들리지도 않을 것 같았다. 하지만 이 배에 타고 있는 다른 사람들은 웬만하지 않다.

"제법 풍류를 즐길 줄 아는 모양이네요. 그동안은 전혀 몰랐는데."

옆에서 들려오는 소리에 금철휘가 힐끗 쳐다봤다. 문아영과 소연희가 나란히 서서 생글생글 웃고 있었다. 예전의 금철휘라면 헤벌쭉해져서 좋아했겠지만 지금의 금철휘는 여자들에게 별 관심이 없었다.

금철휘가 다시 시선을 경치로 돌리자, 두 여인의 눈이 샐쭉해졌다. 감히 자신들이 먼저 말을 걸어주는데도 모른 척하다니 기분이 확 상했다.

'다른 사람도 아니고 이 돼지새끼가 감히……!'

두 여인이 동시에 떠올린 생각이었다. 문아영과 소연희는 항상 항주오룡과 함께 다녔다. 그녀들의 집안도 상당히 대단했고, 또 미모도 누구보다 뛰어났다. 항주쌍화라고 공공연히 불릴 정도였다. 하지만 그녀들은 약간의 자격지심을 갖고 있었다. 다른 사람도 아닌 금철휘의 부인들에게 말이다.

금철휘의 부인들은 외부에서 왔기에 항주쌍화라는 별칭은 얻지 못했다. 하지만 항주에서 누가 가장 미인이냐는 질문에 대한 답으로 가장 먼저 거론되는 여인들이었다.

처녀가 아니라는 것 때문에 항주쌍화처럼 자주 거론되지는 않지만 그래도 충분히 유명했다. 문아영과 소연희는 그런 금철휘의 부인들에게 항상 이를 갈았고, 그 화를 금철휘에게 풀었다. 항주오룡을 움직여서 말이다.

한데 그런 금철휘가 지금 자신들을 무시하고 있으니 얼마나 화가 나겠는가.

두 여인은 다소곳이 걸어 각각 금철휘의 양쪽에 자리를 잡고 섰다. 팔이 닿을 듯 가까웠기에 예전의 금철휘라면 금세 두근거렸을 것이다.

"정말 사내다워지셨네요. 그동안 무슨 일이라도 있으셨나요? 영약이라도 드셨나? 호홋."

문아영이 부드럽게 눈웃음치며 말을 걸었다. 그러자 소연희도 뒤질세라 말을 걸었다.

"조만간 항주오룡이 아니라 육룡이 되겠어요. 아, 한 분은 주화입마에 빠지셨으니 그냥 오룡이 되려나?"

두 여인은 열심히 띄워 주며 은근히 금철휘에게 다가가려

했다. 이런 기회를 잘 살리면 나중에 금철휘를 나락으로 떨어뜨리는 재미가 훨씬 깊어지기 마련이다.

물론 속이 빤히 보이는 수였지만 예전의 금철휘라면 대번에 넘어가 미주알고주알 자신에게 벌어진 일을 고스란히 쏟아냈을 것이다.

"뭐, 좋은 일이 하나 있긴 했지."

금철휘의 말에 두 여인이 눈을 반짝 빛냈다. 그저 말뿐일 수도 있지만 그게 아니라 진짜 뭔가가 있을 가능성도 있었다.

"호호. 좋은 일이 뭔지 너무 궁금하네요."

문아영은 그렇게 말하며 눈을 빛냈다. 금철휘가 시선을 앞으로 돌린 사이 그녀는 다시 슬쩍 선실 쪽을 바라봤다. 유심히 이쪽을 살피는 표백영과 눈이 마주쳤다. 그녀는 눈을 한번 찡긋 해주었다.

"내 뒤에 뭔가가 있다고 여긴 건 아니고? 혹시?"

두 여인이 동시에 침을 꼴깍 삼키며 눈을 동그랗게 떴다. 굉장히 귀여운 모습이었지만 그건 보통 사람들이 볼 때나 그렇다. 금철휘는 너무나도 담담하게 웃으며 그녀들의 답을 기다렸다.

"호, 호호. 공자님 뒤에야 당연히 금룡장이 있겠지요."

"하긴, 그것도 내 힘이긴 하지."

금철휘의 당당한 태도 속에는 묘한 느낌이 숨어 있었다. 문아영과 소연희는 묘한 표정으로 금철휘를 바라봤다. 왠지 계속 상대하다 보니 평소의 금철휘와 달라도 너무 달라서 적응하기가 어려웠다. 그리고 정말로 뒤에 뭔가가 도사리고 있는 건 아닌가, 하는 생각마저 들었다.

"알고 싶어? 진짜 내 힘이 뭔지?"

"그…… 아, 알려주세요."

결국 문아영이 먼저 어렵게 입을 열었다. 그러자 소연희도 조금 힘이 난 듯 말했다.

"저도 그 비밀을 알고 싶네요. 어떤 놀라운 비밀인지. 정말 기대돼서 심장이 두근거리네요."

금철휘가 목을 한 번 가다듬었다. 그리고 손가락 하나를 들어 올리며 두 여인을 번갈아 쳐다봤다.

"잘 들어. 딱 한 번만 얘기해 줄 테니까."

두 여인은 눈도 깜빡이지 않고 귀를 활짝 연 채 금철휘에게 집중했다.

"힘은."

금철휘는 거기까지 말하고 한 번 뜸을 들였다. 두 여인은 물론이고 갑판의 상황을 주시하는 항주오룡까지 속이 타서 목이 말라왔지만 꾹 참고 그의 다음 말을 기다렸다.

"힘은 밥에서 나와."

"예?"

문아영과 소연희가 멍청한 표정으로 금철휘를 멍하니 바라봤다.

"많이 먹으면 힘이 세진다고. 어때? 정말 굉장한 비밀이지?"

맥이 탁 풀렸다. 그리고 뒤이어 진한 분노가 온몸을 지배했다. 지금 당장 이놈을 패버리지 않으면 분이 풀릴 것 같지 않았다. 이렇게 놀림을 당할 거라고는 정말 생각지도 못했다.

"지, 지금 우릴 놀리신 건가요?"

문아영은 너무나 화가 나 말까지 더듬었다. 그녀의 단전에서 공력이 휘몰아쳤다. 이 분노를 주먹에 담아 후려치면 아마 죽을 것이다.

하지만 문아영은 금철휘를 때리지 않았다. 그녀보다 먼저 나선 사람이 있기 때문이었다.

"이 돼지새끼가 감히!"

달려든 것은 장무룡이었다. 장무룡은 검을 검집째 풀어 그것을 휘둘렀다. 그냥 주먹으로 때리기에는 예전 추영우의 일이 마음에 걸린 것이다.

애초의 목적은 서호 한가운데에서 우연을 가장해 금철휘를 빠뜨리는 것이었다. 그래서 거의 정신이 잃을 정도로 고생시킨 뒤에야 꺼내주며 생색을 내는 것이 원래의 계획이었다.

하지만 이젠 그 계획은 물 건너갔다. 장무룡이 나섰기 때문이다. 장무룡을 말릴 수 있는 건 표백영이 유일한데, 그 표백영조차 지금은 너무나 화가 났기에 말릴 생각이 아예 없었다.

쉬아악!

장무룡의 검집이 비쾌하게 날아 금철휘의 옆구리를 노렸다.

어딘가 부러지지 않고 타격을 주면서 몸을 날려버려 물에 빠뜨릴 수 있는 최선의 수였다.

그리고 당연하게도 금철휘는 장무룡이 몸을 날리기도 전부터 그 모든 것을 파악했다.

그 모든 것이 일순간에 벌어졌다. 장무룡이 돼지새끼라는 말을 외친 순간 이미 검집이 금철휘의 옆구리에 닿아 있었다. 장무룡의 속도는 그 정도로 빨랐다. 과연 항주오룡이라는 칭호를 받을 만했다.

뚜둑!

"커헉!"

장무룡은 검집을 금철휘의 옆구리에 댄 채로 무릎을 꿇었다. 그리고 피를 한바탕 토했다. 다들 무슨 일인지 영문을 몰라 멍하니 두 사람을 바라봤다. 상황을 가장 먼저 파악한 것은 표백영이었다.

"이런!"

장무룡이 디딘 발에 문제가 있었다. 갑판이 부서지며 그의 발이 빠진 것이다. 너무나 절묘한 순간 갑판이 부서지는 바람에 장무룡은 균형을 잃었고, 제대로 된 타격을 줄 수 없었다.

"뭐야? 친구 어쩌고 하더니 대뜸 칼질이네? 이 옆구리 이거 어쩔 거야?"

금철휘가 씩씩거리며 옷을 들췄다. 그의 옆구리, 장무룡의 검집으로 맞은 자리에 붉은 자국이 희미하게 새겨져 있었다.

마치 어린아이가 나뭇가지로 찰싹 때려서 난 자국 같았다. 타격이 거의 없었다는 증거였다. 하지만 금철휘는 갑자기 바닥을 데굴데굴 굴렀다.

"아이고, 나 죽네! 이놈들이 사람 잡는다!"

다들 어이가 없는 눈으로 금철휘를 바라봤다. 무슨 이런 놈이 다 있단 말인가. 지금 아파서 뒹굴어야 할 사람은 금철휘가 아니라 장무룡이다. 장무룡은 피까지 토하지 않았던가.

장무룡이 떠오른 사람들은 퍼뜩 정신을 차리고 다시 시선을 돌렸다. 금철휘에게 신경을 쓰고 있을 때가 아니었다.

"이보게, 무룡. 괜찮은가?"

표백영의 물음에 장무룡이 억지로 고개를 끄덕였다. 하지만 그의 입에서는 여전히 피가 흘러나오고 있었다.

"일단 편히 눕게."

표백영은 다른 동료들과 함께 조심스럽게 표백영을 갑판에 눕혔다. 옆에서 두 여인이 안타까운 눈으로 장무룡을 바라봤다. 장무룡의 상세가 좋아 보이지 않았다. 얼굴이 너무나 창백했다.

그들의 뇌리에 얼마 전 주화입마에 든 추영우가 떠올랐다.

'설마……'

설마 했지만 그래도 걱정이 되는 건 어쩔 수 없었다. 장무룡까지 주화입마에 든다면 그건 더 이상 우연으로 치부할 수 없는 일이 된다.

"이보게. 일단 내상을 다스리게."

표백영이 다급히 말한 후, 장무룡의 손을 쥐었다. 그리고 조심스럽게 기운을 흘려 넣었다. 한참 동안 그렇게 장무룡의 상세를 살피던 표백영이 안도의 한숨을 내쉬었다.

"일단 주화입마는 아닌 것 같아. 정말 다행일세."

장무룡은 몇 번이나 피를 토한 뒤에야 천천히 자리에서 일어났다. 그가 생각해도 너무 재수가 없었다. 장무룡은 단전을 두드려 내기를 일으킨 다음 동료들의 도움을 받아 일단 운기조식을 했다. 내상은 깊지 않아 순식간에 안정을 찾았다.

"후우. 정말 고맙네."

"고맙긴. 당연히 해야 할 일이었네. 그보다……."

표백영을 비롯한 일당들은 금철휘를 바라봤다. 금철휘는 언제 바닥을 구르며 엄살을 떨었느냐는 듯 난간을 쥐고 풍광에 빠져 있었다. 그리고 그 옆에서 아칠이 이러지도 저러지도 못하고 어색하게 웃으며 그들을 바라보고 있었다. 마치 양해를 구한다는 듯이 말이다.

"아무래도 오늘 뱃놀이는 여기서 끝내야겠군."

표백영의 말에 다들 동의를 표했다. 오늘은 더 이상 놀 기분이 아니었다. 물론 여기에 놀러 온 것은 아니었지만 말이다.

다들 돌아가자고 말하자, 그때까지 풍광에 취해 있던 금철휘가 돌아서서 그들을 쳐다봤다.

"뭐 잊은 거 없나?"

다들 고개를 돌려 금철휘를 노려봤다. 기분이 좋지 않았다. 표정을 제대로 알아볼 수 없었지만 지금 웃고 있는 건 확실했다. 마음이 좋지 않으니 비웃음처럼 보였다.

"대체 뭘 말이오?"

표백영이 인내심을 갖고 물었다. 그는 머릿속이 뒤죽박죽으로 뒤엉켜서 짜증이 날 지경이었다. 대체 어쩌다 일이 이렇게 되었단 말인가.

"사과해야지."

"사과? 누가 누구에게 말이오?"

금철휘는 말없이 손가락을 들어 장무룡을 가리켰다. 그리고 그 손가락으로 다시 자신을 가리켰다. 그 광경을 지켜본 모두가 어이없다는 듯 입을 쩍 벌렸다. 심지어는 아칠까지 그랬다.

"고, 공자님. 대체 왜 이러십니까?"

아칠이 말렸지만 금철휘는 요지부동이었다.

"뭐야? 다들 방금 전에 무슨 일이 있었는지 다 봤잖아? 저놈이 달려들어서 내 옆구리를 때렸잖아. 저 흉악한 무기로. 안 그래?"

다들 어이가 없어서 입을 꾹 다물었다. 하지만 생각해 보니 틀린 말은 아니었다. 금철휘가 한 말에 화가 치밀어서 장무룡이 달려들었고, 금철휘의 옆구리를 때렸다. 찰싹.

그리고 장무룡은 그 대가로 갑판에 발이 빠져 피를 토하는 내상을 입었다. 아무래도 내력까지 실어서 검집을 휘두른 모양이었다. 상황이 이러니 겉으로 본 모양새는 분명히 장무룡이 잘못했다. 하지만 이곳에 있는 그 누구도 그렇게 생각하지 않았다.

"자네가 먼저 심한 말을 하지 않았나, 그러니 이쯤 그만두세."

"심한 말?"

금철휘가 정말로 모르겠다는 듯 어리둥절한 표정으로 고개를 갸웃거렸다.

"내가 무슨 말을 했는데?"

"그러니까!"

표백영은 금철휘가 한 말을 똑같이 해주려다가 입을 다물었다. 생각해 보니 맞을 정도로 심한 말은 아니었다. 그저 놀림을 받았다 여겨서 달려들었을 뿐이었다. 사실 그조차도 잘못되었다. 놀림을 받은 사람은 문아영과 소연희였지 장무룡이 아니었으니까.

"설마 많이 먹어야 힘이 세진다는 말 때문에 날 때린 건 아니겠지? 아닐 거야. 아무리 생각이 없어도 그런 말에 검을 휘두른다는 건 말이 안 되지. 마공을 익혀 마기가 골수에 미친 마인도 아니고 말이야."

장무룡이 그 말을 듣고 얼굴이 더욱 창백해지더니 다시 한번 피를 웩 토했다. 다들 호들갑을 떨며 장무룡의 상세를 살폈다. 사실 크게 잘못된 게 아니라 분을 이기지 못해 내상이 도진 거였다. 하지만 이 상황 자체에서 빠져나가고자 다들 장무룡에게 달라붙어서 금철휘 쪽은 쳐다보지도 않았다.

아칠은 그 모든 광경을 지켜보며 입을 크게 벌리고 금철휘와 항주오룡을 번갈아 바라봤다. 자신이 생각하던 것과 전혀 다른 방향으로 진행되는 상황들에 정신을 차릴 수가 없었다.

'대체…… 대체 우리 공자님한테 무슨 일이 벌어진 거지?'

아무리 생각해도 이해할 수가 없었다. 원래 이쯤 되면 항주오룡이 불같이 화를 내며 달려들어서 금철휘를 녹신녹신 두들겨 패야 정상이다. 보통은 그렇게 상황이 진행된다. 한데 지금은 어떤가. 다들 금철휘를 쳐다보지도 못하고 있다. 그 멍청한 뚱땡이 금철휘를 말이다.

배 안에서 느긋한 사람은 오로지 금철휘뿐이었다. 금철휘는 가만히 난간에 기대고 선 채, 눈앞에서 벌어지는 촌극을 지켜봤다.

'확실히 쓸 만해.'

방금 전에도 천령신공을 썼다. 무공을 익힌 자를 상대할 때는 세 번째와 네 번째 단계만으로도 충분한 효과를 낼 수 있다. 조금 전 장무룡이 달려들 때, 계속 기의 흐름을 파악하고 있다가 딱 원하는 순간 흐름의 방향을 아래로 비틀었다.

그래서 장무룡의 검으로 가야 할 기의 흐름이 고스란히 발바닥으로 향했다. 그 결과 갑판이 부서졌고, 검집은 그저 가볍게 금철휘의 옆구리를 찰싹 때리고 끝난 것이다.

'저놈이 과연 자기 몸에 어떤 일이 벌어졌는지 알까?'

추영우의 경우는 스스로 알아낼 수 있는 확률이 전혀 없다. 그의 수준이 그걸 알아낼 정도로 높았다면 애초에 그렇게 간단히 걸려들지도 않았을 테니까.

하지만 장무룡의 경우는 조금 다르다. 진각을 밟는 순간 기의 흐름이 비틀렸기 때문에 그의 몸속에서 기가 발바닥으로 쏟아져 나갔다. 모르는 게 더 이상하다. 자신이 원하는 길과 전혀 다르게 움직였으니 말이다.

'뭐, 저놈이 미숙하니까 그런 결과가 나온 거지만.'

장무룡은 추영우보다는 나았지만 그래도 금철휘가 보기엔 너무나 미숙했다. 그래서 흐름을 비틀기가 쉬웠다. 금철휘는 그저 흔들림을 증폭했을 뿐이다. 즉, 장무룡이 만들어낸 기의 흐름도 거칠었다는 뜻이다.

그렇게 항주오룡과 쌍화가 장무룡을 돌보고 금철휘가 생각에 잠겨 있는 사이 배는 어느새 선착장에 도착했다. 그리고 그쯤 장무룡이 몸을 일으켰다.

"크윽, 이제 됐네. 못난 꼴을 보였군. 미안하네."

장무룡이 그렇게 말하자, 다들 괜찮다고 말하며 그의 안색을 살폈다. 장무룡은 이글이글 타오르는 눈으로 금철휘를 노려봤다. 그리고 부서지는 바람에 자신의 균형을 빼앗아 간 갑판을 노려봤다.

표백영은 무슨 일이라도 벌어질까 급히 나섰다.

"오늘은 분위기가 안 좋으니 이만 헤어지세. 밤에 술이라도 한 잔 할까 했는데, 아무래도 안 되겠군. 다음으로 미루지. 내 꼭 거하게 한 번 사겠네. 오늘 일은 그냥 잊어주게."

금철휘는 표백영의 노력이 가상해서 피식 웃으며 고개를 끄덕여 주었다.

"뭐, 그러든가."

금철휘는 미련 없이 돌아섰다. 배와 선착장을 이어준 판자를 밟고서 뒤뚱거리며 내려가는 모습이 너무나 아슬아슬했다. 하지만 금철휘는 용케 물에 빠지지 않고 배에서 내렸다.

그걸 지켜보던 모든 사람들이 아쉬운 탄성을 살짝 흘렸다. 장무룡은 다들 아쉬워하는데도 그저 금철휘를 무섭게 노려보기만 했다. 그의 모습이 완전히 사라져 보이지 않을 때까지.

결국 보다 못한 표백영이 그의 어깨를 두드렸다.

"갔네. 이만 우리도 내리세."

"아, 내가 또 추태를 보였군. 미안하네."

"미안하긴. 오늘은 그저 운이 없었을 뿐이니, 너무 마음 쓰지 말게."

표백영의 말에 장무룡이 입을 다물었다. 그리고 혼란스러운 표정으로 고개를 숙였다.

'운이 없을 뿐이라고? 오늘 일이? 그게 과연 운이었을까? 우연이었을까?'

장무룡은 머리가 복잡했다. 아까의 상황은 장무룡이 느끼기에도 갑판이 부서지는 바람에 기의 흐름이 꼬인 것이 맞다. 상당히 미묘했지만 분명히 그런 것 같았다. 그게 아니라면 상황을 설명할 수가 없다. 한데 묘하게 뭔가가 마음에 걸렸다.

'내력의 흐름이 갑자기 바뀐 거 같은 기분이었는데……'

내력의 흐름이 바뀐 것과 갑판이 부서진 것이 거의 동시에 이루어졌기에 헷갈리긴 했지만 그래도 장무룡이 느끼기에는 내력의 흐름이 바뀐 게 먼저인 듯했다. 하지만 아무리 생각해도 그럴 리가 없었다.

'갑판이 부서지는 바람에 내력의 흐름이 흔들린 거지. 그게 순리에 맞아.'

그게 이해하기도 편하다. 일단 장무룡은 그렇게 넘어갔다. 하지만 의혹이 여전히 남아 있으니 마음이 불편했다. 마음이 불편하니 상념이 많아졌다. 상념이 많아지면 집중력이 떨어진다.

장무룡은 그렇게 산만한 상태로 비틀거리며 동료들의 부축을 받아 돌아갔다. 그리고 그날 오후부터 시작한 수련에서 제대로 집중하지 못해 부상을 입고 말았다. 내상을 제대로 치료하지 않고 무리한 수련을 하는데도 상념에 휘둘렸기에 얻은 대가였다.

심각한 부상은 아니었지만, 연속으로 이어진 악재 때문에 정신이 피폐해져 버렸다. 당분간 몸과 마음을 다스리며 부상을 치료하고 심신을 가다듬어야만 했다.

*　　　*　　　*

　표백영은 남은 항주오룡 중 둘과 쌍화인 문아영, 소연희를 데리고 백월보 근처의 주루에 자리를 잡았다. 한동안 침묵이 감돌았다. 하지만 술잔을 몇 번 기울이고 나니 딱딱하게 굳었던 마음이 조금씩 풀어졌다.

　"이해할 수가 없군. 일이 계속 꼬이는 느낌이야."

　표백영의 말에 남은 항주오룡중 두 사람인 기천웅과 오운이 동시에 고개를 끄덕였다.

　"우리도 좀 이상하더군. 영우의 일, 자네는 확실히 봤지?"

　"봤지. 그저 우연이었네."

　"그래? 오늘 일도 우연이었을까?"

　뭔가 미심쩍었다. 하지만 아무리 생각해도 우연한 일이 분명했다. 우연이라고 여기면서도 계속 찜찜한 이유는 금철휘의 태도 때문이었다.

　"그놈, 아무래도 뭔가 믿는 구석이 있는 것 같아. 안 그런가?"

　"동의하네. 그게 아니라면 그 태도를 설명할 수 없어."

　두 사람은 그렇게 말하고는 고개를 저었다. 아까 어찌나 속이 끓어오르던지 참느라 무진 애를 썼다. 그래도 지금 생각하면 참기를 잘한 것 같았다. 괜히 거기서 일을 더 키울 필요가 없었다.

"앞으로 어찌하면 좋겠나?"

표백영의 물음에 다들 입을 꾹 다물었다. 계획대로라면 금철휘를 더 교묘히 끌어들여서 괴롭혀야만 한다. 하지만 오늘 일로 유추하건대 결코 쉽지 않을 듯했다. 또한 금철휘가 믿는 구석이 무엇인지도 모르는 상황 아닌가.

'그런 게 정말 있는지 아니면 허세인지 모르겠지만.'

확실한 건 금철휘는 더 이상 예전의 멍청한 돼지가 아니라는 사실이었다. 쉽게 생각할 수 없는 존재가 되었다. 표백영을 비롯한 항주오룡은 그것을 인정하기 싫었다. 그래서 여기까지 왔다. 그동안 바닥에 깔려 있던 쓰레기가 자신과 동등하다는 걸 어떻게 인정한단 말인가.

"일단 차분히 지켜보는 게 어떨까요?"

문아영이 의견을 내자 다들 그녀를 바라봤다. 문아영은 아름다운 눈을 반짝이며 말을 이었다.

"너무 갑작스럽게 일을 벌이지 말고, 그냥 같이 지내다 보면 뭔가 틈이 보이지 않겠어요? 또 그 믿는 구석이라는 게 뭔지 알아낼 수도 있고요."

과연 그럴 듯했다. 다들 고개를 크게 주억거리며 문아영의 말에 동의했다.

"그럼 일단은 그 돼지와 친구처럼 지내야 한다는 말이로군."

"그건 좀 짜증나지만 어쩔 수 없지."

결국 다들 동의했다. 친하게 다가가 빈틈을 엿보기로 말이다. 표백영은 문득 한숨과 함께 고개를 저었다.

'내가 지금 뭘 하고 있는지 모르겠군.'

이곳에 있는 자들은 모두 항주에서 열 손가락 안에 드는 가문의 자제다. 한데 이렇게 모여 이런 협잡이나 꾸미고 있으니 남부끄러운 일 아닌가. 하지만 표백영은 그 생각을 입 밖으로 꺼내지 못했다.

'이미 늦었어. 그리고 이렇게라도 하지 않으면 금룡장의 위세가 언제까지 계속될지 알 수 없고 말이야.'

금룡장은 정말로 굉장한 가문이었다. 항주에서 열 손가락 안에 드는 가문을 몽땅 합해도 금룡장 하나만 못하다. 금룡장은 그 손가락 안에 꼽는 것에서조차 논외의 대상이었다.

'삼십 년 내에 내가 풍운보를 그렇게 만들고 말겠다. 우리 풍운보는 결국 그렇게 된다. 금룡장의 돼지가 계속 멍청이로 남는 한.'

표백영의 눈이 몇 차례 번득였다. 자신의 야망을 위해서라면 이곳에 있는 오룡의 우정도 얼마든지 이용할 수 있었다. 또한 자신에게 마음을 둔 눈앞의 두 여인도 마찬가지였다.

"자, 우리 건배하세."

표백영이 기분 좋게 술잔을 들어 올렸다. 나머지 사람들도 표백영의 분위기가 밝아진 것을 보고 미소 지으며 술잔을 들어 올렸다. 항주의 밤이 점점 깊어갔다. 또한 표백영의 눈빛도 점점 깊게 가라앉았다.

· 제6장
한서연

"공자님, 오늘은 어디로 모실까요?"

아칠이 기대 어린 눈으로 금철휘를 바라봤다. 사흘 전에 기루에 가서 진탕 놀고, 그 다음 날 뱃놀이에 다녀온 이후, 금철휘가 내내 방에만 틀어박혀 있었기에 오늘 아칠의 기대가 컸다.

"내가 너랑 약속한 게 하나 있지 않았나?"

"예? 약속이요?"

아칠은 당황했다. 뜬금없이 약속이라니. 그런 건 맹세코 한 적이 없었다. 대체 금철휘가 무슨 꿍꿍이로 이런 말을 하는 건지 파악할 수가 없어 아칠의 몸이 자연스럽게 움츠러들었다. 왠지 괴롭히기 전의 분위기와 흡사해서 뭔가 일이 터질 것만 같았다.

"기억 안 나?"

아칠은 대답하지 못했다. 기억이 난다고 했다가 뭐냐고 물으면 대답할 말이 없다. 아마 호되게 혼날 것이다. 하지만 그렇다고 기억나지 않는다고 솔직히 말하면 그 뒷감당을 또 어찌하란 말인가.

"기억에 없나 보군. 뭘 그렇게 겁내? 내가 널 잡아먹기라도 할 것 같아?"

"헤헤. 그건 아니지만 공자님께서 그렇게 보시면 왠지 분위기가……."

"기억 안 나면 됐다. 없던 일로 하고 오늘은 도박장이나 한번 가보자."

금철휘가 꼭 해보고 싶었던 것이 바로 도박이었다. 도박은 패가망신의 지름길이라는 말이 과연 왜 나왔는지도 몸소 확인해보고 싶었다. 물론 빠져들 생각은 없었다. 금철휘의 절제력과 정신력은 고작 도박에 빠져 허우적댈 정도로 얕지 않았다.

아칠은 금철휘의 태도에 멈칫했다. 이건 뭔가 좀 이상했다. 약속이 기억나지 않았는데도 혼나거나 괴롭힘당하지 않았으니 기분이 좋아야 하는데, 찜찜했다. 아니, 마치 괴롭힘을 당하는 듯한 느낌이 들었다.

'뭐지? 이게 아닌 거 같은데?'

아칠은 맹렬히 머리를 굴렸다. 대체 약속이 무엇인지 떠올리기 위함이었다. 물론 쉽게 떠오르지 않았다. 하지만 필사적이면 운이 따라오는 법, 결국 아칠은 그 약속이 무엇인지 떠올렸다. 사실 약속이랄 것도 없는 것이었다. 하지만 아칠에게는 너무나 중요했다.

아칠은 눈을 크게 뜨며 빙글 돌아섰다.

"공자님! 생각났습니다!"

금철휘의 표정은 심드렁했다. 아칠은 애가 탔지만 금철휘의 답을 기다렸다. 결국 금철휘가 피식 웃으며 한마디 던졌다.

"이미 늦었다."

그 말에 포기할 아칠이 아니다. 아칠은 오체투지를 하며 금철휘의 발목을 꽉 움켜쥐었다. 얼마 전에 똑같은 상황이 벌어졌던 것 같은 기분이 들었지만 상관없었다.

"공자님! 남아일언중천금! 약속을 하셨으면 지키셔야지요! 이렇게 그냥 가시면 어쩌십니까!"

툭.

아칠은 눈물까지 흘려야 하나 고민하다가 자신의 머리를 툭 치고 옆으로 떨어진 것에 눈을 돌렸다. 작은 책자 하나가 흙바닥에 놓여 있었다.

"으헉! 더러운 곳에 이런 귀한 것이!"

아칠은 급히 책자를 들어 혹시라도 묻었을지 모를 흙을

조심스럽게 털어냈다. 책자에는 제목조차 쓰여 있지 않았다. 하지만 아칠은 그것이 무공비급이라는 걸 믿어 의심치 않았다.

"가, 감사합니다! 으하하하. 으허허허. 으헤헤헤헤헤."

점점 경박해지는 아칠의 웃음을 듣던 금철휘가 고개를 휘휘 저었다. 정말 못 말리는 녀석이다.

"일단 읽어나 봐라."

"예! 지금 당장 읽어보겠습니다!"

아칠은 즉시 책을 펼쳤다. 그리고 눈을 크게 뜨고 책을 읽기 시작했다. 닿는 모든 걸 태워버릴 듯 뜨거운 눈빛이었다. 하지만 그 뜨거운 눈빛이 점점 식어가더니 이내 눈도 다시 작아졌다. 그리고 마지막 책장을 넘기는 순간에는 뺨을 부들부들 떨었다.

"고, 공자님. 대체 이게 뭡니까?"

"뭐긴, 무공 비급이지."

"이, 이게 정말 무공비급입니까? 제가 원한 것과는 거리가 아주 조금 있는 것 같은데요."

아칠이 엄지와 검지를 딱 붙이며 그렇게 말했다. 하지만 자신이 원하던 게 아니라는 걸 말투에 확실히 담았다. 아칠이 원한 건 절세무공이 담긴 비급이었지 이런 삼류 쓰레기 무공의 비급이 아니었다.

"익히기 싫으냐?"

아칠이 잠깐 머뭇거렸다. 솔직히 익히기 싫었다. 이건 아칠도 너무나 잘 알고 있는 무공이었다. 그리고 전혀 익힐 생각이 없는 무공이기도 했다. 솔직히 지금 아칠이 익히고 있는 무공이 이것보다는 나았다.

"저…… 그러니까…… 에……."

"됐다. 싫음 관둬라."

금철휘는 냉큼 아칠의 손에서 비급을 낚아챘다. 아칠은 금철휘가 줬던 비급을 빼앗아 가자, 갑자기 그것이 너무나 아까워졌다. 하지만 그걸 다시 돌려받는다고 해도 익힐 생각이 없으니 또 망설이고 말았다. 그사이 비급은 금철휘의 품으로 들어갔다.

"난 분명히 약속 지켰다. 그러니까 나중에 딴소리 하지 마라."

"뭔가 당하고 있는 것 같지만, 마음이 바다 같이 넓은 제가 참겠습니다. 그러니 일단 가시지요. 끝내주는 도박장으로 안내해 드리겠습니다."

아칠의 목소리에는 힘이 쭉 빠져 있었다. 금철휘는 그것을 보며 속으로 웃었다. 이래서 재미있는 거다. 보물을 눈앞에 두고도 그것이 보물인 줄 모르고 걷어찼으니 얼마나 재미있는가.

금철휘가 준 비급은 누구나 돈만 조금 있으면 구할 수 있는 흔한 무공이었다. 칠성검법이라는 무공이었는데, 이름에 걸맞지 않게 거의 쓸모가 없는 무공이었다.

사실 칠성검법은 실전에서 쓰기에는 쉽지 않은 수련용 무공이었다. 제대로 수련하면 검을 휘두르는 힘을 올릴 수 있겠지만, 아칠 정도만 되어도 거의 쓸모가 없었다. 삼류 내공심법 하나만 익혀도 그 정도 효과는 얼마든지 낼 수 있었으니까.

하지만 지금 금철휘가 준 칠성검법은 일반적인 칠성검법과 미묘하게 달랐다. 그리고 그 미묘한 차이가 검법 자체를 완전히 바꿔 버렸다. 아칠이 만일 천하십대고수 정도의 안목을 가지고 있었다면 그 가치를 알아봤을 것이다.

금철휘는 연방 투덜거리며 걷는 아칠을 보며 이걸 이용해 어떻게 놀려줄까 즐겁게 고민했다. 그렇게 걷는 사이 두 사람은 어느새 도박장 앞에 도착했다.

"여긴가? 왠지 도박장이라기보다는 기루 같은 느낌이 물씬 나는데?"

"자알 보셨습니다. 여기는 술, 도박, 여자를 두루두루 섭렵할 수 있는 바로 그런 곳입니다. 정말 멋지지 않습니까?"

아칠이 자랑스럽게 말했다. 금철휘는 아칠의 표정에 드러난 진심을 읽고는 고개를 저어 버렸다. 대체 어떤 정신구조를 가지고 있으면 이런 놈이 되는 건지 궁금하기 짝이 없었다.

"헛소리 그만하고 들어가자."

금철휘가 먼저 도박장 문을 열고 안으로 들어갔다. 일반적인 도박장과는 많이 달랐다. 물론 한 번도 도박장이라는 곳을 가본 적 없는 금철휘가 그런 걸 알 리 없었다. 그저 보통의 도박장이 이렇게 생겼을 거라고 멋대로 추측했다.

도박장 안에는 활기가 넘쳤다. 군데군데 갖가지 도박을 하는 사람들이 모여 있고, 그 사이사이에 아름다운 여인들이 끼어 있었다. 도박장에서 일하는 기녀들이었다.

금철휘는 그것을 보며 고개를 끄덕였다. 확실히 이런 구조라면 손님의 돈을 뽑아내기가 수월할 것이다. 보통 사내들은 아름다운 여자 앞에서는 호기를 부리는 법이니 돈도 통 크게 쏟아져 나올 테고 말이다.

"제법 재미있겠군."

금철휘가 어슬렁거리며 근처를 기웃거리자, 여인 두 명이 사뿐사뿐 다가와 공손히 인사를 했다.

"너무 오랜만에 오셨네요."

기녀들은 마치 금철휘를 잘 아는 듯했다. 금철휘가 반사적으로 고개를 돌려 아칠을 찾았다. 아칠의 표정은 벌써 헤벌쭉해서 기녀들의 몸을 눈으로 훑고 있었다.

"격조했지? 으헤헤헤. 우리 공자님께서 공사가 다망하시거든. 자자, 적당한 판으로 안내해라."

아칠의 말에 기녀들이 안쪽 깊숙한 곳에 위치한 계단으로 안내했다. 돈이 많은 사람들을 위한 자리는 위층에 마련되어 있었다. 더구나 금철휘 정도 되는 사람들은 최소한 삼 층 이상에서 즐기는 것이 보통이었다.

금철휘는 이 층을 지나 삼 층으로 올라갔다. 기녀들은 금철휘를 오 층으로 안내하려 했다. 하지만 막 삼 층에서 사 층으로 올라가려던 금철휘가 걸음을 멈춰 버려서 그럴 수가 없었다.

"공자님?"

기녀들이 살짝 애가 타는 눈으로 금철휘를 바라봤다. 삼 층에서 쓰는 돈과 오 층에서 쓰는 돈은 차원이 달랐다. 오 층짜리 손님을 삼 층에 안내하면 나중에 얼마나 혼날지 감도 잡히지 않았다.

하지만 금철휘는 기녀들의 마음은 생각지도 않고 삼 층의 한 곳을 바라보고 있었다. 결국 아칠이 나섰다.

"아, 공자님. 여기서 이러시면 어쩝니까. 대체 뭘 보시느라…… 어라?"

아칠의 눈이 휘둥그레졌다. 그제야 금철휘가 무엇을 보고 있었는지 발견한 것이다. 금철휘의 시선이 향한 곳에는 정말로 아름다운 여인 한 명이 도박을 하고 있었다. 그 여인은 아칠도 익히 잘 아는 여인이었다.

"셋째 부인이시네요?"

"부인 아니다."

"아무튼요. 근데 여기서 뭐 하는 거지? 설마 도박 중독이라거나……."

아칠이 의아한 눈으로 고개를 갸웃거리자, 금철휘가 성큼 걸음을 옮겼다. 기녀들이 깜짝 놀라 금철휘의 소매를 잡았다.

"공자님! 위로 올라가시면 훨씬 아름다운 분들이 즐비하답니다."

금철휘는 귀찮은 표정으로 양옆의 기녀들을 번갈아 쳐다봤다. 그리고 가볍게 소매를 털었다.

"어머!"

두 기녀의 눈이 화등잔만 해졌다. 어떻게 되었는지도 모르는 사이 금철휘의 소매가 손에서 빠져나가 버렸다. 분명히 꽉 쥐고 있었는데 말이다. 기녀들의 눈에 당황함과 함께 이채가 어렸다. 그녀들은 기본적으로 약간의 무공을 익히고 있었다. 미용과 호신을 겸한 것이다.

'대체 뭐가 어떻게 된 거지?'

마치 옷자락이 스스로 움직여 빠져나간 듯했다. 아니, 옷자락이 아니라 안개를 쥐고 있었던 듯했다. 아무런 느낌도 없이 빠져나간 것이다.

"고, 공자님!"

기녀들보다 더 애가 탄 사람은 다름 아닌 아칠이었다. 아칠은 반드시 오 층에 올라야 하는 이유가 있었다. 한데 금철휘가 고작 삼 층에서 걸음을 멈췄으니 속이 새까맣게 타들어갔다.

"공자님, 이러시지 마시고 위로 가시죠? 이미 끝난 인연 여기서 붙잡고 있어봐야 뭐 합니까?"

금철휘가 우뚝 걸음을 멈추고 고개를 돌려 아칠을 쳐다봤다. 아칠이 반색하며 헤헤 웃었다.

"잘 생각하셨습니다. 공자님처럼 대단하신 분이 고작 이런 곳에서 즐기실 수는 없지요. 품격에 맞는 곳에 계셔야 하지 않겠습니까? 이곳 오 층이 바로 그런 곳입니다."

금철휘의 눈빛이 싸늘해졌다. 아칠은 대번에 뭔가가 잘못되었다고 느꼈다. 그리고 아칠의 변신은 빛살처럼 빨랐다.

"공자님께서 원하시는 곳이 바로 최고의 품격이 존재하는 곳이지요. 공자님께서 거지 소굴에 있다 한들 공자님의 품격을 한 푼이라도 깎을 수 있겠습니까? 자, 가시지요."

금세 말을 바꾼 아칠이 손을 앞으로 쭉 내밀며 허리를 숙였다. 금철휘의 눈에 어렸던 싸늘함이 순식간에 사라졌다.

"정말 웃기는 놈이로구나."

금철휘는 그 말을 남기고 다시 성큼성큼 걸어 거의 도박장 끝에 있는 여인에게 다가갔다.

"우리 금룡장이 좀 허술한가 봐? 내 부인 될 사람이 도박이나 하고 있어도 돼?"

금철휘의 말에 여인이 고개를 돌려 그를 바라봤다. 처음에는 놀란 표정이었지만 이내 눈빛에 살짝 원망이 어렸다. 하지만 그 눈빛은 나타난 것보다 훨씬 빠르게 사라졌다.

"흥, 남이야 뭘 하든. 그리고 금룡장에서는 나왔으니까 걱정하지 마요. 쫓아낼 땐 언제고."

금철휘의 눈에 이채가 어렸다. 자신이 나가라고 했다고 바로 나갈 줄은 몰랐다. 자신의 말을 듣고 금룡장에서 움직였거나, 아니면 한서연이 스스로 나갔을 것이다. 금철휘는 그녀의 표정을 살폈다.

"그래도 우리 금룡장이 그렇게 야박하지는 않을 텐데. 맨몸으로 쫓아내지는 않았을 거 아냐? 그 돈을 여기에 다 처박는 건가?"

한서연이 입술을 한 번 삐죽 내밀었다. 그리고 고개를 살짝 돌려 금철휘 옆에 붙은 아칠을 쏘아봤다. 아칠이 움찔 몸을 떨었다.

"넌 아직도 거기 있구나."

아칠이 헤헤 웃으며 금철휘 뒤로 슬그머니 숨었다. 아칠에게 천적이라는 게 있다면 바로 한서연이리라. 아칠이 숨어 버리자, 한서연의 시선은 자연스럽게 금철휘에게로 향했다. 그녀는 금철휘와 눈이 마주치자 다시 고개를 홱 돌렸다.

"남이야 뭘 하든 신경 쓰지 말고 가시죠. 냉정한 소장주님."

금철휘는 그런 한서연을 묘한 눈으로 쳐다봤다. 아무리 봐도 협박이나 해서 자신의 부인이 될 그런 여자 같지는 않았다. 물론 사람은 오래 겪어봐야 진면목을 아는 법이니, 속단할 수는 없지만 말이다.

"남이야 어디 있든. 이 도박장, 네가 다 산 건 아니잖아?"

한서연은 아예 금철휘를 무시하기로 했다. 처음 만났을 때는 제대로 말도 못하는 숙맥이었는데, 어째 볼 때마다 점점 달라진다. 그냥 말을 잘하는 게 아니라, 사람 속을 교묘하게 긁어낸다.

'하아. 내가 이럴 때가 아니지.'

한서연은 다시 집중했다. 이 한 판에 모든 것이 달렸다. 지금까지의 성적은 나쁘지 않았다. 주사위로 하는 간단한 도박이었는데, 그렇기에 도박에 문외한인 한서연도 충분히 할 수 있었다.

그녀의 손에서 주사위 두 개를 담은 통이 움직였다. 달그락거리는 소리가 그녀의 귀에 스며들었다. 한서연은 그 소리와 내공을 이용해 주사위 눈을 원하는 대로 맞추고자 했다. 이는 주사위 도박에서 고수들이 흔히 시도하는 방법이었다. 하지만 그건 결코 쉽지 않다.

그리고 도박장도 바보가 아니다. 게다가 이처럼 규모가 큰 도박장에는 그런 것을 방지하기 위한 여러 가지 방법이 많다. 지금 한서연의 앞에 앉은 도박사가 그 대표적인 예였다.

금철휘는 주사위 통을 흔드는 한서연과 그녀 주위에서 흐르는 기운을 읽으며 고개를 저었다. 전혀 이길 가망이 없었다. 이것은 이제 기와 기의 싸움이 되었다. 도박의 영역을 넘어간 것이다. 보통 그런 경우 경험이 더 많은 쪽이 이기기 마련이다. 저 도박사처럼 말이다.

텅!

한서연이 통을 탁자 위에 내리꽂았다. 그리고 통 안에서 날뛰던 주사위가 멈췄다. 천천히 통을 들어 올리자, 주사위가 드러났다. 숫자가 작은 쪽이 승리하는 도박이다.

이이(二二).

상당히 낮은 수였다. 하지만 한서연의 표정은 좋지 않았다. 그녀는 분명히 일일(一一)을 노렸다. 그녀의 시선이 앞에 앉은 중년인에게로 향했다. 이번에는 그의 차례였다. 그의 눈가에 어린 비웃음을 한서연은 놓치지 않았다.

'저자가 수를 썼구나.'

그것을 직감한 순간, 중년인이 통을 들어서 쓸 듯이 주사위 두 개를 통에 담아 흔들었다. 그리고 한서연이 손을 쓸 틈도 없이 바닥에 내리꽂았다.

텅!

한서연의 안색이 창백해졌다. 중년인은 통을 바닥에 내려놓자마자 다시 들어 올렸다. 일일(一一). 한서연의 패배였다.

"아아······."

한서연의 입에서 탄식이 흘러나왔다. 이로써 가지고 있는 마지막 돈을 잃었다. 그와 함께 더 이상 그녀에게 희망이라는 것이 남지 않았다. 금룡장에서 나오며 받은 황금 오백 냥이 허무하게 사라져 버렸다.

한서연이 입술을 질끈 깨물었다. 희망이 사라졌지만 그래도 자신은 절망해선 안 된다. 어떻게든 돈을 마련해야만 한다.

"소저, 보아하니 돈이 꽤 필요하신 모양이오."

한서연은 옆에서 들려오는 소리에 힘없이 고개를 돌렸다. 방금 전에 한서연의 돈을 몽땅 따간 중년인이었다. 그의 얼굴에는 능글거리는 미소가 한가득 피어 있었다.

"얼마나 필요한지는 모르지만 어느 정도라면 내가 융통해 줄 수 있소."

한서연의 눈이 반짝였다.

"어, 얼마나요?"

"글쎄…… 소저가 하기 나름 아니겠소?"

중년인의 음탕한 시선이 한서연의 얼굴에서부터 발끝까지를 느릿하게 한 번 훑었다. 한서연은 순간 소름이 끼쳤지만 그녀로서는 선택의 여지가 없었다. 일단 돈을 구해서 목표를 이뤄야만 한다. 그 뒤에는 자신이 어떻게 되든 상관없었다. 그래서 금철휘와 억지로 혼례를 올리려는 무리한 수작까지 벌이지 않았던가.

"삼천 냥이 필요해요."

"삼천 냥? 그쯤이야……."

"금으로요."

"그, 금 삼천 냥?"

그 엄청난 액수에는 중년인도 당황할 수밖에 없었다. 오늘 한서연이 잃은 돈이 금 오백 냥이다. 중년인은 그제야 왜 한서연이 무리하게 도박을 했는지도 알 수 있었다.

"좋소. 빌려주지. 내가 삼천 냥을 빌려주면 소저는 내게 뭘 해주겠소?"

"뭐든지요."

"뭐든지?"

중년인이 음흉하게 웃었다. 한서연의 미모는 엄청났다. 그런 미인이 뭐든 하겠다고 한다. 어찌 웃음이 나지 않을 수 있으랴.

"노예라도 되겠다는 말이오?"

노예라는 말에 흠칫 놀랐지만 한서연은 결국 결연한 표정으로 고개를 끄덕였다. 그리고 중년인은 만족스런 표정으로 옆에 선 무사를 쳐다봤다.

"네가 전장에 좀 다녀와야겠다. 액수가 크니 조심하도록 해라."

무사가 고개를 꾸벅 숙였다. 당장에라도 돈을 찾아올 기세였다. 그리고 그 순간 옆에서 지켜보고만 있던 금철휘가 나섰다.

"대체 돈이 왜 필요한 건데?"

금철휘의 말에 한서연이 고개를 홱 돌렸다. 지금 자신이 누구 때문에 이러고 있는데, 옆에서 계속 이런단 말인가. 그녀의 눈에 다시 원망이 어렸다가 사라졌다. 그리고 그 자리에 체념이 채워졌다.

한서연이 대답해주지 않자, 금철휘의 시선이 옆으로 돌아갔다. 그의 시선이 끝나는 곳에 서 있던 아칠이 즉시 대답했다.

"예. 한 소저께서 항상 모시고 다니는 분이 계신데, 아마 그분의 병을 고치기 위함이 아닐까 합니다."

아칠의 말에 금철휘가 의외라는 듯 한서연을 쳐다봤다. 하지만 이내 고개를 갸웃거렸다. 대체 무슨 병이기에 황금이 삼천 냥이나 필요하단 말인가.

"누군지는 모르지만 노예가 되는 것을 각오하면서까지 구하려고 하는 걸 보면 중요한 사람이겠지?"

"그렇습죠. 아마 한 소저의 사부님이 아닐까, 예상합니다."

"그래? 하긴. 근데 무슨 병이기에 고치는 데 삼천 냥이나 들어? 그것도 황금으로."

"아마 주화입마 아닐까요?"

주화입마라는 말에 한서연이 흠칫 몸을 떨었다. 예상이 맞았다는 뜻이다. 그리고 그즈음 중년인의 명을 받은 무사가 도박장을 떠났다. 돈을 찾기 위해서다. 그리고 중년인이 품에서 서류 한 장을 꺼내 한서연에게 내밀었다.

"자, 소저. 우리 확실히 합시다. 여기 수결을 찍으시오."

한서연은 잠시 망설였지만, 이내 입술을 꽉 깨물며 수결을 찍으려 했다. 하지만 그 순간 그녀의 귓가에 믿기 어려운 말이 흘러들어왔다.

"어? 주화입마? 그거 내 전문 아냐?"

수결을 찍으려던 한서연의 손이 멈췄다. 그리고 그녀의 고개가 금철휘를 향해 돌아갔다. 금철휘의 투실투실한 얼굴을 바라보던 그녀의 표정이 사납게 일그러졌다. 생각해 보니 금철휘에게 그런 능력이 있을 리 없다.

"정말 너무하네요. 그런 걸로 날 놀리면 재미있어요?"

한서연의 눈에 눈물이 그렁그렁하게 맺혔다. 그것을 본 금철휘가 당황하며 서둘러 말을 이었다.

"뭔 헛소리야? 내가 왜 널 놀려? 가만, 그런데 금 삼천 냥이 있으면 주화입마를 고칠 수 있어?"

금철휘는 한서연에게는 신경도 쓰지 않고 아칠에게 물었다. 아칠이 난감한 표정으로 한서연의 눈치를 살피며 대답했다.

"주화입마를 고칠 가능성이 있는 의원이 셋 있습니다. 의선, 만혈괴의, 그리고 약왕문의 문주님이죠."

그 중 실제로 주화입마를 고친 경험이 있는 것은 의선과 만혈괴의다. 만혈괴의는 이름 그대로 범인의 시각으로는 이해하기 어려운 짓을 서슴없이 하는 의원이었다. 예전 주화입마를 고쳤다는 사람은 만혈괴의에게 금 삼천 냥을 지불했다.

그 얘기를 모두 들은 금철휘의 눈이 반짝였다.

"호오. 정말? 주화입마를 고치면 돈을 그렇게나 벌 수 있단 말이야? 이거 집에서 용돈 타 쓰는 것도 슬슬 미안해지고 있었는데, 한 번 해볼까?"

아칠이 어색하게 웃으며 한서연의 눈치를 살폈다.

"헤헤. 공자님, 아무리 농담이라도 그런 것은 좀……."

"내가 뭘?"

금철휘의 뻔뻔한 태도에 한서연은 입술을 깨물었다. 마음 같아선 한바탕 쏘아주고 싶었지만 지금은 그럴 때가 아니었다.

"소저, 수결은 언제 찍을 생각이오?"

중년인은 몸이 달았다. 어서 수결을 찍고 이 아름다운 여인을 마음껏 희롱하고 싶었다. 그의 시선을 느낀 한서연이 몸을 부르르 떨었다. 하지만 그녀로서는 선택의 여지가 없었다.

"그렇게 급한가? 내 실력을 한 번 확인한 다음에 돈을 빌려도 늦지 않을 것 같은데……."

금철휘가 또 딴죽을 걸자, 중년인이 화를 폭발시켰다.

"이놈! 방해하지 말고 네 할 일이나 해라!"

금철휘는 귀를 한 번 후비고는 피식 웃으며 말했다.

"내가 틀린 말 한 것도 아닌데, 성질은. 뭐, 내가 간섭할 이유는 없지. 하고 싶은 대로 해."

금철휘가 돌아서자, 중년인이 만족스런 표정으로 다시 수결을 요구했다. 하지만 한서연의 마음은 이미 변한 뒤였다.

"미안하지만 잠시 미뤄도 될까요?"

중년인의 표정이 딱딱하게 굳었다. 그는 무시무시한 눈으로 금철휘를 한 번 노려본 후, 억지로 미소를 지으며 한서연에게 말했다.

"그건 곤란하오. 이미 돈을 찾아오라고 보냈소. 전장에 돈을 넣고 빼는 게 그리 쉬운 일인 줄 아시오? 게다가 소저는 뭔가 착각을 하고 있소. 저자에게 그런 실력이 있을 리 없지 않소. 괜한 시간 낭비일 뿐이오. 어쨌든 난 한시가 급한 사람이오. 그러니 지금 당장 수결하지 않으면 다음은 없소."

중년인이 칼같이 잘라 버리자, 한서연은 어쩔 수 없다는 표정을 지었다. 사실 그의 말이 구구절절 옳았다. 그녀는 금철휘를 한 번 힐끗 쳐다보고는 한숨과 함께 수결을 하려 했다. 하지만 그런 그녀의 귓가로 다시 금철휘의 목소리가 흘러들어오자, 또 손을 멈출 수밖에 없었다.

"고작 금 삼천 냥 가지고 더럽게 유세 떠네. 그럼 일단 날 믿어보고, 나중에 아니다 싶으면 그 돈, 내가 빌려주지."

한서연이 믿기 어려운 눈으로 금철휘를 바라봤다.

"정말인가요?"

"그래. 그러니까 빨리 보러 가자."

금철휘는 정말로 궁금했다. 자신이 과연 주화입마에 걸린 고수를 치료할 수 있을지 말이다. 천령신공의 한계가 과연 어디까지인지도 알고 싶었다.

"이놈! 가긴 어딜 간단 말이냐!"

중년인이 결국 폭발했다. 그는 살기가 뚝뚝 떨어지는 눈으로 금철휘와 한서연을 노려봤다.

"상도의도 모르는 놈 같으니. 내 거래에 네놈이 대체 왜 끼어들어 판을 망치느냐!"

"상도의? 거래?"

금철휘가 피식 웃으며 돌아섰다. 그리고 한서연 옆으로 걸어가서 중년인을 빤히 쳐다봤다.

"그래, 상도의! 아무리 금룡장의 소장주라 하지만 이건 너무하지 않느냐!"

금철휘는 옆에 선 한서연의 어깨에 팔을 턱 걸쳤다. 한서연은 갑자기 자신의 목 뒤로 다가오는 기척에 피하려고 했지만 그럴 수가 없었다. 그녀의 눈에 살짝 경악이 어렸다.

"너 지금 거래라고 했어? 상도의라고? 얘가 물건이냐? 거래를 하게? 그리고 확실히 짚고 넘어가자. 네가 하려는 게 사기지 거래냐? 삼천 냥을 빌려주는 대가로 노예가 되라고? 그럼 돈은 돈대로 갚고, 그것도 모자라 노예가 되라고? 그게 말이 된다고 생각해?"

중년인의 눈에서 새파란 살기가 흘렀다.

"내가 사기를 쳤다고? 그게 왜 사기란 말이냐! 그럼 아무런 대가나 담보도 없이 그런 거금을 빌려주란 말이냐!"

금철휘는 중년인이 소리친 순간, 그의 손에 있던 서류를 낚아챘다. 그리고 대충 한 번 훑었다.

"훗, 이거 봐라? 뭐? 이자가 오 할? 그것도 월?"

금철휘의 말에 주변이 술렁이기 시작했다. 이곳은 제법 이름이 알려진 자들이 찾는 도박장이다. 비록 중년인보다 대단한 사람은 없지만, 이들이 소문을 실어 나르면 상계에서 그의 처지가 상당히 어려워질 것이 분명하다.

"이, 이리 내라!"

금철휘는 미련 없이 그것을 돌려주었다.

"이제 가도 되지? 아직도 불만이 남았어?"

중년인이 이를 부득 갈았다.

"금룡장의 위세가 언제까지 계속되나 두고 보자."

금철휘가 피식 웃으며 돌아섰다. 여전히 팔은 한서연의 어깨를 두른 채였다.

"애꿎은 금룡장은 왜 걸고넘어져? 불만 있으면 나한테 오면 되지. 가자!"

금철휘가 한서연을 이끌고 성큼성큼 걸어 다시 아래층으로 내려갔다. 아칠이 종종종 그 뒤를 따랐다. 그리고 계단을 내려가기 전, 사정없이 구겨진 중년인의 얼굴을 다시 한 번 확인하고 의미심장한 미소를 지었다.

도박장 바로 옆에 크고 화려한 객잔이 있었고, 그 객잔에 한서연의 스승이 머물고 있었다. 당연히 주화입마 때문에 움직이지도 못하는 상황이었다.

"여긴가?"

금철휘의 물음에 한서연이 난감한 표정으로 말했다.

"이, 이제 이것 좀……."

한서연의 말에 금철휘가 씨익 웃으며 천천히 팔을 풀었다.

"왜? 무거워?"

"흥. 날 뭐로 보고. 당신 정도는 업고 다녀도 끄떡없어요."

한서연은 그렇게 말하고서 얼굴이 붉어졌다. 자신의 힘에 대해 얘기한 건데, 말하고 보니 뭔가 좀 이상했다. 하지만 굳이 변명을 덧붙이진 않았다.

잠시 침묵이 지나갔다.

"……고마워요."

금철휘가 턱을 긁적였다. 이 묘한 위화감. 어쩌면 자신이 뭔가 크게 착각했을 수도 있겠다는 생각이 들었다.

"아무래도 거슬려."

금철휘의 말에 한서연이 눈을 동그랗게 떴다. 자기는 그저 고맙다고 말했을 뿐인데 뭐가 거슬린단 말인가. 한서연은 금철휘를 보며 속으로 중얼거렸다. 성격 정말 거지 같다고.

"너."

금철휘가 한서연을 손가락으로 가리키며 나직이 말했다. 한서연은 왠지 모를 박력에 자신의 속이 읽힌 건 아닌지 깜짝 놀라 움찔 물러났다.

"너 나한테 관심 있냐?"

"네?"

한서연의 눈이 커다래졌다. 이 무슨 얼토당토않은 소린가. 그녀는 한동안 멍하니 금철휘를 바라봤다. 그러다가 배를 잡고 자지러지게 웃었다.

"아하하하하하."

그렇게 한참을 웃던 한서연이 너무 웃어 눈물이 살짝 맺힌 눈가를 닦아내고는 말했다.

"어서 가죠. 쓸데없는 소리 그만하고."

금철휘는 앞장서서 걸어가는 한서연을 보며 입맛을 쩝쩝 다셨다. 분명히 그런 낌새가 느껴졌는데 이상하다고 생각하며.

'하긴, 나라도 웃었겠다. 뭐 하나 괜찮은 구석이 있어야 말이지. 그래도 저 새파랗게 어린 것이 감히 누구를 보고 웃어?'

그렇게 생각하던 금철휘가 한숨과 함께 고개를 저었다. 금철휘의 실제 나이는 스물하나가 아니었다. 그보다 훨씬 많았다. 하지만 몸은 스물하나다. 빨리 그것에 적응하지 않으면 안 된다. 그래도 나이로 인해 느끼는 괴리감은 정말이지 쉽게 익숙해지지가 않았다.

'그나마 아버지가 나보다 어리지 않아서 다행이지.'

금철휘의 아버지인 금일청은 다행히도 전생의 금철휘보다 다섯 살이 많았다. 그래 봐야 형님뻘이지만, 금철휘에게 그건 중요치 않았다.

"뭐해요? 빨리 안 오고."

한서연이 걸음을 멈추고 금철휘를 새치름하게 바라봤다. 워낙 아름다운 얼굴이라 그런 표정도 쓰러질 정도로 예뻤다.

실제로 금철휘 옆에 있던 아칠은 한서연의 얼굴을 힐끗거리며 훔쳐보다가 발을 헛디뎌 넘어질 뻔했다.

"쯧쯧, 운동 좀 해라. 그렇게 하체가 부실해서야, 원."

금철휘의 말에 아칠이 자신의 가슴을 퍽퍽 두드렸다. 한서연을 만난 이후로 되는 일이 하나도 없다.

한서연의 사부는 객잔에서 가장 좋은 방에 머물고 있었다. 한서연에게 듣기로 주화입마 때문에 말도 못한다고 했으니 그 고충이 얼마나 클지는 짐작하기도 어려웠다.

한서연이 심호흡을 하는 사이 금철휘는 그녀의 허락도 받지 않고 당당하게 방문을 열었다. 한서연이 당황했지만 금철휘는 그런 것에는 신경조차 쓰지 않았다. 그저 방안으로 성큼 들어갔을 뿐이었다.

한서연의 사부는 커다란 침상 위에 누워 있었다. 온몸이 살짝 뒤틀린 상태였는데, 눈을 감고 있는 걸로 봐서 자고 있는 듯했다. 하지만 그런 건 다 상관없었다. 금철휘는 방에 들어가 한서연의 사부를 본 순간 눈을 크게 떴다.

"백검화?"

"사부를 알아요?"

한서연도 금철휘의 반응에 놀랐다. 그녀가 알기에 사부인 백검화는 어느 순간부터 거의 잠적하다시피 했기에 얼굴을 아는 사람이 얼마 없었다. 그나마 그녀를 아는 사람도 예전 혈룡귀갑대의 난 때 대부분 죽어서 남은 사람이 별로 없었다.

한데 고작 스물한 살의 금철휘가 백검화의 얼굴을 알고 있다는 건 정말로 의외였다.

"뭐, 조금."

금철휘는 그렇게 대충 대답해주고는 백검화에게 다가갔다. 예전 그녀를 만났을 때는 고작 스무 살도 안 되는 젊은 처자였다. 한데 지금 보니 거의 서른은 된 듯했다. 한서연의 사부라고 하기엔 젊었지만 금철휘가 보기엔 아직도 애였다.

'그게 벌써 십 년이 넘었나?'

잃어버린 칠 년의 세월을 감안해도 상당히 오랜만이었다. 백검화는 당시의 미모를 거의 잃지 않았다. 아니, 오히려 나이를 먹으며 더 농염해졌다. 당시에도 그 미모 때문에 수많은 사내들의 마음을 뒤흔들었다.

'주화입마 때문에 얼굴도 좀 뒤틀렸군. 고치면 볼만하겠어.'

얼굴이 제대로 균형을 찾으면 아마 그녀와 미모를 견줄 만한 여인을 찾기 어려울 것이다. 그만큼 백검화의 미모는 대단했다.

"그렇게 여자 얼굴 빤히 쳐다보는 거 예의에 어긋나지 않을까요? 아니면 우리 사부의 미모에 반하기라도 하신 거예요?"

한서연의 말에 금철휘가 피식 웃었다. 자신이 아까 관심 있냐고 했던 말의 복수였다. 이런 걸 보면 확실히 어리긴 어렸다.

"나도 너처럼 웃어주면 되는 거냐?"

금철휘는 그렇게 말하며 백검화에게 한 걸음 다가갔다. 한서연이 움찔하며 그를 말리려 했지만 금철휘가 절묘한 순간에 손을 들어 그녀의 호흡을 빼앗았다. 한서연은 깜짝 놀랐다. 이렇게 단번에 빈틈을 비집고 들어와 호흡을 빼앗는 것은 결코 쉬운 일이 아니었다. 더구나 한서연은 나름대로 상당한 수준의 무공을 익힌 여인이었다.

'뭐지? 이 사람 정말로 무공을 모르는 거 맞아? 아까도 그렇고.'

항주에 있는 모든 사람이 아는 금철휘는 망나니 중의 망나니고 멍청이 중의 멍청이였다. 무공의 무자도 모르는데다가 공부도 하지 않는 그야말로 쓰레기였다. 한데 지금 보니 소문이 완전히 잘못된 듯했다. 한서연은 금철휘의 모습을 힐끔거리며 쳐다봤다. 어찌나 살이 쪘는지, 고개가 절로 저어졌다. 하지만 그녀는 그러면서도 거의 눈을 떼지 못했다.

그러는 사이 금철휘는 백검화 앞에 가만히 서서 눈을 지그시 감았다. 그리고 천령신공을 이용해 기의 흐름을 감지했다.

'어라?'

금철휘의 얼굴에 당혹감이 번졌다. 천령신공은 분명히 제대로 돌아가고 있었다. 한데 백검화를 꿰뚫어 볼 수가 없었다. 기의 흐름이 확실히 이어지다가 백검화의 몸을 경계로 마치 벽을 만난 것처럼 관조가 끊어졌다.

'사람을 들여다볼 수 없다는 건가? 아니, 그건 아닌데?'

얼마 전 항주오룡을 만났을 때는 전혀 그런 게 없었다. 당시 기의 흐름을 이용해 추영우를 반병신으로 만들어주지 않았던가. 그렇게 멀리 갈 것도 없이 지금 이 방안에 함께 있는 한서연과 아칠만 봐도 알 수 있었다. 그들의 몸에 깃든 기운들이 손에 잡힐 듯 보였다. 한데 백검화의 기운만 전혀 볼 수 없었다.

'수준이 다르다 이거로군.'

백검화는 당시 혈룡귀갑대에서 만났을 때에도 상당한 고수였다. 그 뒤로 십 년이 넘게 지났으니 얼마나 더 강해졌겠는가. 척 보기에도 그랬다. 즉, 고수에게는 소용이 없다는 뜻이다.

'아니지. 고수라서 문제 되는 게 아니라, 정신력이 문제겠지.'

보통 고수의 경우 정신력이 뛰어나다. 의념의 힘으로 기를 움직이니 당연하다. 다른 사람들보다 의지가 강할 수밖에 없다. 그 의지가 천령신공을 가로막는 것이다.

'그래도 주화입마에 걸려 더 쉬울 게 분명한데 이 정도라니, 다른 고수들은 더 어렵겠군.'

사실 이 부분은 금철휘가 조금 잘못 생각한 것이었다. 백검화의 경우 주화입마로 인해 가만히 누워 있을 수밖에 없었다. 그 세월이 결코 짧지 않았다. 그동안 무엇을 했겠는가. 제자의 모습을 보며 자괴감을 느끼고 또 제자에게 도움이 되고자 정신을 갈고 닦으며 스스로 주화입마에서 벗어나려 애쓰고 또 애를 썼다. 그러면서 자연스럽게 정신, 즉 영혼의 힘이 강해진 것이다.

어쨌든 금철휘는 최대한 가능성을 높이기 위해 더 가까이 다가갔다. 그리고 백검화의 손목을 덥석 잡았다. 그의 눈가에 희미한 미소가 어렸다. 예상대로 피부와 접촉을 하니 기의 흐름이 느껴진 것이다.

'문제는 깊이 파고들 수가 없다는 건데……'

기를 흘려 넣어 내부를 살피는 것과 천령신공을 이용해 관조하는 것과는 전혀 다르다. 아예 차원이 다르다. 천령신공으로 보면 훨씬 근원적인 것이 보인다. 기의 흐름 자체를 명약관화하게 파악할 수 있었다.

'손목을 잡았는데 팔뚝까지 볼 수 있다면……'

금철휘가 조금 난감한 표정을 지었다. 제대로 모든 기의 흐름을 파악하고 치료를 하려면 몸 구석구석을 손댈 수밖에 없었다. 그걸 백검화의 제자인 한서연이 보는 앞에서 할 수는 없었다.

한서연은 금철휘가 백검화의 손목을 잡는 걸 보며 참으려 애쓰고 또 애썼다. 사부의 존체에 함부로 손대는 자를 가만 내버려 둔다는 건 그녀로서는 있을 수 없는 일이었다. 하지만 지금은 어쩔 수 없었다.

"그렇게 부들부들 떨지 말고 나가 있어. 정신 사납다."

"네?"

한서연이 눈을 동그랗게 뜨자, 금철휘가 손을 휘휘 내저었다.

"나가라고. 나가서 아무도 여기 못 들어오게 막아. 민망한 꼴 보이기 싫으면."

한서연의 눈에서 불똥이 튀었다. 금철휘가 하는 말을 해석하면 손목도 모자라 더 민망한 곳까지 만지겠다는 뜻 아닌가.

"당신……!"

한서연은 화를 폭발시키려 했다. 다른 건 몰라도 사부만큼은 안 된다. 하지만 그녀는 이번에도 호흡을 빼앗겼다. 금철휘의 손이 어느새 한서연의 어깨에 닿아 있었다. 어찌나 절묘하게 호흡을 치고 들어왔는지 반응조차 할 수 없었다. 더구나 한서연이 미처 인지하지 못한 감각의 사각을 파고들어 왔기에 굳이 호흡을 빼앗기지 않아도 어깨를 내줄 수밖에 없었을 것이다. 한서연은 찬물을 뒤집어쓴 듯 소름이 쫙 돋았다.

"주화입마에 빠진 지 얼마나 됐어? 반년은 넘은 거 같은데, 아니야?"

손목을 만진 것만으로도 그 정도는 충분히 알아낼 수 있었다. 금철휘도 예전에는, 아니, 전생에는 무공을 익힌 무인이었다. 그것도 천하에 적수가 없다는 혈룡귀갑대의 대주였다. 팔뚝에 흐르는 기가 어떻게 꼬였는지 확연히 봤으니 얼마나 오래 상세가 지속되었는지, 또 얼마나 위험한 상황인지 충분히 알아낼 수 있었다.

행동의 호흡을 빼앗긴 걸로도 모자라 대화의 호흡까지 빼앗겨 버린 한서연은 당황하며 고개를 끄덕이고 말았다. 그녀의 얼굴이 붉게 상기되었다.

"위험해."

"네, 네?"

"위험하다고. 빨리 어떻게 하지 않으면. 그러니까 나가서 지켜. 아칠, 너도 나가."

"예? 저도 말입니까? 에에……."

아칠은 아쉬운 눈으로 금철휘와 침상에 누운 백검화를 번갈아 쳐다봤다. 보아하니 옷을 벗기고 주무를 것 같은데 그 광경을 못 본다고 생각하니 너무나 아쉬웠다. 아칠은 금철휘의 차가운 눈빛을 보고나서야 찔끔 놀라 후다닥 밖으로 나갔다.

아칠이 나가자, 금철휘가 한서연을 똑바로 쳐다봤다. 한서연은 한동안 금철휘의 눈을 바라보다가 이내 입술을 깨물며 돌아섰다.

"사부님께 무슨 일이 생기면……."

한서연은 방문을 나서며 말을 이었다.

"가만두지 않을 거예요."

방문이 닫혔다. 금철휘는 그런 한서연을 보며 피식 웃었다.

"거, 귀엽네."

그 한 마디로 한서연에 대한 평가를 마무리한 후, 금철휘는 다시 돌아서서 백검화를 보며 손바닥을 비볐다.

"자아, 이제 슬슬 시작해 볼까? 너무 억울해하지 말라고. 네가 너무 강하다는 뜻이니까."

금철휘는 그렇게 중얼거리며 백검화의 몸에 손을 갖다 댔다. 몸 구석구석 손을 대지 않은 곳이 없었다. 발가락 끝부터 손가락 끝까지, 아무리 은밀한 곳이라도 절대 놓치지 않고 모든 부분에 손을 댔다.

옷을 벗기진 않았다. 하지만 옷 속으로 손을 넣어 직접 피부와 피부가 닿도록 했다. 그래야 훨씬 효과적으로 기의 흐름을 파악할 수 있었기 때문이다.

"이거 대체 무슨 일이 있었기에 이 모양 이 꼴이 된 거지?"

확실히 주화입마가 맞았다. 하지만 그저 무공을 익히다가 잘못된 것이 아니었다. 누군가와 치열하게 내력대결을 펼친 흔적이 곳곳에 남아 있었다.

"그럼 일단 구상을 좀 해볼까?"

백검화의 몸에 흐르는 모든 기운의 흐름을 파악했다. 이제 금철휘의 머릿속에서 그것들이 살아 움직이고 있었다. 금철휘는 마치 복잡하게 꼬인 매듭을 풀 듯, 머릿속에서 치료의 순

서를 구상했다. 꼬인 기운을 풀 때는 처음 시작과 끝이, 중요
했다. 그래야 기운이 다시 꼬이지 않고, 치료 중간에 막히지
않는다.

"좋아. 대충 구상은 끝났으니, 이제 본격적으로 치료를 시
작해 볼까?"

금철휘는 자신이 구상했던 대로 일단 백검화의 심장에서
첫 치료를 시작했다. 아마 치료의 끝은 그녀의 척추 부분이
될 것이다. 금철휘의 이마에서 땀이 흘러내렸다.

천령신공의 삼단공과 사단공을 이용해 치료를 하는 것이
지만, 사실 삼단공보다 사단공의 깊이가 약간 얕았기에 처음
생각했던 것처럼 치료가 순탄하지는 않았다.

하지만 금철휘는 모든 정신을 집중해 하나하나 꼬인 기의
흐름을 바로잡아갔다.

그렇게 얼마나 시간이 지났을까. 백검화가 천천히 눈을 떴
다. 그녀의 눈동자는 진지하게 치료를 하며 자신의 몸을 주
무르고 있는 금철휘에게로 향했다. 그녀의 눈빛이 살짝 떨렸
다. 하지만 그녀는 이내 다시 눈을 감았다.

한서연은 안절부절못하고 방문 앞을 서성였다. 안에서 어
떤 일이 벌어지고 있는지 몰라 답답하기 그지없었다. 대체 자
신이 무슨 생각으로 금철휘에게 사부를 맡겼는지 이해할 수
가 없었다. 그럴 때마다 당장에라도 문을 박차고 안으로 들

어가고 싶은 충동을 억누르느라 어마어마한 심력을 소모했다.

'일단 참아야 해. 어쩔 수 없어.'

처음에는 그렇게 인내를 가지고 기다렸다. 솔직히 금철휘가 사부를 고친다는 건 말도 안 되는 일이었다. 하지만 그럼에도 맡겨둔 것은 금철휘가 돈을 빌려주겠다고 했기 때문이었다.

한서연은 만일 다른 사람이 같은 제안을 했다면 결코 허락하지 않았을 거라는 점을 전혀 인지하지도 인정하지도 않았다. 지금은 그저 사부의 안위만을 생각하고 또 생각했다.

그렇게 두 시진이 지나갔다. 그때까지 계속해서 사라져간 인내심이 결국 바닥났다. 그리고 한서연은 안에 들어가 봐야겠다고 마음을 굳혔다.

돌아서서 방문을 열려던 한서연이 멈칫했다. 방문 옆에 바짝 붙어서 눈을 초롱초롱 빛내고 있는 아칠 때문이었다.

"뭘 망설이십니까? 걱정되시면 얼른 들어가 보셔야지요."

아칠은 그렇게 말하며 입가에 흐른 침을 슥 닦았다. 한서연은 눈살을 찌푸렸다. 그리고 결국 문에서 손을 뗐다. 아칠의 눈에 떠오른 호기심과 집요함을 보고나니, 문을 열 마음이 싹 사라져 버렸다.

'내가 문을 여는 틈을 타서 안을 보겠다는 건가? 정말 어이가 없는 사람이네.'

그런 생각을 하니 또 불안해졌다. 저런 놈을 호위무사랍시고 총애하는 금철휘가 안에서 자신의 사부에게 무슨 짓을 하는지 믿을 수가 없었다.

'아아! 내가 미쳤지. 내가 어쩌자고……!'

한서연은 자신의 머리를 두 손으로 감싸고 고개를 저었다. 그 고뇌에 찬 모습에 아칠이 또 침을 슥 닦았다. 한서연은 아름다움과 귀여움이 너무나 적절히 조화를 이뤄서 행동을 보고만 있어도 입이 벌어질 정도였다.

'공자님은 대체 왜 이런 여자를 내쫓은 거지? 그냥 보고만 있어도 이렇게 좋은데. 헤헤헤.'

아칠은 속으로 음흉하게 웃으며 고뇌하는 한서연의 모습을 연방 훔쳐봤다. 물론 그러면서도 방안에서 무슨 일이 벌어지고 있는지 기회가 있으면 확인하겠다는 생각도 절대 버리지 않았다. 아칠의 눈이 그 어느 때보다 밝게 빛나고 있었다.

한서연의 고뇌는 끝이 없었다. 아칠이 곁에 있으니 그 고뇌가 갈수록 짙어졌다. 그러다가 문득 자신이 굳이 참고 있을 이유가 없다는 걸 깨달았다. 아칠은 약하고 자신은 강하다. 한서연의 눈이 밝게 빛났다.

아칠은 순간적으로 위기감을 느꼈다. 한서연의 밝게 빛나는 눈 속에 깃든 난폭함을 알아챈 것이다. 눈치가 없으면 금철휘 같은 사람과 오랫동안 함께할 수 없다. 더구나 예전의 금철휘는 지금보다 훨씬 어수룩했다. 금철휘야 최악의 상황이 와도 죽을 염려는 없었지만 아칠은 상황이 전혀 달랐다.

그랬기에 그는 눈치와 눈썰미를 키울 수밖에 없었다. 생존을 위한 몸부림에 가까웠다.

"헤헤, 왜 이러십니까? 소저."

"아무래도 당신이 여기 있을 필요가 없을 것 같아서요. 아니, 생각해 보니 금 공자님 옆에 붙어 있을 필요도 없을 것 같네요. 제가 그동안 열심히 했던 충고를 하나도 받아들이지 않은 모양이네요?"

한서연의 말투는 너무나 정중했다. 그리고 나긋나긋하며 부드러웠다. 모르는 사람이 봤다면 단번에 온몸이 녹아 흐물흐물해졌을 것이다. 아칠도 조금쯤 그랬다. 눈치가 그에게 계속 경고를 주지 않았다면 정말로 녹아버렸을지도 모른다.

아칠이 한 걸음 뒤로 물러났다. 하지만 빈틈을 보이지 않았다. 물러났지만 그의 시야에는 방문이 정확히 들어 있었다. 한서연이 열면 그 안을 무슨 수를 써서라도 들여다보겠다는 의지가 엿보였다.

'아니, 그게 다가 아니겠지.'

들여다볼 수 있다면 안으로 들어갈 수도 있다. 아칠은 자신도 한서연을 따라 들어가겠다고 몸으로 말하고 있는 것이다.

"어쩔 수가 없네요."

한서연의 눈에 한기가 어렸다. 일단 힘으로 제압하면 된다. 마혈과 아혈을 짚어 움직이지도, 떠들지도 못하게 만들면 혼자서 안전하게 들어갈 수 있지 않겠는가. 사실 폭력을 조금 쓰고 싶었지만 지금은 소란을 피울 수 없었다. 만에 하나 있을지도 모르는 일, 바로 금철휘가 진짜 백검화를 치료할 수도 있다는 가능성 때문이었다. 물론 절대 그럴 리가 없다고 여기긴 했지만 말이다.

"저…… 뭘 어쩌실 셈이신지……."

아칠이 억지로 웃으며 뒤로 주춤주춤 물러났다. 두려움에 떨면서도 이 자리를 벗어나지 않는 걸 보면 확실히 보통 사람은 아니었다.

"설마 무공을 감추고 있다거나 그런 건 아니겠죠?"

한서연은 그 말과 동시에 몸을 날렸다. 소란을 피우면 안 되기에 우선적으로 아칠의 아혈을 제압했다. 아칠과 한서연의 격차가 너무나 심했기에 아칠은 제대로 피하지도 못하고 눈 뜬 채 당하고 말았다.

아칠이 눈을 동그랗게 뜨며 뒤로 훌쩍 뛰었다. 하지만 고작 그걸로는 한서연의 손에서 벗어날 수 없었다. 한서연은 그저 손을 몇 번 뻗는 간단한 동작으로 아칠의 마혈을 제압해 버렸다.

아칠은 뻣뻣하게 몸이 굳은 채 말도 못하고 서 있었다. 그의 눈동자만 이리저리 굴러다닐 뿐이었다.

"여기서 잠깐 쉬고 있어요."

한서연은 살짝 미안한 표정을 짓고는 결연한 표정으로 돌아섰다. 그리고 심호흡을 한 번 한 후, 문고리를 잡았다.

덜컹!

"까악!"

한서연은 소스라치게 놀라 비명을 지르며 뒤로 물러났다. 문을 연 것은 그녀가 아니라 안에 있는 금철휘였다. 그녀는 뚱한 표정으로 자신을 쳐다보는 금철휘를 바라보며 터질 것처럼 뛰는 심장을 진정시키려 무진 애를 썼다.

"뭐야? 설마 몰래 들여다보려고 한 거야? 날 못 믿어서?"

"아, 아, 아니에요!"

한서연이 당황해서 소리쳤다. 당연히 금철휘는 그녀의 말을 믿지 않았다. 금철휘의 시선이 아칠에게로 향했다. 한서연의 표정에 어린 당황이 한 층 깊어졌다.

"저놈은 또 왜 저래?"

금철휘의 말에 한서연이 말을 더듬었다.

"그, 그, 그러니까, 그러니까 안으로 들어가려고 해서……."

금철휘가 피식 웃었다.

"하여튼 웃기는 놈이라니까."

한서연은 금철휘가 자신의 말을 믿어서 다행이라고 생각하며 조심스럽게 호흡을 가다듬었다. 하지만 놀란 가슴은 쉽게 진정되지 않았다.

"풀어주지?"

"아! 예! 아, 알았어요."

한서연은 당황함을 감추지 못하고 서둘러 아칠의 혈도를 풀었다. 물론 그러면서 협박 한마디를 남기는 것도 잊지 않았다. 아칠은 억울한 표정을 지었지만 그래도 금철휘에게 고자질하지는 않았다. 사실 한서연만 아니라면 먼저 방문을 열고 들어갔을 것이다.

"안 들어가 봐도 돼?"

"예?"

한서연은 자신이 왜 이렇게 멍청하게 구는지 이해할 수가 없었다. 그녀는 다시 한 번 심호흡을 하며 마음을 가다듬었다. 일단 차분히 마음을 가라앉힌 뒤, 금철휘를 똑바로 바라봤다. 가슴이 두근거렸다.

"자, 잘 되었나요?"

"그러니까 들어가 보라고 하지."

한서연의 눈이 화등잔만 해졌다. 솔직히 말하면 거의 기대하지 않았다. 아예 희망이 없었다고는 말하지 못하지만, 그래도 금철휘가 주화입마를 고칠 수 있다는 걸 어찌 믿는단 말인가. 그래서 이걸 빌미로 황금 삼천 냥을 얻거나 빌려 만혈괴의에게 의뢰를 하려 했다. 한데 고쳤다니, 이 말을 믿어야 하는지 말아야 하는지도 판단이 되지 않았다.

"안 들어가? 기다리고 있을 텐데?"

그 말에 한서연이 당황하며 열린 문을 통해 방 안을 들여다봤다. 그녀의 눈에 뿌연 습막이 차올랐다. 방 안의 침상에

단아한 자세로 가부좌를 틀고 앉은 사부의 모습이 보였다.

금철휘는 한서연의 등을 툭 밀었다. 한서연은 떠밀리듯 방 안으로 들어갔다. 그리고 사부 앞에 엎드려 오열을 했다. 백 검화가 그런 한서연을 자애롭게 내려다보며 부드럽게 웃었다. 그녀의 눈에도 눈물이 흐르고 있었다.

금철휘는 조용히 방문을 닫았다. 그의 입가에도 진한 미소 가 떠올랐다. 이런 기분, 나쁘지 않았다.

제7장
백검화

　백검화는 감정을 추슬렀다. 아무래도 그녀가 제자보다는
감정을 정리하는 것이 훨씬 빨랐다. 한서연은 아직도 바닥에
엎어진 채 오열하고 있었다. 백검화는 조용히 침상에서 내려가
한서연을 안아주었다. 한서연의 울음이 더욱 커졌다. 하지만
그래서 감정을 훨씬 빨리 쏟아낼 수 있었다.

　이내 한서연이 울음을 그쳤다. 백검화는 한서연의 등을 몇
번 토닥여주고는 다시 침상에 앉았다.

　"정말 고생이 많았구나."

　"아닙니다. 아니에요. 사부님이야말로……."

　다시 감정이 북받쳤다. 한서연은 말을 잇지 못하고 고개를

숙인 채 눈물을 뚝뚝 흘렸다.

"그래. 그 고생 내가 옆에서 다 지켜봤다. 정말 장하구나. 그리고 고맙구나. 네가 아니었다면 난 이렇게 다시 살지 못했을 것이다."

한서연은 소매로 눈물을 닦았다. 그리고 억지로 미소를 지으며 자신의 사부인 백검화를 바라봤다. 웃는 모습을 보여드리고 싶었다. 자신은 괜찮다고 미소로 말하고 싶었다. 마음으로 전하고 싶었다. 그녀의 바람은 이루어졌다.

"그리 웃으니 좋구나. 그렇게 예쁘게 웃을 수 있으니 그런 좋은 사람을 만난 게지."

백검화의 말에 한서연은 금철휘를 떠올렸다. 조금 전까지는 아예 그 존재 자체를 잊고 있었다. 하지만 이렇게 다시 떠올리고 나니 그에게 너무나 고마웠다. 또 그의 능력에 정말로 놀랐다. 설마 정말로 주화입마를 이렇게 말끔히 고쳐놓을 줄 누가 알았겠는가.

"큰 은혜를 입었습니다."

"그래. 은혜를 입었지. 그리고 사람이라면 은혜를 갚아야 하는 법이고."

한서연이 조심스럽게 고개를 들어 사부인 백검화를 바라봤다. 그녀 역시 은혜를 갚을 생각이었다. 하지만 금철휘는 금룡장의 소장주다. 돈으로 은혜를 갚을 수는 없다. 그럼 뭔가 다른 것을 줘야 하는데, 마땅히 생각나는 것이 없었다.

"무공을 가르쳐줄 생각이다."

"예? 무공이요?"

한서영이 놀라 눈을 크게 떴다.

"보아하니 무공을 익히지는 않은 모양이더구나."

백검화가 파악하기로는 확실했다. 금철휘는 분명 무공을 익히지 않았다. 다만 기에 대한 재능이 남달랐다. 그저 천재라고 하기에도 모자람이 있을 정도였다. 그 능력을 이용해 자신의 주화입마를 고친 것이다.

'설마 가능하리라고는 생각도 못했건만.'

백검화는 정신을 차렸을 때가 떠올랐다. 자신의 몸을 떡 주무르듯 만지고 있는 뚱뚱한 사내의 모습에 얼마나 놀랐던가. 그의 표정에 어린 진지함이 아니었다면 피를 토했을지도 모른다.

처음에는 무공의 고수라 여겼다. 한데 몸을 맡기고 있다 보니 묘한 위화감이 들었다. 고수가 누군가의 몸에 흐르는 기운을 건드리려면 반드시 자신의 기운이 필요하다. 자신의 기운을 몸에 흘려 넣어 그것을 이용해 상대의 기운을 움직이는 것이다.

한데 금철휘는 전혀 그런 것이 없었다. 그저 몸을 주무르는 것만으로 기의 흐름을 바로잡아 갔다. 덕분에 꼬일 대로 꼬여 제 기능을 하지 못하던 기맥이 점차 치유되어갔다.

그 과정을 고스란히 지켜본 백검화는 그야말로 경악했다.

아니, 경악을 넘어 존경심마저 들었다. 상대는 겉보기와는 달리 고명한 실력을 지닌 의원임이 분명했다.

"외모가 너무 비대해서 연배를 알 수는 없지만, 내가 옆에서 지켜본 바에 따르면 나와 비슷하거나 조금 위일 것 같더구나. 무공을 익히기엔 많이 늦은 나이지. 하지만 의원으로서 내가 가진 무공을 배우는 것만으로도 큰 쓰임이 있을 것이다."

백검화의 말에 한서연이 뜨악한 표정을 지었다. 그녀는 식은땀을 흘리며 말을 더듬었다.

"저, 사, 사부님. 저 사람, 아니, 저분의 나이는 저와 같아요."

이번에는 백검화가 뜨악한 표정을 지을 차례였다.

"그, 그게 정말이냐? 어찌 그 나이에 그런 고명한 의술을…… 하아, 진정 천재라는 것이 존재하는구나."

고작 스물한 살의 나이에 주화입마를 고쳐 내다니. 의술로 천하에서 손꼽히는 만혈괴의나 의선보다 나으면 나았지 못하지 않은 솜씨 아닌가.

예전 만혈괴의가 주화입마에 빠진 사람을 고친 적이 있지만, 그때는 백검화의 경우와는 전혀 달랐다. 백검화는 주화입마에 빠진 지 반년이 넘어 기맥이 완전히 꼬이고 굳어진 상태였고, 만혈괴의가 고친 경우는 주화입마에 빠진 지 채 한 달이 되지 않아 그래도 고칠 가능성이 충분히 있는 사람이었다.

게다가 만혈괴의는 그 사람의 주화입마를 고치기 위해 무려 세 달이라는 시간을 쏟아 부었다. 그 시간 동안 오로지 환자만을 위해 살았다 해도 과언이 아니었다.

한데 금철휘는 어떠한가? 고작 몇 시진 만에 멀쩡한 몸으로 만들지 않았던가.

백검화가 감탄에 감탄을 거듭하는 동안 한서연은 혼란에 빠져 있었다. 한서연이 아는 금철휘는 그런 고명한 의원이 아니었다. 그저 돈 많은 파락호에 불과했다.

"이런, 너무 감상에 젖어 있었구나. 어서 그분을 모셔오너라. 내 제대로 인사를 해야겠다."

백검화는 자신이 아직 금철휘에게 감사하다는 말도 못 전했다는 사실을 깨닫고 한서연을 채근했다. 한서연 역시 백검화와 비슷한 마음이었는지라 얼른 자리에서 일어나 밖으로 나갔다. 밖으로 나가 금철휘를 찾기 위해 두리번거리는 한서연의 마음은 점점 복잡해져 결국 자신도 무슨 생각을 하는지 알 수 없는 지경에 이르러 버렸다.

"이야, 우리 공자님이 언제 이렇게 대단해지셨을까?"

아칠이 싱글벙글하며 금철휘가 앉기 좋게 의자를 뺐다. 금철휘가 의자에 앉자, 아칠은 알아서 점소이를 불러 적당한 음식과 술을 주문했다.

"공자님, 대체 어떻게 주화입마를 고치신 겁니까? 이거 만 혈괴의 정도는 되어야 어찌해볼 수 있는 그런 거 아닙니까?

헉! 그럼 우리 공자님이 만혈괴의와 동급이란 뜻이로군요! 오오! 정말 대단하십니다!"

"됐다. 그런 거 아니니까."

"예?"

"주화입마가 아니라, 그냥 급체야."

"예에?"

황당해서 눈을 크게 뜬 아칠의 얼굴 앞으로 금철휘가 손바닥을 척 올렸다. 아칠은 그것을 보며 이게 무슨 뜻인지 머리를 굴렸지만 알 수 없어 금철휘의 눈치를 살폈다.

"이게 뭘로 보이느냐?"

"뭐, 뭐긴 뭡니까. 손이죠. 공자님 손."

"쯧. 그래서 네놈은 고작 아칠일 수밖에 없는 거야."

"예? 제가 아칠인 게 무슨 큰 잘못입니까?"

"쯧쯧. 잘 봐라. 이게 무슨 손인고 하니."

아칠이 눈을 초롱초롱하게 뜨고 금철휘의 말에 집중했다. 금철휘는 씨익 웃으며 말했다.

"이게 바로 약손이라는 거다."

"예에?"

실망감과 황당함이 뒤섞여 빠르게 아칠의 얼굴을 장악해 갔다. 아칠은 하마터면 욕을 할 뻔했지만 지독한 인내심으로 참아냈다.

"급체에는 약손이 최고지. 내가 이걸로 체한 부분을 이렇게,

이렇게 돌려가며 만져 주니까, 쑥 내려가더구나."

아칠이 고개를 푹 숙였다. 이런 사람에게 대체 뭘 기대했단 말인가.

"하면, 그냥 급체한 사람 때문에 황금 삼천 냥을 마련하려고 했단 말입니까?"

"얼굴만 예쁘면 뭐하겠느냐. 사람이 맹한데. 아칠아, 사람은 자고로 열심히 공부를 해야 하는 법이다."

금철휘는 손가락으로 자신의 눈을 가리키며 말을 이었다.

"안목이라는 것을 키워야 한단 말이다. 눈이 썩은 사람은 보물을 못 알아본다니까. 눈앞에 절세신공의 비급을 가져다주면 뭐하겠느냐. 눈이 썩어서 내다 버리는걸."

아칠은 그제야 금철휘가 자신을 비꼬고 있다는 것을 깨달았다.

'젠장. 칠성검법 하나 가지고 유세는.'

두 사람이 그렇게 시답잖은 얘기를 나누며 음식을 먹고 있을 때, 이 층에서 한서연이 내려왔다. 한서연의 눈부신 미모는 모두의 시선을 모았다. 걱정거리가 사라지면서 한 층 밝아진 표정 때문에 그녀의 미모는 훨씬 더 빛났다.

한서연이 사뿐사뿐 걸어 금철휘에게 다가가자, 객잔 안 모든 사내들이 안타까움에 한숨지었다. 그들 역시 금철휘에 대한 소문을 익히 들어 잘 알고 있었다. 한서연은 순식간에 금룡장의 망나니에게 걸려든 가여운 여인이 되었다.

사실 그동안 금철휘가 여자들을 어찌해본 적은 한 번도 없었다. 기녀들과 노는 걸 제외하면 특별히 여자들에게 추근대지는 않았다. 오히려 금철휘를 노리고 여자들이 접근한 적이 많았다.

　하지만 사람들은 그렇게 받아들이지 않았다. 금철휘가 돈을 휘둘러 여자들을 농락한다고 여겼다. 금철휘의 비대한 외모도 그런 소문을 만드는데 크게 일조했다.

　그래서 현재 금철휘의 두 부인은 소문 속에서 비련의 여주인공이 되어 있었다. 돈에 팔려왔다느니, 금철휘에게 농락당해 다른 곳으로 시집갈 수가 없어 금룡장에 넘기다시피 했다느니 하는 질 나쁜 소문이 금철휘 주변을 가득 채웠다.

　그렇게 수많은 사람들의 안타까운 시선 속에서 한서연이 금철휘 앞에 섰다. 금철휘는 고개를 살짝 모로 틀어 약간 삐딱한 시선으로 그녀를 쳐다봤다.

　"왜?"

　한서연은 금철휘에게 공손히 허리를 숙였다.

　"고마워요."

　그녀의 행동에 객잔 안이 술렁였다. 사람들의 시선이 온통 금철휘에게로 향했다. 대체 무슨 수작을 어떻게 부렸는지 정말로 궁금할 따름이었다.

　금철휘는 그런 시선에는 아랑곳하지 않고 가볍게 고개를 끄덕였다.

"뭐, 됐어. 앞으로는 너도 이 안목을 키워."

금철휘는 아칠에게 말하듯 손가락으로 자신의 눈을 가리키며 말했다.

"괜히 사기꾼한테 돈이고 몸이고 싹 빼앗기고 울지 말고."

금철휘는 거기까지 말하고 다시 음식으로 시선을 돌렸다. 한서연은 잠깐 당황하다가 이내 방긋 웃으며 다시 말을 걸었다.

"고마워요. 도와주셔서. 그리고 사부님께서 뵙자고 하세요."

음식을 한가득 입에 넣고 우적우적 씹던 금철휘가 다시 고개를 돌려 한서연을 쳐다봤다. 한서연은 더없이 아름다운 미소를 머금은 채 금철휘를 가만히 바라보고 있었다. 보통 사내라면 심금이 녹아버렸겠지만, 금철휘는 보통 사내가 아니었다.

"그래? 잠깐 기다려. 이거만 마저 먹고."

금철휘는 그렇게 말하고는 접시에 담긴 음식들을 입안으로 쓸어 넣기 시작했다. 먹는 게 아니라 숫제 흡입하는 것 같았다.

금철휘는 전생에서 음식을 제대로 먹은 적이 거의 없기에 새로 몸을 갈아타면서 식탐이 생겨 버렸다. 물론 그래 봐야 예전 금철휘보다는 못했지만 말이다.

하지만 우선순위를 매긴다면 예전 금철휘와는 확연히 달랐다. 예전 금철휘는 먹는 것보다는 여자가 우선이었지만, 지금의 금철휘는 당연히 먹는 것이 더 우선이었다.

결국 모든 음식을 싹 먹어치운 금철휘가 배를 몇 번 두드리고는 자리에서 일어났다. 그리고 황당함으로 질린 얼굴을 한 한서연과 아칠을 향해 턱짓을 했다.

"가자."

금철휘가 뒤뚱뒤뚱 앞장서서 걸었고, 아칠과 한서연이 고개를 저으며 그 뒤를 따랐다.

백검화는 여전히 침상에 앉아 있었다. 단아함 속에 요염함이 깃든 모습이었다. 그녀는 조용히 눈을 감고 운기조식에 빠져 있었다. 운기조식을 하는 내내 그녀는 경악에 경악을 거듭했다. 금철휘는 그녀의 꼬인 기맥을 바로잡은 것도 모자라, 기맥을 더욱 튼튼하게 만들어 주었다. 더구나 무슨 수를 썼는지 기의 성질이 훨씬 부드러워져 있었다.

'덕분에 백화검을 펼치기가 더욱 수월해지겠구나.'

백검화가 가진 가장 강력한 무공이 바로 백화검이었다. 하지만 그녀가 익힌 내공심법과의 상성이 맞지 않아 백화검의 제대로 된 능력을 온전히 끌어내지 못하고 있었다. 한데 이번 치료로 인해 기운이 부드러워지면서 그 불가능하던 것이 가능하게 변했다.

'이게 가능한 일인가?'

기의 성질은 내공 심법에 따라 변한다. 백검화가 익힌 것은 상천공이라는 심법이었는데, 조화를 중시하지만, 약간 양(陽)에 치우쳐 있었다. 그랬기에 음의 기운이 더 필요한 백화검에는 어울리지 않았다.

하지만 그럼에도 백화검 자체가 워낙 뛰어났기 때문에 버리지 못했다. 그녀가 아는 어떤 무공도 백화검에 비하면 어린애 손장난과 같았다. 한데 이제 백화검에 날개를 달았으니, 어떤 적과 마주하더라도 두려울 게 없었다.

그녀가 상념에 잠긴 사이, 조용히 방문이 열렸다. 그리고 한서연이 서둘러 안으로 들어왔다. 백검화는 눈을 떴다. 그리고 당황했다. 분명히 한서연 혼자 들어왔다고 생각했는데, 그녀 옆에 금철휘가 서 있었다.

"와, 왔느냐?"

한서연은 사부인 백검화가 왜 당황하는지 알지 못해 어리둥절했다. 하지만 백검화가 순식간에 표정을 관리하며 미소 짓자, 궁금증을 미루고 옆에 있던 금철휘에게 눈짓을 보냈다.

"앉으시지요."

한서연의 말에 금철휘가 눈살을 찌푸리며 백검화에게 말했다.

"계속 거기 앉아 있을 생각인가?"

난데없는 금철휘의 말에 한서연이 크게 당황했다. 그건 뒤에 서 있던 아칠 역시 마찬가지였다.

"공자님. 대체 왜 이러십니까. 불과 얼마 전까지 아프시던 분인데. 요즘 정말 왜 이러세요!"

아칠은 요즘 금철휘가 계속 엇나가는 것 같아 마음이 조마조마했다. 아칠도 백검화라는 이름은 들어봤다. 천하에서 손가락에 꼽을 정도의 강자였다. 그런 백검화에게 함부로 하다가는 목숨이 열 개라도 모자라다. 아칠은 백검화의 눈치를 살피며 계속 금철휘의 옆구리를 찔렀다.

"이놈아, 그만 찔러. 간지럽다."

금철휘가 아칠의 팔을 탁 쳐내자, 아칠이 그 힘을 못 이겨 몸을 한 바퀴 빙글 돌더니 바닥에 철퍼덕 넘어졌다.

"아고고! 아칠 죽네!"

아칠이 고래고래 비명을 질렀지만 금철휘는 그런 아칠을 발로 툭 차버렸다. 아칠의 몸이 붕 뜨더니 방문 밖으로 날아가 버렸다. 실로 순식간에 벌어진 일이라 다들 입만 쩍 벌린 채 그 광경을 지켜봤다.

"넌 거기서 기다려라."

금철휘는 그렇게 말하고는 방문을 탁 닫아 버렸다. 아칠은 바닥을 떼굴떼굴 구르다가 금철휘의 말을 듣고는 그대로 몸이 굳어버렸다. 하지만 감히 금철휘의 명을 어길 생각을 못하고는 방문 앞을 안절부절못하며 서성였다.

"자, 이제 다시 시작해야지? 계속 거기 있을 건가?"

금철휘의 말에 그제야 다시 정신을 차린 백검화가 환하게 웃었다. 마치 꽃이 활짝 피어나듯 아름다움이 피어나 방 안을 밝혔다. 하지만 그런 미모도 금철휘에게는 아무런 소용이 없었다.

"제가 결례를 범했군요. 미안합니다."

백검화는 공손히 말하고는 침상에서 일어났다. 그리고 근처에 마련된 다탁으로 자리를 옮겼다.

"그쪽에 앉으시지요."

금철휘는 당연하다는 듯 백검화 앞에 턱 앉았다. 그리고 거만하게 턱을 치켜올리며 옆에 서 있는 한서연을 쳐다봤다.

"차."

한서연은 황당했지만 이내 부드럽게 미소 지으며 서둘러 차를 준비했다.

"용건은?"

너무나도 짧고 차가운 말투에 백검화는 순간 소름이 돋았다. 왠지 조금 전과는 전혀 다른 사람처럼 보였다. 그리고 금철휘에게서 느껴지는 분위기가 아주 오래전의 추억 한 가닥을 슬며시 건드렸다.

"감사 인사를 드리고 싶었어요."

"고맙다는 쪽이 날 찾아와야 하는 거 아닌가?"

"그 점은 죄송합니다. 몸을 조금 더 추스르고 싶었어요."

금철휘가 고개를 끄덕였다. 자신도 무인이었으니 그 점은 충분히 이해할 수 있었다. 몸이 얼마나 바뀌었는지, 또 제대로 치료가 되었는지 확인하고 싶었을 것이다.

"그래. 확인해 보니 어때?"

마치 아랫사람을 대하는 듯한 금철휘의 말투에도 백검화는 전혀 위화감을 느낄 수가 없었다. 그저 너무나 자연스러웠다.

"훨씬 좋아졌어요. 뭐라 감사를 드려야 할지……."

금철휘의 입가에 만족스런 미소가 살짝 어렸다. 사실 자신의 능력을 확인해 보고 싶어서 여기까지 왔다. 물론 한서연이 안쓰러워서 마음이 움직이기도 했지만, 그건 이미 금철휘의 머릿속에 남아 있지 않았다.

'아주 성공적이야.'

금철휘는 백검화를 다시 쳐다봤다.

"그저 좋아진 게 전부야?"

"예? 무슨 말씀이신지……."

금철휘는 자신이 아는 한 가지를 더 얘기하려다가 입을 다물었다. 그걸 말하면 뒤가 골치 아파진다.

"됐다. 몸 좋아졌으면 잘 된 거지."

"예. 그래서 보답을 하고자 합니다."

"보답?"

금철휘가 가만히 생각하다가 뭔가가 퍼뜩 떠올라 주먹으로 손바닥을 탁 쳤다.

"아! 그러고 보니 이거 황금 삼천 냥짜린데, 너무 급하게 하느라 계약도 안 했네. 젠장, 천하의 내가 돈을 날리다니."

사실 그 부분은 금철휘도 조금 의아했다. 전생의 금철휘는 돈에 관한 부분은 완전히 젬병이었다. 그런 금철휘가 계약이니 뭐니 알 리가 없었다. 더구나 한서연이 도박장에서 하려던 계약이 얼마나 불공정한지 따질 능력이 있을 리 없었다.

'마치 원래 알고 있는 것 같잖아……!'

벼락 한 줄기가 정수리를 관통해 발끝으로 빠져나가는 것 같았다. 그동안 기억이 없다고 투덜거렸는데, 없는 게 아니었다. 자신도 인지하지 못하는 사이에 뇌리 곳곳에 새겨져 있었음이 분명하다.

'그러니 그런 걸 다 알았겠지.'

그저 기억만 남은 게 아니라 감정의 편린도 남아 있었다. 그러니 아버지인 금일청을 보며 친근함을 느끼지 않았겠는가.

'내가 아칠을 믿고 있는 걸 보면 아주 확실해지지.'

전생의 금철휘였다면 결코 아칠 같은 녀석을 믿지 않았을 것이다. 재미로 데리고 다닐 수는 있지만 믿음을 줬을 리가 없다. 하지만 지금도 금철휘는 아칠을 믿고 있었다.

"뭐, 나쁘지 않아."

"예?"

"아, 혼잣말이었다. 그래, 보답을 하고 싶다고?"

"그렇습니다. 제 무공을 가르쳐드리지요."

백검화의 무공이라면 천하의 누구라도 탐내지 않을 수 없는 보물 중의 보물이었다. 백검화는 금철휘가 기쁘게 그것을 받아들일 거라 믿어 의심치 않았다.

"무공?"

금철휘의 표정은 심드렁했다. 그 표정을 본 백검화의 가슴이 철렁 내려앉았다. 왜 그랬는지는 자신도 모르지만 말이다.

"아, 아니면 제가 금룡장의 식객으로 머무는 것은 어떨까요?"

금철휘가 피식 웃었다.

"치료하면서 보니까, 내력대결을 하다가 주화입마에 빠진 거 같던데, 아닌가?"

백검화는 경악했다. 치료하면서 그런 것까지 알아낼 수 있으리라고는 생각도 못했다. 더구나 그 일이 있은 지 벌써 반년이 넘었다. 흔적이 남아 있었더라도 지워졌어야 정상 아닌가.

"괜한 분란을 집으로 끌어들이고 싶지 않은데? 네 생각은 어때?"

백검화는 할 말이 없었다. 사실 아직 적은 건재할지도 모른다. 당시 자신은 주화입마에 빠졌지만 상대는 죽음에 근접할 정도로 심각한 내상을 입었다. 그래서 죽었다고 여겼는데, 실제로는 어떨지 알 수 없다.

'더구나 지독할 정도로 집요한 놈이니……'

백검화는 애가 탔다. 보답은 분명히 하고 싶었다. 하지만 줄 것이 없었다. 이제 남은 거라곤 쓸모없는 몸뚱이 하나다. 자신이 아름답다는 건 알지만, 상대는 고작 스물한 살. 백검화의 현재 나이가 서른셋이니, 무려 열두 살이나 차이 난다. 백검화는 그런 생각을 하다가 소스라치게 놀랐다.

'내가 지금 무슨 망측한 생각을!'

백검화가 조심스럽게 금철휘의 눈치를 살폈다. 금철휘가 묘한 표정으로 자신을 보고 있자, 백검화가 고개를 푹 숙였다. 백검화는 고개를 숙이느라, 그 순간 금철휘에 눈에 맴돌던 장난기를 발견하지 못했다.

"뭐, 이제 남은 건 몸뚱이 하난가?"

금철휘의 말에 발끈한 건 한서연이었다. 다른 건 몰라도 사부에 관한 한, 그녀는 고지식의 최고봉을 달렸다.

"감히 무슨 망발을!"

금철휘가 고개를 모로 꼬며 백검화와 한서연을 번갈아 쳐다봤다. 그러면서 말을 이었다.

"사실 내 셋째 부인 자리가 지금 공석이거든."

한서연은 너무 황당해 입을 쩍 벌렸다. 더 이상 이런 파렴치한 말을 듣고 싶지 않았다. 그녀는 당장 자리를 박차고 일어나려 했다. 하지만 이어지는 백검화의 말에 얼어붙은 듯 움직이지 못했다.

"저라도 괜찮다면 좋아요."

"사, 사부님! 그게 무슨 말씀이세요!"

백검화가 빙긋 웃으며 말했다. 그녀의 표정에는 안도와 시원함이 동시에 담겨 있었다. 그래서 한서연은 더 혼란스럽고 당황스러웠다.

"생각해 보니 저 정도 남자도 흔치 않을 것 같아. 나이도 나보다 어리고. 나도 언제까지 이러고 살 수는 없지 않겠어?"

한서연은 왠지 사부의 말투까지 바뀐 것 같아 더 혼란스러웠다. 조금 전까지는 근엄한 사부였는데, 지금은 완전한 여인이 되어 있었다.

"사, 사부님……."

한서연은 혼란을 정리하지 못하고 백검화를 바라보다가 고개를 돌려 금철휘를 바라봤다. 금철휘는 싱글벙글거렸다. 물론 얼굴에 살이 너무 많아 제대로 웃는 건지 아닌지 확실히 알아볼 수는 없었지만 말이다.

'아아……. 대체 뭐가 어떻게 돌아가는 거지?'

한서연은 속으로 그렇게 중얼거리면서 한 가지 당혹스러운 감정을 감춰야 했다. 그것은 서운함이었다. 아니, 상실감이었다. 아니, 더 정확히 말하자면 질투였다.

'내가? 질투를 해? 왜? 사부님을 빼앗겨서? 아니면…….'

한서연이 옆에 앉은 금철휘를 힐끗 쳐다봤다.

'원래 내 자리를 빼앗겨서?'

한서연은 결국 혼란을 정리하지 못했다. 그리고 그런 한서연의 귓가에 금철휘의 목소리가 들려왔다.

"좋아. 일단 좀 더 생각해보자고. 쉽게 결정할 문제는 아니잖아? 그러니까 지금은 금룡장에 가서 적당히 쉬다가 다시 얘기하지."

금철휘의 말에 한서연은 남몰래 안도했다. 그리고 그런 스스로에게 소스라치게 놀라 벌떡 자리에서 일어났다. 한서연의 눈빛이 잠시 흔들렸다.

"후우. 가요."

한서연이 먼저 방문을 열고 나갔다. 그 뒷모습을 백검화가 묘한 눈으로 바라봤다.

'저 녀석, 설마?'

사실 백검화도 그냥 던져본 말에 불과했다. 물론 완전히 마음에 없는 소리는 아니었다. 당시 자신을 치료하던 금철휘의 진지한 얼굴에 잠시 마음이 흔들렸던 것도 사실이니까 말이다.

백검화가 고개를 돌려 금철휘를 바라봤다. 그리고 그제야 금철휘의 눈에 고인 장난기를 발견했다. 일순 백검화는 안도했다. 하지만 그러면서도 묘하게 서운했다. 물론 그녀는 그 감정을 과장해서 해석하지 않았다.

"앞으로 재미있어지겠네. 가요."

백검화의 말에 금철휘가 크게 한 번 웃고는 앞장서서 방을 나섰다. 방문 밖에는 아칠이 영문을 모르겠다는 듯 눈을 꿈뻑이며 한서연과 백검화, 그리고 금철휘의 얼굴을 번갈아 바라보고 있었다.

*   *   *

금룡장에 비었던 전각 하나가 다시 채워졌다. 그곳은 원래 금철휘의 셋째 부인이 지낼 곳이었고, 불과 얼마 전까지 한서연이 머물던 곳이었다. 물론 백검화도 반 시체 상태가 되어 함께 그곳에서 지냈다.

하지만 이제는 입장이 조금 바뀌었다. 그 전각은 백검화에게 주어졌다. 명목은 역시 금철휘의 셋째 부인이었다. 물론 확정된 것은 아니고, 그저 혼담이 오가는 사이 정도였다. 그리고 한서연이 덤처럼 얹혀서 함께 지내게 되었다.

그 반향은 적지 않았다. 백검화라는 이름이 가지는 의미는 무림에서 결코 가볍지 않았다. 금룡장이 아무리 무림에서 반보 떨어져 있는 상인 가문이라 하더라도 결코 그 세계에서 자유로울 수 없었다.

그렇기에 자체적으로 무인을 키우고, 또 수많은 고수들을 식객으로 들이며, 호위무사를 초빙하는 것 아니겠는가.

한데 그 와중에 백검화가 금룡장의 소장주에게 시집가겠다고 들어왔으니, 그 반향이 얼마나 대단하겠는가. 물론 그 소문이 제대로 돌지는 않았다. 금룡장에서 최대한 소문을 차단하고 적당한 헛소문과 뒤섞어 버렸다.

하지만 금룡장 내부에서는 그것을 완벽하게 감추기 어려웠다. 특히 금철휘의 두 부인들에게는 더더욱 그러했다.

"백검화가 대체 왜 그런 돼지새끼에게 목을 매? 여긴 분명히 뭔가가 있어. 안 그래?"

금철휘의 첫째 부인인 유혜련은 분을 참지 못해 주먹을 바르르 떨면서 말을 토해냈다. 설소영은 가만히 그 말을 들으며 생각에 잠겼다.

'확실히 좀 이상해. 얼마 전에 봤던 소장주도 그렇고……'

설소영은 얼마 전 찾아왔다가 그냥 돌아간 금철휘가 계속 마음에 걸렸다. 그 이후로 금철휘의 행보를 조사했는데, 확실히 예전과는 달라졌다. 하지만 그것이 꼭 나쁜 쪽으로 작용한 것은 아니었다. 셋째 부인을 쫓아냈으니까 말이다.

그런데 그것이 더 큰 파도가 되어 밀어닥쳤다. 집 나간 셋째 부인 대신 백검화가 들어온 것이다.

"백검화가 대체 어느 정도지? 너랑 비교하면 어때?"

유혜련의 철없는 질문에 설소영이 고개를 저었다.

"비교할 수도 없어요. 저 같은 사람 백 명이 있어도 백검화 하나를 당해내지 못합니다."

유혜련의 눈이 커다래졌다. 설마 그 정도 고수이리라고는 생각도 못했다. 기껏해야 설소영보다 조금 앞선 정도라고 여겼던 것이다.

"그, 그 정도야? 그럼 우리 아버지랑 비교하면……."

설소영은 대답하지 않았다. 유가장주도 상당한 고수다. 하지만 백검화와 비교하면 한 수 떨어지는 것이 사실이다. 백검화는 그 정도로 대단한 고수였다.

창백하게 질려가는 유혜련의 얼굴을 보며 설소영이 서둘러 입을 열었다.

"백검화가 아무리 대단해도 유가장과 비교할 수는 없어요. 그러니 아가씨는 너무 걱정하지 않으셔도 돼요."

"그, 그렇겠지? 하아. 알았어. 하긴, 내가 걱정한다고 뭐가 어떻게 되는 것도 아니고……."

이제 중요한 것은 백검화의 진짜 속내다. 만일 백검화가 소문처럼 정말로 금철휘에게 목을 매달고 있는 실정이라면 유혜련이나, 둘째 부인인 채명화의 입지가 줄어들 수밖에 없다. 그러다가 덜컥 아이라도 낳으면 그때는 정말로 끝이다.

"빨리 아이라도 낳아야 할까?"

아직 유혜련은 금철휘와 잠자리도 갖지 않았다. 물론 앞으로도 그럴 생각은 전혀 없었다. 그저 금철휘를 잘 이용해 금룡장의 실권을 장악하는 것이 목표였다. 그것은 채명화 역시 마찬가지였다.

한데 이제는 상황이 조금 달라졌다.

"제가 알아보겠습니다."

설소영의 말에 유혜련이 그녀의 손을 꼭 잡으며 말했다.

"부탁해. 나, 정말 그 돼지새끼가 싫단 말이야. 그놈이랑 함께 잠자는 생각만 해도 소름이 끼쳐."

설소영이 안쓰러운 눈으로 유혜련을 바라봤다.

"걱정 마세요. 아마 그런 일은 없을 테니까. 저만 믿으시면 돼요."

"믿어. 믿고말고. 그러니까 부탁해. 알았지?"

설소영은 고개를 한 번 끄덕이고는 밖으로 나갔다. 이제부터 진짜 제대로 된 조사가 필요했다. 설소영은 굳은 표정으로 금룡장의 심처로 향했다. 지금까지 구축해온 금룡장 내부의 비선들을 이용할 때가 왔다. 물론 아직 완벽하지는 않지만 고작 셋째 부인의 처소를 감시하는 것 정도는 충분하리라 믿었다.

유혜련이 움직이는 사이 채명화도 비슷한 방식으로 움직이기 시작했다. 목표는 당연히 셋째 부인이 되겠다고 찾아온 백검화였다.

채명화는 유혜련에 비해서 금룡장에 들어온 시기가 네 달이나 늦다. 그렇기에 구축한 비선의 질이 상대적으로 낮을 수밖에 없었다. 그래서 그녀는 조금 더 적극적으로 움직였다. 그녀가 직접 나선 것이다.

그렇게 금룡장에 백검화를 중심으로 묘한 바람이 휘몰아치기 시작했다.

제8장
도화폭풍

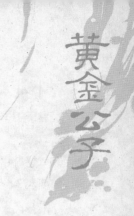

"사부님, 정말로 그 사람과 혼례를 올리실 건가요?"

"글쎄."

한서연은 백검화가 짓는 묘한 표정이 마음에 걸렸다. 자신을 놀리는 것 같으면서도 다른 한편으로는 금철휘를 생각하고 있는 것 같아 갈피를 잡을 수 없었다.

"서연아."

백검화가 부드럽게 부르자, 한서연이 흠칫 놀랐다가 이내 어색하게 웃으며 대답했다.

"예, 사부님."

"넌 그를 어찌 생각하느냐?"

"예? 어, 어찌 생각하다니요?"

"말 그대로다. 어떤 사람인 것 같으냐?"

"그, 그야 좋은 사람이지요. 은인이기도 하고……."

"그뿐이냐?"

"예? 무슨 말씀이신지……."

백검화는 그저 빙긋 웃었다. 백검화가 보기에는 한서연도 금철휘를 어느 정도는 마음에 두고 있는 듯했다. 사실 뚱뚱한 외모를 제외한다면 금철휘는 누구보다 뛰어난 사람이었다. 세상의 어떤 여인이라도 그와 견주면 모자랄 것이다.

"살만 조금 빼면 외모도 썩 괜찮을지 모르지."

"예? 살을 빼요? 그게 가능할까요?"

한서연이 질린 눈으로 물었다. 그녀는 금철휘가 식사하는 광경을 몇 번이나 봤다. 그 모습은 불가해한 광경이었다. 어찌 인간이 그렇게 많은 음식을 혼자 먹을 수 있단 말인가.

"하루에 일곱 끼나 먹는 사람이 어떻게 살을 빼겠어요?"

백검화가 빙긋 웃었다.

"그래도 사람을 외모로 판단하면 안 된다."

"예. 그야 당연하지요."

당연하다고 하지만 사실 백검화나 한서연도 그 말을 완벽하게 실행할 자신은 없었다. 그저 그러려고 노력할 뿐이다. 그래도 한서연이나 백검화는 조금 나은 편이었다. 그나마 금철휘에게 호감을 갖게 되었으니 말이다.

"한데 생각해보면 참으로 신기한 사람이에요."

한서연은 그렇게 말하며 백검화를 바라봤다. 백검화의 표정에 호기심이 깃들자, 한서연이 신나서 말을 이었다. 그녀는 이렇게 사부와 대화를 할 수 있다는 사실 자체가 너무나 즐거웠다.

"그렇게 대단한 능력을 가지고 있는데, 아무도 그걸 모르고 있잖아요. 심지어는 장주님도 모르시는 것 같더라니까요."

"그건 정말 대단하구나. 보통 그 나이 또래의 청년들은 자신의 능력을 드러내고자 안달이 나기 마련인데."

"그렇죠? 더구나 주위 사람들로부터 온갖 모욕을 받으면서도 참고 견뎠다는 게 더 대단해요. 아니, 이상해요. 나 같았으면 단번에 그 상황을 뒤집어 버렸을 텐데……."

한서연의 말투에 조금씩 안타까움이 스며들었다. 백검화는 그런 한서연을 부드러운 눈빛으로 바라봤다. 자신의 제자라서가 아니라 정말로 사랑스러운 아이였다.

그렇게 두 사제가 오순도순 얘기꽃을 피우고 있을 때, 밖에서 인기척이 느껴졌다.

"손님이 오셨습니다."

전각에 배속된 시비의 말에 백검화가 의아한 표정으로 물었다. 자신에게 손님으로 올 만한 사람이 없었다. 이곳에 올 사람은 딱 한 명 금철휘뿐이었다.

그런 백검화의 마음을 알아차렸는지 시비가 설명을 덧붙였다.

"소장주님의 부인들께서 오셨습니다."

백검화와 한서연의 눈이 빛났다. 한서연은 이미 그들을 만난 적이 있었다. 금룡장주를 만나는 자리였는데, 그녀들은 한서연을 견제하느라 말 한 마디 나누지 않았다.

"하긴, 마음이 꽤 쓰일 법하구나. 응당 만나 봐야지."

백검화와 한서연이 자리에서 일어났다. 금철휘 외의 다른 사람을 이 방으로 들이긴 싫었다.

"접객실로 안내해 드리세요."

백검화의 말에 시비가 공손히 허리를 숙인 후 종종걸음으로 물러갔다. 백검화와 한서연은 반짝이는 눈으로 서로를 바라보며 고개를 한 번 끄덕였다. 그리고 접객실로 향했다.

접객실에는 네 명의 여인이 기다리고 있었다. 그들 사이에서는 찬바람이 쌩쌩 불었다.

금철휘의 첫째 부인인 유혜련과 그녀의 호위인 설소영, 그리고 둘째 부인인 채명화와 그녀의 심복인 화영이었는데, 처음 만났을 때 인사를 나눈 것 외에는 아무런 대화도 오가지 않았다.

그렇게 분위기가 점점 냉랭해지고 있을 때, 방문이 열리며 또 두 명의 여인이 등장했다. 백검화와 한서연이었다.

한서연의 모습을 본 유혜련과 채명화가 살짝 이를 갈았다.

설마 쫓겨났다가 다시 들어왔을 줄은 몰랐다. 처음 한서연이 돌아왔다는 말에 얼마나 놀랐던가. 게다가 그녀가 백검화의 제자라는 말에는 더 놀랐다.

백검화와 한서연이 자리를 잡고 앉았다. 하지만 방안에 드리워진 침묵은 계속 이어졌다. 누구도 먼저 입을 열지 않았다.

가장 먼저 침묵을 깬 사람은 채명화였다. 그녀는 한껏 비아냥거리며 백검화를 향해 말했다.

"너무 뻔뻔한 것 아닌가요? 금룡장의 며느리가 되기엔 나이가 너무 많다고 생각하지 않으세요?"

너무나 직설적인 말에 한서연은 어이가 없어서 말문이 막혔다. 하지만 백검화는 그렇지 않았다. 그녀는 환하게 웃으며 대답했다.

"나이가 무슨 문제지? 진짜 뻔뻔한 건, 나이가 많은 게 아니라, 사랑도 없이 부인 자리를 차지하고 앉은 거 아닌가?"

채명화는 백검화의 말에 발끈했다. 일단 자신에게 말을 놓았다는 것부터가 기분 나빴다. 어쨌든 자신은 둘째 부인이다. 나이가 어려도 부인 간의 서열이 존재하는 법 아닌가.

"지금 말 다 했나요?"

채명화는 자신도 말을 놓고 싶었지만 차마 그럴 수가 없었다. 그러기에는 백검화의 몸에서 은은히 뿜어져 나오는 싸늘한 기세가 너무나 무서웠다. 백검화는 금방이라도 검을 뽑을 것처럼 기세를 피워 올리고 있었다.

"사부님."

한서연이 곤혹스런 눈으로 백검화를 불렀다. 방안이 온통 백검화의 기세로 가득했다. 채명화나 유혜련은 물론이고 그녀들의 호위무사로 따라온 설소영과 화영까지도 몸을 못 가누고 있었다. 그 기세에 버틴 건 한서연이 유일했다. 이러니저러니 해도 한서연은 백검화의 제자였다. 당연히 실력이 평범할 리 없었다.

"그런 시답지 않은 용건 말고 진짜 용건을 말하는 게 어때?"

백검화의 말에 채명화가 입술을 질끈 물었다. 감히 자신이 대적할 수 없는 사람이었다. 그래서 더 화가 났다.

'금룡장의 힘을 얻으면 너 따위는…….'

문제는 금룡장의 힘을 과연 얻을 수 있느냐였다. 지금으로서는 상당히 요원했다. 유혜련과 경쟁하는 것도 쉽지 않은데, 백검화는 그보다 더 까다로웠다. 게다가 눈치를 보니 백검화는 정말로 금철휘에게 빠진 듯하지 않은가.

'그 멍청한 돼지가 뭐 좋다고. 무공만 높았지 눈은 바닥에 깔렸어. 그 얼굴을 보고서 사랑이라는 말이 나와?'

백검화의 아름다운 얼굴 때문에 더 짜증이 났다. 백검화는 한서연 못지않은 미녀였다. 유혜련과 채명화도 상당한 미모를 자랑했지만 상대적으로 백검화에게 떨어졌다. 그녀들이 가진 이점은 오로지 젊다는 것 하나뿐이었다.

"목적이 무엇인지 모르겠지만 이쯤에서 물러나 주세요. 사례는 섭섭지 않게 해 드리겠습니다."

유혜련이 나섰다. 사실 이곳에 오기 전, 유혜련과 채명화는 먼저 만나서 의견을 나눴다. 둘이 힘을 모아 백검화를 쫓아내기로 합의를 했다.

두 여인이 살짝 긴장된 표정으로 백검화를 바라봤다. 백검화는 묘한 미소를 머금고 눈을 빛냈다.

"물러나라? 싫다면?"

"결국은 하게 될 거예요. 소주 유가장과 안휘 패천보를 모두 적으로 돌리기 싫다면 말이에요."

"흐음. 유가장과 패천보라…… 확실히 요즘 성세가 드높긴 하지."

얘기가 잘 풀릴 것 같은 기미가 보이자, 두 여인의 표정이 밝아졌다. 하지만 그녀들의 표정은 다시 굳어져야만 했다. 밖에서 시비의 목소리가 들려왔기 때문이다.

"소장주님께서 오셨습니다."

그 순간 백검화의 얼굴이 환하게 피어났다. 유혜련과 채명화는 그 모습을 멍하니 바라봤다. 어찌나 아름다운지 자신도 모르게 넋을 잃고 쳐다봤다. 두 여인뿐 아니라 그녀들의 호위인 설소영과 화영까지도 그러했다. 그리고 한서연은 속으로 한숨을 토해냈다.

"어서 이리로 모시세요."

백검화는 시비들에게도 결코 말을 놓는 법이 없었다. 한데도 지금까지 유혜련과 채명화에게는 말을 놓았다. 두 여인은 퍼뜩 정신을 차리며 이를 갈았다.

'날 이렇게 무시하다니. 그 대가 반드시 치르게 해주지.'

채명화는 속으로 그렇게 중얼거리며 표독스런 눈으로 백검화를 노려봤다. 하지만 백검화는 그녀에게 눈길도 주지 않았다. 그저 기대감 어린 표정으로 방문만을 바라볼 뿐이었다.

이내 방문이 활짝 열리고 금철휘와 아칠이 나타났다. 아칠은 방안의 모습을 보고 흠칫 놀라 걸음을 멈췄지만, 금철휘는 아무렇지도 않게 휘적휘적 걸어서 백검화가 일어나 권한 상석에 지극히 자연스럽게 털썩 앉았다.

"다들 여기 모여 있었네? 잘 됐군. 안 그래도 할 말이 있었는데."

금철휘의 태도가 묘하게 거슬렸다. 유혜련과 채명화는 불과 얼마 전의 일이 떠올라 살며시 눈살을 찌푸렸다. 확실히 금철휘가 변했다. 그것도 좋지 않은 방향으로 말이다.

"홍련각(紅蓮閣), 유화각(榴花閣), 이설각(梨雪閣)."

금철휘가 손가락으로 유혜련, 채명화, 백검화를 하나하나 가리키며 말했다. 제각기 그녀들이 현재 머무는 전각의 명칭이었다. 다들 어리둥절한 눈으로 금철휘의 손가락 끝을 바라봤다.

"여기에 각각 매달 지원하는 돈이 얼마인 줄 아는 사람?"

너무나 황당한 질문에 다들 입을 쩍 벌렸다. 그러지 않은 사람은 백검화가 유일했다. 백검화는 손가락 하나를 입술에 대고 고민하는 표정을 지었다. 그 모습이 나이에 걸맞지 않게 상당히 귀여워 보였다. 그리고 그런 표정을 지은 사부의 모습에 한서연이 경악을 금치 못했다.

'아아. 사부님……'

한서연이 고개를 푹 숙이고 있을 때, 유혜련과 채명화는 더러운 것이라도 보는 듯 금철휘를 흘겨봤다.

'천박한 돼지새끼.'

'누가 상인 아들 아니랄까 봐.'

하지만 설소영과 화영의 표정은 상당히 굳어 있었다. 그녀들은 대체 금철휘가 왜 이러는지를 파악하고자 맹렬히 머리를 굴렸다.

"확실히는 모르겠지만 금 천 냥은 되지 않을까요?"

백검화가 미소 지으며 말하자, 금철휘가 고개를 저었다.

"각각 금 이천 냥씩 들어가지."

금 이천 냥이라는 건 터무니없이 엄청난 액수다. 아무리 그녀들이 화려한 생활을 즐긴다고 하지만 그렇게 많은 돈을 쓸리 없었다.

"내가 그 많은 돈을 쓴다고?"

"그래. 게다가 그 돈에는 생활에 필요한 돈은 빠져 있지. 그건 금룡장 전체를 통합해서 다루거든. 전각 유지비 같은 명목으로 말이야."

"말도 안 돼! 난 그런 돈을 받은 기억이 없어!"

유혜련과 채명화가 동시에 소리쳤다. 물론 돈을 따로 받긴 받는다. 총관을 통해 매달 금 백 냥 정도를 받는다. 이것은 품위 유지비다. 물론 그것도 엄청난 액수이긴 하지만 금 이천 냥이라는 터무니없는 액수에는 한참이나 모자라지 않은가.

"너희들은 당연히 안 받았겠지. 그 돈은 소주와 안휘로 들어가거든."

그제야 두 여인이 입을 꾹 다물었다. 이렇게 나오면 일단 할 말이 없었다. 금룡장에 그녀들이 시집을 오게 된 결정적인 이유가 바로 그것이었으니까.

'이제 와서 우리 가문에 들어가는 돈이 아깝다는 거야? 그 것도 아니면……'

어쩌면 관계를 끊자는 말이 나올지도 몰라 두 여인은 자신도 모르게 침을 꿀꺽 삼켰다. 그리고 그렇게 긴장한 순간 주도권은 완전히 금철휘에게로 넘어갔다.

'허어. 이거 정말 통하네.'

금철휘는 속으로 조금 놀라고 있었다. 사실 지금 그가 하는 짓은 문득 떠오른 기억을 이용한 것이다. 금철휘가 이런 밀고 당기는 일을 해봤을 리 없다. 그는 전생에도 모든 것을 힘으로 해결했다. 물론 머리가 나쁜 건 아니었지만, 그게 가장 편한 경우가 많았기에 굳이 머리를 쓸 필요가 없었다.

"어쨌든. 그 세 곳의 자금에 대한 권한이 내게 귀속되었다."

유혜련과 채명화가 눈을 부릅떴다. 두 여인은 믿을 수 없다는 듯 금철휘를 노려봤다.

"언제냐고? 바로 지금."

금철휘가 씨익 웃으며 자신의 가슴을 엄지로 가리키며 말했다. 당연히 두 여인은 수긍할 수 없었다.

"장주님께 따지겠어."

"마음대로. 지금 막 아버지 만나고 오는 길인데, 아주 흔쾌히 허락해주시던걸? 조사해 봤으니 잘 알지? 우리 아버지 한 번 결정한 내용을 번복하는 거 얼마나 싫어하는지."

금철휘가 씨익 웃었다. 유혜련과 채명화는 그 웃음이 마치 명부에서 튀어나온 저승사자의 것과 같아 몸을 부르르 떨었다. 물론 이렇게 뚱뚱한 저승사자가 있을 리 없겠지만 말이다.

"그, 그래서 하고 싶은 말이 뭐지?"

금철휘가 손가락을 쭉 뻗어 방금 말을 꺼낸 유혜련을 가리켰다.

"그 말투. 당장 고쳐. 어린 것들이 계속 기어오르게 하기 싫어서 억지로 얻어낸 권한이니까."

유혜련이 입을 쩍 벌렸다. 그녀뿐 아니라 채명화도 그녀와 똑같은 표정을 지었다. 그리고 두 여인의 뒤에 서 있던 설소영과 화영은 화등잔만 해진 눈으로 금철휘의 입을 바라봤다.

"내게 귀속된 돈의 권한이 황금 육천 냥이다. 난 이걸 공평하게 똑같이 나눌 생각이 전혀 없어. 내가 왜 그래야 하지? 이렇게 셋 중에서도 말 잘 듣고 예쁜 사람이 있는 반면."

금철휘가 백검화를 보며 부드럽게 웃었다. 백검화도 금철휘를 마주 보며 더없이 사랑스러운 미소를 지어 주었다.

"이렇게 싸가지 없는 사람도 있는데."

금철휘의 시선이 유혜련과 채명화를 차갑게 훑었다. 두 여인은 북풍한설에 내동댕이쳐진 것처럼 온몸에 한기가 돌았다.

"나, 나한테 이렇게 함부로 하면 우리 가문이 가만히 있을 것 같아?"

채명화가 악에 받쳐 소리쳤다. 하지만 금철휘는 고개를 슬쩍 돌리고 귀를 후볐다.

"너희 가문? 패천보? 확실히 좀 귀찮긴 하겠네."

채명화의 표정이 조금 풀어졌다. 말이 통하는 것 같았기 때문이다. 하지만 그녀의 표정이 다시 굳어지는 데에는 촌각도 걸리지 않았다.

"그런데 황금 육천 냥이 한 가문으로 들어간다면 과연 뭘 할 수 있을까?"

유혜련과 채명화의 머릿속에 번갯불이 번쩍였다. 황금 이천 냥과 육천 냥의 차이는 어마어마하다. 이천 냥만으로도 유가장과 패천보는 제대로 자리를 잡고 성장할 수 있었다. 한데 그렇게 들어가는 자금이 갑자기 세 배로 뛴다면 어찌 되겠는가.

두 여인의 가슴이 두근거렸다. 그런 그녀들을 보며 금철휘가 씨익 웃었다. 악마의 웃음이었다.

"그리고 그 사실을 두 가문에서 알게 된다면 어떨까? 과연 날 귀찮게 할까?"

유혜련과 채명화의 등줄기에 소름이 돋았다. 그럴 리 없을 것이다. 그녀들이 이곳에 온 이유가 바로 돈 때문이었다. 두 여인의 뇌리에 오만가지 생각이 움직였다.

'만일 일이 잘못돼서 돈을 한 푼도 못 얻는다면?'

정말 상상하기도 어려운 일이 벌어질 것이다. 그리고 그 원인이 자신에게 있다는 걸 가문에서 알기라도 하면 그저 혼나는 걸로는 끝나지 않을 것이다.

"자, 어떻게 할까? 가문에 알릴까? 말까?"

"아, 알리지 마."

"알리지 마?"

"아, 알리지 마세요."

채명화는 굴욕적인 표정으로 고개를 푹 숙이며 다시 말했다. 치욕도 이런 치욕이 없었다. 설마 저 돼지에게 고개를 숙일 날이 오리라고는 생각도 못했다. 한데 그 비현실적인 일이 벌어지고야 말았다.

"좋아. 앞으로 아주 재미있어지겠어. 참고로 난 돈을 직접 너희들 가문으로 보낼 생각이 없어. 매달 직접 너희들에게 주겠어. 현금으로. 그게 어떤 의미인지 잘 생각해 보라고."

유혜련과 채명화의 고개가 번쩍 올라갔다. 두 여인의 눈에서 일순 광채가 번득였다. 무려 황금 육천 냥이었다. 하지만 가문이 필요한 돈은 이천 냥뿐이다. 아니, 그보다도 못할 것이다. 그녀들이 직접 쓰는 돈까지 합해서 이천 냥이니 실제로는 천팔백 냥쯤 될 것이다. 아니, 어쩌면 그보다 더 적을 수도 있다.

'즉, 잘하면 사천이백 냥이 넘게 남는다는 뜻……'

한 달에 사천이백 냥이다. 그걸 모으면 무엇을 못하겠는가. 잘만 이용하면 천하에 우뚝 설 수도 있을 것이다.

두 여인의 눈이 황금빛으로 변해가는 모습을 금철휘는 가만히 지켜보며 웃기만 했다.

'재미있구나. 정말 재미있어. 이건 무공을 익혀 강해지는 것과는 다른 맛이 있어.'

백검화와 한서연은 그런 금철휘를 보며 두려운 감정을 느꼈다. 알면 알수록 더 모를 사람이었다. 이런 사람이 어떻게 그동안 참고 지냈단 말인가.

'한 번 용틀임을 하니까 주변이 다 휩쓸려나가는구나.'

백검화는 고개를 절레절레 저었다. 그리고 다시 한 번 묘한 눈으로 금철휘와 자신의 제자인 한서연을 번갈아 바라봤다. 그녀의 입가에 따스한 미소가 어렸다.

"고, 공자님."

금철휘는 아칠의 말을 무시하고 그저 걷기만 했다. 물론 아칠은 결코 포기하지 않는 사람이다.

"공자님, 공자님, 공자님."

아칠은 금철휘가 대답할 때까지 끊임없이 공자님이라는 말을 반복했다. 결국 금철휘가 아칠의 입에 손가락 하나를 쿡 찔러 넣고서야 공자님 소리가 끝났다.

"에퉤퉤! 으악! 이게 무슨 만행입니까! 그 더러운 손가락을 입에 넣다니!"

"더러운 손가락? 어째 말에 묘한 가시가 있다?"

"에헤헤. 제 부드러운 말에 어디 가시가 있다고 그러십니까? 그나저나 공자님, 대체 언제부터 이런 일을 계획하신 겁니까? 설마 즉흥적으로 떠오른 거라고 말씀하실 건 아니시겠지요? 저 아칠입니다."

금철휘가 피식 웃었다. 아칠은 그런 금철휘를 끈질기게 물고 늘어졌다.

"공자님, 그렇게 웃음으로 얼버무리시지 마시고 얼른 대답해 주시라니까요? 대체 우리 공자님이 언제부터 이렇게 대단해지셨는지 전 요즘 자다가도 벌떡벌떡 일어난다고요!"

금철휘가 걸음을 멈췄다. 아칠은 움찔 놀라 뒷걸음질쳤다. 왠지 분위기가 심상치 않았다. 아칠이 이리저리 눈동자를 굴리며 눈치를 살피고 있을 때, 금철휘가 돌아서서 아칠을 똑바로 쳐다봤다.

"아칠, 내가 어릴 때도 이렇게 멍청했나?"

"예? 그게 무슨 말씀이십니까? 어떤 놈이 공자님보고 멍청하다는 헛소리를 한 겁니까? 제게 말씀만 해주시면……!"

"됐고, 내 물음에나 대답해라. 나 어릴 때, 어땠지?"

"그야 신동 났다고 항주가 들썩였습죠. 고작 세 살에 글을 줄줄 읽으셨으니 다들 기함을 했지요. 그 나이면 말도 제대로 못 뗄 때 아닙니까? 한데 글을, 그것도 그 어렵다는 문장들을 줄줄 읽었으니 다들 놀라 자빠졌지요. 흐흐흐."

아칠은 그때 생각이 나는지 음흉하게 웃었다. 아칠의 나이가 금철휘보다 열두 살이 많다. 아칠은 그때부터 금철휘의 호위무사였다. 물론 말이 호위무사지 실질적으로는 하인에 더 가까웠지만 말이다.

"공자님께서 엇나가신 게…… 그러니까 열여섯 살부터였군요."

"열여섯 살? 그때 무슨 일이라도 있었나?"

"공자님께서 마실 나갔다가 피투성이가 되어서 돌아오셨죠. 딱 그때였습니다. 그때부터 글공부고 뭐고 다 때려치우시더니 난데없이 무공을 익히겠다고 하시지 않겠습니까?"

"무공? 어디서 쥐어 터지고 와서 억울했나 보군."

"그거야 저도 모르지요. 그땐 제가 없었으니까요."

"없어? 호위무사가 왜 안 따라갔는데?"

"마침 딱 열흘간 휴가였거든요. 뭐, 그 일 이후로 제겐 더 이상의 휴가가 사라졌습죠."

아칠은 휴가가 없어도 딱히 불만이 생기지 않았기에 덤덤하게 말했다. 오히려 금철휘 옆에 붙어 있는 것이 훨씬 즐거웠다. 또 생기는 것도 많았고 말이다.

"그때부터가 진짜 공자님의 시작이었습죠."

"진짜 나? 어째 말이 좀 묘하게 거슬린다?"

"헤헤. 착각이십니다. 아무튼 그때부터 무공을 배우면 한 달을 못 버티고, 들으면 까먹고, 뭐, 말썽만 찾아 부리시고, 등등등. 말을 하자면 끝이 없습니다."

금철휘는 고개를 갸웃거렸다. 그렇다면 열여섯 살에 무슨 일이 벌어져서 자신이 이상해졌다는 뜻이다. 한데 그 일에 대해 아무런 조사를 하지 않았다는 건 이상하지 않은가. 다른 곳도 아닌 금룡장의 외아들인데 말이다.

"그래서 결국 열여섯 살에 무슨 일이 있었는지는 아무도 모르고?"

"예. 공자님께서 절대 조사하지 말라고 엄명을 내리시지 않으셨습니까?"

"내가?"

금철휘는 황당한 표정을 지었다. 고작 열여섯 살짜리가 하지 말란다고 안 하다니. 그게 말이나 되는 소리인가.

"아무래도 아버지께 다시 가봐야겠구나."

"가보셔도 소용없습니다. 진짜 조사 안 하셨거든요."

"확신할 수 있느냐? 네 모든 걸 걸고?"

아칠이 자신 있게 고개를 끄덕였다.

"물론입니다. 다 걸죠. 여기만 빼고요."

아칠이 자신의 사타구니를 손가락으로 가리키며 씨익 웃었다. 금철휘는 그 모습이 너무 꼴 보기 싫어서 발을 슬쩍 들어올렸다.

"으헉!"

아칠은 금철휘가 자신의 사타구니를 차려는 줄 알고 기겁을 하며 뒤로 물러났다. 하지만 금철휘는 발을 멈추지 않았다.

툭!

"으아아아악!"

아칠은 이해할 수가 없었다. 아니, 이해고 뭐고 아파서 아무런 생각도 할 수 없었다. 분명히 손으로 막고 피했는데도 격통이 몰려왔다. 금철휘의 발차기는 너무나 가벼웠지만 결과는 지독히도 묵직했다.

"아이고 나 죽네!"

"한 방 더 맞기 전에 일어나라."

아칠이 기겁을 해서 일어났다. 금철휘의 말에 전혀 농담이 섞여 있지 않았기 때문이다. 아칠은 격통을 참으려 애쓰며 방방 뛰었다.

"흐음. 그렇단 말이지. 그때부터 한 달에 황금을 백 냥 이백 냥씩 막 갖다 썼구나."

"크흐흐흐. 아니, 그건 아닙죠. 황금이야 공자님께서 열 살 때부터 갖다 쓰시지 않으셨습니까."

"열 살?"

"예. 으흐흐. 아이고오."

금철휘가 인상을 쓰며 아칠에게 다가가 엉덩이 부분을 무릎으로 툭 건드렸다.

"헉!"

아칠은 피할 겨를도 없이 엉덩이를 맞고 헛숨을 삼켰다. 하지만 거짓말처럼 고통이 사라지자 너무 놀라 눈을 동그랗게 뜨고 금철휘를 바라봤다.

"계속 말해봐라."

"예. 공자님께서는 열 살이 되시자마자 장주님께 가셔서 한 달 용돈 백 냥을 요구하셨습죠."

"아버지가 그걸 들어줬다 이거냐?"

"대견한 표정으로 웃으시면서 주셨다니까요."

금철휘는 고개를 휘휘 저었다. 고작 열 살짜리를 어떻게 믿고 황금 백 냥을 매달 용돈으로 준단 말인가. 배포가 큰 게 아니면 돈이 썩어나는 것이 분명했다.

'뭐, 돈이 썩어나겠지.'

금룡장은 그런 곳이다.

"그럼 그 돈을 내가 어디다 썼느냐? 고작 열 살 때 기루나 도박을 할 리는 없고."

"그거야 저도 모르죠. 어딘가 쓰긴 쓰셨습니다. 근데 정말 아무도 모르게 쓰셨죠. 항상 붙어 있는 저도 몰랐으니, 그러고 보면 당시의 공자님은 정말로 대단한 분이셨습니다."

아칠이 아련한 표정을 지었다. 하지만 그러면서 진저리를 쳤다. 당시의 금철휘는 바늘로 찔러봐야 피 한 방울 안 나올 정도로 철두철미한 사람이었다. 고작 열 살짜리라고는 믿을 수 없었다.

그렇게 열여섯 살이 되고, 금철휘가 바보로 전락하면서 상황이 완전히 달라진 것이다.

금철휘는 다시 걸음을 옮겼다. 물론 그 전에 발을 들어 아칠의 사타구니를 한 번 툭 건드리는 것도 잊지 않았다.

"으아아악! 나 죽네! 이러시는 법이 어디 있습니까! 으아아악!"

"고통을 음미하면서 즐겨봐라."

금철휘가 그렇게 염장을 한 번 질러주고는 휘적휘적 걸어갔다. 아칠은 고통에 몸부림치며 바닥을 데굴데굴 구르면서도 어떻게든 금철휘를 쫓아가려 애썼다.

금철휘는 그런 아칠을 보며 피식 웃어주고는 다시 생각에 잠겼다. 조금씩 뭔가가 풀려가는 느낌이었다. 자신에게 없던 능력이 생긴 줄 알았는데, 알고 보니 몸뚱이가 가지고 있던 능력이었다.

"능력이 있어서 나쁠 건 없지."

금철휘는 그렇게 중얼거리며 또 다른 기억을 떠올리려 애썼다. 금철휘가 알고 싶은 기억은 열여섯 살 이전에 그가 받은 용돈으로 과연 무엇을 했는가와, 또 열여섯 살에 있었던 일이 과연 무엇인가였다.

둘 모두 흥미로웠다. 금철휘는 한껏 자극되는 호기심과 감성을 느끼며 기분 좋게 웃었다.

＊　　　＊　　　＊

채명화는 이를 부득 갈았다. 오늘 일은 생각하면 생각할수록 화가 치밀었다. 이렇게 어이없이 당하다니, 그것도 발가락의 때만큼도 여기지 않던 금철휘에게 말이다.

"화영, 알아봤어?"

"예. 장주님께 방금 확인하고 왔습니다. 사실입니다."

"부당한 처사라고 주장은 해본 거야?"

"소장주에 관계된 일은 모두 알아서 처리하도록 방침을 세우신 모양입니다. 소장주가 요구하지 않았어도 조만간 그리되었을 공산이 큽니다."

"하아. 되는 일이 없네."

사실 금철휘가 예전처럼 멍청한 짓만 계속했다면 어찌 되든 상관없었다. 그때부터는 유혜련과 경쟁하거나 손을 잡으면 그만이다. 오히려 더 괜찮은 상황이 올 수도 있었다. 금철휘에게 권한이 많아진다는 건 그녀의 힘이 늘어난다는 뜻이기도 하니까.

하지만 이렇게 금철휘가 제대로 그 역할을 해내면 너무나 곤란해진다. 금철휘의 권한이 아무리 많아져봐야 그것이 자신에게 득으로 다가오지 않으면 아무 소용 없지 않은가.

"금룡장이 매달 우리 패천보로 얼마나 보내는 지는 알아냈어?"

"예. 매달 금 천삼백 냥을 지원하고 있습니다."

"천삼백 냥? 이천 냥이라더니?"

"그건 우리 유화각에 지원되는 액수입니다."

채명화의 눈이 동그래졌다.

"그럼 우리가 한 달에 금 칠백 냥을 쓴다는 거야?"

"정보 쪽에 들어가는 돈이 제법 많습니다."

채명화는 곰곰이 생각해봤다. 과연 자신이 돈을 얼마나 쓰는지 말이다. 유화각은 유화각주가 관리한다. 일종의 총관이었다. 그녀가 원하는 건 유화각주에게 요구하면 언제든 들어준다. 그동안 채명화는 상당히 화려하게 살아왔다. 그야말로 사치의 극을 달렸다.

'그러니 한 달에 칠백 냥이나 쓰지.'

말이 칠백 냥이지 금 한 냥이면 일반 서민이 일 년은 먹고 살 수 있다. 무려 칠백 명의 일 년치 생활비를 한 달 동안에 물 쓰듯 쓰고 있었던 것이다.

"어쨌든. 그럼 더 희망적이네. 천삼백 냥만 전해주면 된다는 거 아냐?"

"그렇습니다."

화영은 대답하면서 불안감을 감추지 못했다. 그녀가 판단하기에 상황은 결코 낙관적이지 않았다. 지금 가장 뒤쳐진 사람이 바로 채명화였다. 그래도 유혜련은 겁은 줬을망정 폭력은 쓰지 않았다. 한데 채명화는 자신이 은밀히 끌어들인 파락호에 가까운 무사들을 이용해 금철휘를 엄청나게 괴롭혔다.

'그리고 그 여자……'

아무리 생각해도 서른셋이라고는 믿을 수 없는 미모를 보여주는 백검화가 가장 큰 변수였다. 어쩌면 백검화가 모든 돈을 쓸어 갈지도 모른다.

'그 여자가 과연 돈 쓸 곳이 있을까?'

알려지기로 백검화는 혈혈단신이다. 소문과 달리 제자가 한 명 있긴 했지만 그게 전부인 듯했다. 즉 그렇게 막대한 돈이 들어갈 곳이 없다는 뜻이다.

'일단 그쪽에 선을 대봐야겠어.'

채명화가 낙관한다고 화영이 손을 놓고 있을 수는 없었다. 화영은 채명화의 사람이기도 했지만, 더 근본적으로 들어가면 패천보의 사람이었다. 아니, 패천보주의 사람이었다.

'일단 보고는 뒤로 미루자, 상황을 더 본 뒤에 해도 늦지
않아.'

괜히 보고를 했다가 패천보가 움직이면 채명화의 반감을
살 수도 있었다. 채명화는 화영을 무조건 자신의 사람이라고
믿어야만 한다. 그 믿음이 깨지는 위험을 감수하면서까지 보
고를 할 필요는 없었다.

화영은 상념에 잠긴 채명화에게 고개를 숙인 뒤, 조용히 물
러갔다. 일단 자신이 알아서 움직일 생각이었다. 빠르면 빠를
수록 좋다. 최소한 유혜련보다는 좋은 고지를 점령할 생각이
었다.

'그나마 여색을 밝히는 사람이라 다행이라고 해야 하나,
아니면 문제라고 해야 하나.'

화영의 얼굴에 씁쓸함이 어렸다. 정 안되면 자신의 몸이라
도 던질 생각이었다. 아직까지는 한 번도 몸을 굴린 적이 없지
만, 이제 와서 뭘 더 아끼겠는가.

화영은 한결 공허해진 마음을 다스리며 조용히 그림자에
녹아들어 갔다.

*   *   *

금일청은 눈살을 찌푸렸다. 어찌 이런 일이 벌어진단 말인
가.

"실망스럽군. 대체 그게 무슨 말인가?"

"죄송합니다, 장주님. 저도 어떻게 된 건지 모르겠습니다."

"허어. 믿기지가 않는군. 자네가 목표를 눈앞에 두고 잠들었다니 말이야."

"드릴 말씀이 없습니다."

금일청이 금철휘에게 붙여준 호위무사는 사실 굉장한 실력을 가진 살수였다. 한데 그런 그가 자신도 모르는 새에 잠들었다니, 어찌 그런 일이 있을 수 있단 말인가.

"의심 가는 일도 없는가?"

"저도 모르겠습니다. 공자님이 제 곁을 스쳐 지나가는 것까지는 확실히 봤는데 그 이후의 기억이 없습니다."

"허어. 혹시 자네 누군가에게 당한 건 아닌가?"

"그럴 가능성을 배제할 수는 없습니다만, 아마 희박할 것입니다."

금일청은 고개를 절레절레 저었다. 그의 말대로 그런 가능성은 희박하다. 호위무사의 실력은 누구보다 금일청이 더 잘 알고 있다. 그런 그가 모르게 다가와 재워 버리다니.

"수혈을 제압당한 흔적은 없었나?"

"없었습니다."

금일청은 결국 이번 일은 그냥 받아들일 수밖에 없었다. 원숭이도 나무에서 떨어질 때가 있는 법이다. 그저 그런 실수로 인정하고 넘어갈 수밖에 없었다. 물론 따로 조사를 할 것이다. 다른 사람도 아닌 아들의 일이다. 철저히 하는 것이 당연했다.

최근 금철휘 주변에서 벌어지는 일들은 도통 이해가 불가능했다. 금철휘가 난데없이 찾아와 부인들에게 들어가는 돈을 관리하게 해달라는 부탁을 하지 않나, 또 셋째 부인이랍시고 백검화를 들이지 않나, 그의 머리로는 이해할 수 없는 일 투성이였다.

"그래서 그 녀석이 부인들과 무슨 얘기를 했는지 모른단 말이로군."

"예. 아무래도 새로 얻으신 권한에 대해 말씀을 하신 모양인데, 정확히는 모르겠습니다."

"확실히 그건 잘한 일이야. 요즘 분위기가 많이 달라진 모양이던데."

"사실 이제야 예전의 공자님으로 돌아오신 느낌입니다. 그동안 방황이 너무 길었습니다."

"허허. 전에도 같은 얘기를 하지 않았나. 어쨌든 잘 지켜보게. 다시 이런 일이 없도록 각별히 주의하고. 알겠나?"

"예. 심려를 끼쳐 드려 송구합니다."

호위무사는 차마 자신이 그렇게 잠든 것이 여러 번이라고는 말하지 못했다. 이번에 잠든 게 처음이 아니었다. 당시 금철휘가 백검화를 치료할 때는 아예 금룡장에서 나가지도 못했다. 그는 슬슬 자신이 한계를 넘은 건 아닌가, 하는 생각이

들었다.

 "그만 가보게."

 금일청의 말에 호위무사가 인사를 하고 사라졌다. 금일청은 그의 낯빛이 어두운 것을 보며 걱정스런 표정을 지었다. 하지만 이내 그의 표정은 다시 밝아졌다. 금철휘가 떠오른 것이다.

 "허어, 철휘 이 녀석, 그러니까 그동안 망나니짓을 한 게 모두 눈속임이었다 이거지? 한데 대체 왜 그랬을까? 굳이 그렇게 했다면 분명한 이유가 있을 터인데……."

 금일청은 흐뭇한 표정으로 고개를 주억거렸다. 다시 예전의 총명한 아들로 돌아온 금철휘를 떠올리기만 해도 기분이 좋았다. 이제 지나치게 비대한 살만 빼면 좋을 테지만, 굳이 그런 건 바라지 않았다. 이미 너무 살이 많이 쪄서 아마 다시 빼는 건 불가능할 것이다.

 "어쨌든 내가 뭐 도울 게 없나 한 번 생각해 봐야겠군. 삼각(三閣)에 대한 지원금을 천 냥쯤 더 늘려줄까?"

 금일청의 입가에 떠오른 미소는 그가 잠들기 전까지 사라지지 않았다.

제9장
칠성검법

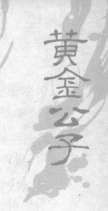

금룡장의 분위기가 조금씩 달라졌다. 그 변화의 중심에는 금룡장의 소장주인 금철휘가 있었다. 그리고 금철휘의 부인들이 있었다.

"이건 뭐냐? 뇌물?"

금철휘의 심드렁한 말에 설소영은 입술을 꼭 깨물었다. 치밀어 오르는 화를 그렇게 한 번 눌러주고는 공손히 준비한 보약을 내밀었다.

"첫째 마님께서 공자님을 위해 준비하신 보약입니다. 일단 건강이 최고지요."

금철휘는 귀찮다는 듯 옆에 선 아칠에게 눈짓을 했다. 아칠이 종종종 달려가 설소영이 내민 보약을 받아들었다.

"잘 먹겠다고 전해."

설소영이 고개를 숙이고 물러가자, 이번에는 화영이 들어왔다. 화영은 설소영과는 많이 달랐다. 일단 들어오며 눈웃음을 흘렸다. 고녀의 표정에는 애교가 넘쳤다. 남자를 어떻게 다뤄야 하는지 잘 아는 것이다. 그녀는 들어오자마자 금철휘에게 인사를 하고는 아칠을 슬쩍 확인했다. 그리고 아칠의 손에 들린 보약을 보고는 눈을 빛냈다.

"보약은 아무래도 꾸준히 챙겨 드셔야 하니 번거롭지요. 사실 건강에는 이런 것이 훨씬 좋답니다."

화영은 공손히 목갑 하나를 내밀었다. 화려한 문양이 음각되어 있었는데, 척 보기에도 보통 물건이 아니었다. 그녀는 일단 목갑 뚜껑을 열었다. 그러자 청량한 향이 방안을 가득 메웠다.

"저희 패천보가 자랑하는 천왕단(天王丹)입니다. 효능은 잘 아시지요? 제대로 약효를 받아들이면 십 년 공력은 너끈히 얻을 수 있고, 무공을 익히지 않은 사람이 복용하면 기력이 넘치는 영약이랍니다."

화영은 뚜껑을 연 채로 목갑을 공손히 내밀었다.

"공자님께는 이런 약이 더 어울리지요."

금철휘가 크게 고개를 끄덕였다.

"그래. 확실히 네 말이 맞다."

화영의 얼굴이 밝아졌다. 금철휘는 그 모습에 피식 웃으며 말을 이었다.

"나 같은 게으름뱅이는 꾸준히 복용하는 보약은 먹기 힘들지. 그렇게 단번에 약효를 보는 약이나 먹어야지. 그 말 맞지?"

화영의 얼굴에서 살짝 핏기가 가셨다. 어떻게 자신의 말을 그렇게 받아들인단 말인가. 금철휘는 이번에도 아칠에게 눈짓을 했다. 아칠은 종종종 달려가 목갑을 낚아챘다. 그리고 천왕단의 향기를 한껏 들이켰다.

"흐아. 이거 한 알 먹었으면 소원이 없겠네."

금철휘가 손을 슬쩍 휘둘러 목갑을 툭 쳤다. 그 충격으로 뚜껑이 닫힌 목갑이 허공에 튀어 오르더니 금철휘의 품으로 쏙 들어가 버렸다. 아칠이 멍한 표정으로 그 광경을 보다가 사정없이 얼굴을 구겼다.

"젠장. 좋은 건 다 자기 차지야."

"다 들린다."

"헙."

아칠은 두 손으로 입을 막고 금철휘의 눈치를 살폈다. 물론 금철휘는 전혀 표정 변화 없이 화영을 쳐다보고 있었다. 화영은 잠시 머뭇거리다가 이내 예를 표하고 물러났다. 금철휘가 결코 만만치 않다는 것만 확인한 셈이 되었다.

"공자님, 그런데 계속 이렇게 해도 되겠습니까? 저러다가

독이 오르면 확 물지도 모르는데……."

"그러라고 하는 일이다."

"예?"

"그 정도는 되어야 쫓아낼 구실이 생기지."

"허억!"

아칠이 또 두 손으로 자신의 입을 턱 틀어막았다. 설마 금철휘가 그런 생각으로 일을 진행하는 줄은 꿈에도 몰랐다. 그리고 금철휘의 생각을 도저히 이해할 수가 없었다. 좋다고 혼례를 올릴 때는 언제고 이제는 쫓아낼 생각을 하다니, 그것도 아직 채 일 년도 안 되었는데 말이다.

"됐으니까 넌 더 머리 굴리지 마라. 부인들 일은 일단 이 정도로 대충 봉합하고 다른 재미나 찾아봐야겠다. 이건 길게 보고 가야지 서두르면 탈이 나는 법이다."

금철휘는 그렇게 말하다가 갑자기 떠올랐다는 듯 눈을 빛내며 아칠을 쳐다봤다.

"그 항주토룡인지 뭔지는 요즘 뭐 하고 있느냐?"

"그야 추가장에서 살다시피 하고 있지요."

"추가장? 그 주화입마 걸린 놈?"

"예. 추가장에서 만혈괴의를 초빙했답니다."

"만혈괴의? 주화입마 고치는 데 금 삼천 냥을 요구한다는 그 미친놈?"

"헉. 공자님, 그런 말씀 함부로 하시면 큰일 납니다. 만혈괴의가 얼마나 무서운 사람인데! 별호에 괴(怪)자가 들어가는 걸 보면 알 수 있잖습니까. 괴상망측한 사람입니다. 아무리 공자님이 금룡장의 소장주라 하더라도 아랑곳하지 않고 납치해서 이런 짓 저런 짓을 할 사람입죠."

금철휘가 크게 고개를 끄덕였다.

"조심은 나보다 네가 더 해야겠다."

"헤헤. 말이 그렇다는 겁죠. 제가 설마 밖에 나가서도 이런 말을 하겠습니까?"

"안에서 새는 바가지, 밖에서도 반드시 새는 법이지."

"공자님, 불길한 말씀 좀 그만하십쇼. 저 식은땀 나는 거 안 보이십니까?"

"그래, 그래. 어쨌든 가자."

"예? 어딜 말씀이십니까? 아! 슬슬 기루에 한 번 가실 때가 되긴 했습죠. 오늘은 지난번보다 훨씬 더 끝내주는 곳으로 모시겠습니다. 아예 시작부터……."

"됐다. 기루가 아니라 추가장에 갈 테니까 안내나 해라."

"예? 추가장이요? 거긴 왜 가십니까? 공자님, 설마 괴롭힘을 당하고 싶으신 기이한 욕망이라도 생기신 겁니까?"

"헛소리 그만하고 가자."

아칠은 결국 비척비척 일어나 어기적거리며 걸음을 옮겼다. 추가장이라니, 절대 가기 싫었다. 지금 추가장주가 금철휘를 벼르고 있다는 소문이 항주에 파다했다. 추영우가 주화입마에 빠진 건 금철휘 때문이라는 소문도 함께 돌고 있었다.

그런 상황에서 추가장에 가겠다니, 대체 무슨 배짱으로 이러는지 이해할 수가 없었다.

'무공이라도 익혔으면 또 몰라. 주먹질 하나 제대로 못하시는 분이……'

아칠은 그렇게 속으로 구시렁거리면서도 절대 걸음은 멈추지 않았다. 꾸준히 걸어 항주 시내를 관통하며 추가장을 향해 한 걸음 한 걸음 착실히 다가갔다.

그렇게 항주 시내 한가운데를 지날 즈음, 금철휘의 눈에 거지꼴을 한 아이 하나가 비틀거리는 모습이 들어왔다. 척 보기에도 제대로 먹지 못해 피골이 상접한 아이였는데, 비틀거리는 꼴을 보니 얼마 못 가 주저앉을 것 같았다.

'묘하게 관심이 가는 녀석일세.'

금철휘는 걸음을 조금 늦추고 아이를 조금 더 관심 있게 지켜봤다. 그 모습을 발견한 아칠이 기겁을 하며 한 걸음 멀어졌다.

"서, 설마 공자님, 남색에 눈을 뜨신 건 아니시죠?"

금철휘는 대답하지 않고 솥뚜껑 같은, 아니 솥뚜껑이라기보다는 돼지 앞발 같은 손바닥을 아칠의 뒤통수에 가볍게 갖다 댔다.

"꾸웩!"

돼지 멱따는 소리가 아칠의 입에서 튀어나왔다. 아칠은 뒤

통수를 두 팔로 감싸고 바닥을 데굴데굴 굴렀다. 어찌나 아
픈지 눈동자가 앞으로 튀어나오는 줄 알았다. 그저 가볍게
한 대 맞았을 뿐인데 이렇게 아프다니, 필시 뭔가 수를 쓴 게
분명했다.

금철휘는 아칠이 바닥을 구르건 말건 신경 쓰지 않고 아이
를 찬찬히 지켜봤다.

가만히 보니 품에 뭔가를 꼭 품고 있었다. 금철휘는 그것이
뭔지 대번에 알 수 있었다.

'만두로군.'

무슨 일인지 뻔히 보였다. 아마 자신은 배를 곯으면서도
가족 중 누군가를 먹이기 위해 가져가는 것이겠지. 하지만 아
무리 뻔한 얘기라도 마음이 쓰이는 건 당연했다.

어느새 아칠도 뒤통수를 문지르며 금철휘 뒤를 따르고 있
었다. 아마 아칠에게는 남 얘기 같지 않을 것이다. 아칠에게도
저런 과거가 있었으니까 말이다.

"처음 보는 녀석인뎁쇼?"

"항주 바닥 꼬마 거지들을 다 알아?"

"뭐, 웬만하면 제 손을 벗어날 수 없지 않겠습니까? 으흐
흐흐."

아칠의 음흉한 웃음에 다시 뒤통수를 때리고 싶은 마음이
들었지만 왠지 이번에는 그러기가 싫었다. 아칠이 왜 이러는지
알기 때문이다.

'허어. 이런 것도 기억에 있었네. 근데 왜 그때는 그런 쓸데 없는 것만 떠올랐을까?'

처음 금철휘의 몸을 입었을 때는 그저 기녀들 생각뿐이었 다. 술과 기녀, 그리고 도박. 온통 자극적인 생각뿐이었다.

'죽기 전에 그게 그렇게 하고 싶었나?'

왠지 그런 것 같아서 피식 웃음이 다 났다. 하지만 그때 이 런 것들이 다 떠올랐다면 아마 지금보다 훨씬 재미가 덜했으 리라.

'이런 것도 괜찮지. 그래. 괜찮고말고.'

꼬마는 항주 외곽에 있는 다리 밑으로 향했다. 그곳에는 꼬마의 여동생으로 보이는 아이가 하나 누워 있었다. 꼬마는 그 아이에게 다가가 품에 간직한 만두를 꺼내 내밀었다. 하지 만 누운 아이는 일어날 생각을 하지 않았다.

"쯧쯧, 기력이 완전히 떨어졌군. 이대로라면 이틀 내로 죽겠 어."

금철휘가 불쑥 모습을 드러내며 말하자, 꼬마가 경계심 가 득한 눈으로 금철휘를 노려보며 여동생을 자신의 몸으로 가 렸다.

"기특한 꼬마로구나. 한데 네 동생 그냥 죽일 셈이냐?"

꼬마는 입을 열지 않았다. 그저 금철휘를 노려보기만 할 뿐 이었다. 금철휘는 옆에 서 있는 아칠을 쳐다봤다. 아칠이 고개 를 한 번 꾸벅 숙인 후, 꼬마에게 다가갔다. 그 모습이 자못

험악했기에 꼬마에게는 적지 않은 위협이 되었다.

"저, 저리 가!"

꼬마가 소리쳤지만, 아칠은 코웃음 한 방으로 대답을 대신하고는 성큼 다가갔다. 아칠의 우악스러운 손이 꼬마의 목덜미를 꽉 움켜쥐었다.

"이거 놔!"

아칠이 꼬마를 달랑 들고 옆으로 물러나자, 금철휘는 천천히 누운 아이에게 다가갔다. 겉으로 보기에는 다섯 살도 안 되는 것 같지만, 그건 제대로 먹지를 못해서 그런 것이고 실제로는 일곱 살쯤 된 듯했다.

"손대지 마! 죽여버릴 거야!"

꼬마의 독 오른 외침에도 금철휘는 그저 고개만 주억거렸다.

"그래, 그래. 사내라면 그 정도 독기는 가져야지. 자아, 어디 한번 볼까?"

금철휘는 꼬마 소녀의 몸을 슬슬 주물렀다. 일단 기력을 되찾아주고, 제 역할을 못하는 장기들을 돌봐줘야 하는데, 그건 천령신공이 최소한 일곱을 넘어 여덟 번째 단계에는 올라야 할 수 있는 일이다.

'그래도 방법이 없는 건 아니지.'

기력이라는 것은 곧 기운이다. 그리고 기운에 대해서는 천하 그 누구보다 잘 알고 있는 사람이 바로 금철휘였다. 천하제일인 출신 아닌가. 그리고 천령신공 덕분에 기운의 흐름에 누구보다 민감했으며, 그것을 마음껏 다룰 수도 있으니, 웬만한 의원 못지않았다.

"역시 심각하구나. 이틀도 잘 봐준 거였어. 오늘을 넘기기 힘들겠는데?"

금철휘의 말이 이어지자, 악에 받쳐 소리치던 꼬마가 입을 다물었다. 그 역시 상황이 자신이 예상한 것과는 조금 다르다는 걸 깨달은 것이다. 병든 여동생을 데리고 지금까지 살아남았다는 건 그만큼 눈치와 능력이 있다는 뜻이다.

"사, 살려주세요! 무슨 짓이든 해서 갚을 테니 제 동생 꼭 살려주세요!"

금철휘가 눈을 빛내며 꼬마를 돌아봤다.

"이름이 뭐냐?"

꼬마는 침착하게 대답했다.

"전 곽한이라고 하고, 제 동생은 곽소미라고 합니다."

금철휘는 꼬마의 태도에 씨익 웃으며 또 물었다.

"나이는?"

"전 열 살이고, 소미는 일곱 살입니다."

"내가 이 아이를 고쳐주면 넌 날 위해 뭘 할 수 있지?"

금철휘의 말이 이어질수록 아칠의 얼굴에는 불만이 쌓여갔다. 능력이 있으면 얼른 도와주면 되지 뭐 이렇게 따지는 게 많단 말인가. 하지만 아칠은 감히 나설 수가 없었다. 왠지 자신이 나서선 안 되는 분위기였다.

"무엇이든 하겠습니다."

곽한의 눈에서 독기가 자르르 흘렀다. 금철휘는 내심 고개를 끄덕였다. 이런 놈은 옆에서 제대로 잡아주지 않으면 나중에 큰 사고를 치기 마련이다.

"그 말 잊지 마라. 네 인생은 이제부터 내 것이다."

금철휘의 말에 곽한은 알 수 없는 오한을 느꼈다. 하지만 그에게는 더 이상 선택의 여지가 없었다. 곽한이 고개를 무겁게 끄덕이자, 금철휘가 환하게 웃으며 다시 고개를 돌렸다. 그의 눈에서 광망이 번득였다. 그리고 아칠이 슬며시 곽한을 내려주었다.

금철휘의 손이 번개처럼 움직였다. 비록 삼류나마 무공을 익힌 아칠의 눈에도 금철휘의 손이 제대로 보이지 않을 정도로 빨랐다. 아칠은 너무 놀라 눈이 휘둥그레졌다. 이건 무공을 익히지 않고서는 도저히 나올 수 없는 손놀림이었다.

금철휘의 손은 곽소미의 몸 곳곳을 어루만졌다. 그리고 그때마다 곽소미의 안색이 눈에 띄게 좋아졌다. 물론 땟국물로 온몸이 가득했기에 그것을 알아볼 수는 없었지만 말이다.

그렇게 반 각쯤 지나자, 금철휘가 손을 뗐다. 그리고 곽한을 향해 손을 내밀었다. 곽한이 영문을 몰라 어리둥절한 표정을 짓자, 금철휘가 곽한의 손에 있는 만두를 쳐다봤다. 곽한은 그 와중에도 만두를 손에서 놓지 않고 지켜낸 것이다.

"이, 이거 말인가요?"

금철휘가 고개를 한 번 끄덕이자, 곽한이 의아한 표정으로 만두를 슬그머니 내밀었다. 사실 아까웠지만 동생을 살려준 은인에게 만두 한 개 정도야 얼마든지 줄 수 있었다.

만두를 받아든 금철휘는 그것을 조금 뜯어 곽소미의 입에 넣었다. 곽소미는 정신을 잃은 와중에도 입에 음식이 들어오자 침이 고이는 듯 와구와구 씹어서 삼켜 버렸다.

"네 오빠가 고생해서 벌어온 거다. 아마 먹으면 힘 좀 날 거다."

금철휘는 빙긋 웃으며 만두를 조금씩 떼어 계속 곽소미의 입에 넣어주었다. 곽소미는 끊임없이 입으로 들어오는 만두를 정신을 잃은 채로 너무나도 맛있게 먹어치웠다.

만두를 다 먹인 금철휘가 후련한 표정으로 자리에서 일어나며 손을 탁탁 털었다.

"자, 이제 끝났다. 대충 급한 불은 껐으니까, 슬슬 자리를 옮겨 볼까?"

금철휘는 그렇게 말하며 곽한과 아칠을 돌아봤다.

"소미는요? 소미는 이제 괜찮은 건가요?"

"그래. 앞으로 잘 먹이기만 하면 문제없다. 그리고 이렇게 지저분한 곳에서 살지만 않으면 돼."

곽한의 표정이 살짝 어두워졌다. 마땅히 살 곳이 없었다. 앞으로도 계속 이곳에서 지내야 하는데, 그랬다가 또 소미가 아프면 어쩌나 하는 생각이 들었다.

"내가 한 말을 뭐라고 들은 거야? 역시 아직 애는 애구나. 아칠, 그놈 들어라."

"예! 공자님!"

아칠이 곽한의 뒷덜미를 또 잡았다. 곽한은 아칠의 손에 대롱대롱 매달렸지만 이번에는 아까처럼 반항하지 않았다. 대번에 금철휘가 하는 말의 뜻을 알아차린 것이다. 물론 살짝 기대도 했고, 예상하기도 했다. 하지만 진짜 이렇게 되니 갑자기 눈물이 왈칵 쏟아졌다.

"가, 감사합니다. 이 은혜……."

"아, 됐어. 나도 다 꿍꿍이가 있어서 하는 짓이니까. 자, 그럼 가볼까?"

금철휘는 곽소미를 가볍게 안아 들고는 성큼 걸음을 옮겼다.

곽한과 곽소미의 거처는 금철휘가 머무는 전각인 금룡각으로 결정되었다. 물론 금철휘의 일방적인 결정이었다.

금철휘는 일단 곽한과 곽소미를 시비들에게 맡겨 깨끗이 씻긴 후, 배불리 먹였다. 곽한도 사실 심각한 상태였다. 제대로 먹지 못해서 쓰러지기 일보 직전이었다.

금철휘는 사흘 정도 세심히 두 사람을 보살폈다. 물론 대부분의 일은 시비가 했다. 금철휘야 옆에서 구경하면서 잔소리하는 게 전부였지만, 그것만으로도 충분한 효과가 있었다. 금철휘는 이곳 금룡각의 최고 권력자다. 그저 옆에 있는 것만으로 사람들의 정신을 바짝 세우는 효과가 있었다.

사실 예전에는 금룡각의 일꾼들도 은연중에 금철휘를 무시하곤 했다. 하지만 지금은 아무도 그러지 않았다. 금철휘는 아주 자연스러운 위엄을 가지고 있었다. 전생에 천하제일인으로서, 백 명이나 되는 수하들을 거느리며 새겨진 위엄이었다.

"이제 슬슬 몸이 괜찮아진 것 같구나."

"그렇습니다, 공자님. 역시 공자님께서 나서시니, 저런 아이들도 단번에 해결되는군요."

아칠의 아부에 금철휘가 고개를 돌려 그를 쳐다봤다. 그리고 씨익 웃었다.

"아주 즐거워 보이는구나."

"헤헤. 저야 항상 즐겁지요. 공자님과 함께하는 생활이 즐거워 미칠 지경입니다. 헤헤헤헤. 공자님은 항상 멋지시지만, 특히 술과 여자가 함께할 때 진정한 멋을 뿌리시지요. 헤헤헤헤."

그러니 얼른 기루에나 한 번 가자는 뜻이었다. 하지만 금철휘는 그럴 생각이 전혀 없었다.

"너 이거 기억하는지 모르겠구나."

금철휘가 품에서 책자 하나를 꺼냈다. 제목조차 쓰여 있지 않은 책자였다. 아칠은 그게 무엇인지 단번에 알아챘다. 예전 자신에게 주려다가 실패한 칠성검법이었다.

"공자님, 참으로 집요하십니다. 하아. 알겠습니다. 제가 졌습니다. 그거 익힐 테니, 오늘은 제발 기루에 한 번 행차하시죠?"

금철휘가 씨익 웃었다.

"이미 늦었다."

"예? 늦다니요? 아직 해가 중천인뎁쇼? 기루야 모름지기 해가 져서 어둠이 슬슬 깔리기 시작할 무렵에 가야 제맛 아니겠습니까?"

"네놈이 이걸 익힐 기회가 날아갔다는 뜻이다."

금철휘가 책자를 휘휘 흔들며 말했다. 아칠은 어이가 없었지만 억지로 웃었다.

"저야 공자님께서 그리 말씀해주신다면 감사할 따름이지요. 제 눈이 아무리 그지 같아도 칠성검법을 칠성검법이라 부르지 않을 수는 없지 않겠습니까?"

"칠성검법이지. 맞다. 그러니까 이미 늦었단 말이다."

금철휘는 벌떡 일어나 이쪽을 빤히 바라보고 있는 곽한과 곽소미에게 성큼성큼 다가갔다.

"네가 날 위해 일을 할 차례다."

곽한이 고개를 꾸벅 숙였다.

"무엇이든 시키는 대로 하겠습니다."

"넌 앞으로 내 시동이다. 자잘한 심부름은 다 네가 해야 한다."

"예. 맡겨만 주십시오."

곽한은 눈치가 빠르고 능력이 뛰어나다. 이런 아이를 시동
으로 쓰면 여러 가지 편한 점이 많다. 곽한도 금철휘가 자신
을 그런 식으로 쓸 거라 예상했다.

"글은 모르겠지?"

"압니다."

곽한의 대답에 금철휘가 눈을 빛냈다. 역시 예사 아이가 아
니었다. 뭔가 과거가 있을 거라 여겼는데, 역시 그랬다. 무엇
보다 제대로 된 이름을 가지고 있다는 점이 그러했다. 보통
거지 아이들은 곽한처럼 제대로 된 이름을 얻지 못한다. 별명
인지 이름인지 알 수 없는 칭호를 달고 살 뿐이었다.

"그래. 잘 됐구나. 이걸 읽고 외워라."

금철휘가 내민 책자를 곽한이 공손히 받았다. 그리고 그것
을 펼쳤다. 곽한은 그것을 단숨에 읽었다. 몇 장 되지 않는 책
자였기에 순식간이었다.

"다 외웠습니다."

"한 번 읽고? 머리가 좋네?"

"머리가 좋은 게 아니라, 원래 알고 있는 거였습니다. 칠성
검법 아닙니까?"

금철휘가 씨익 웃었다. 생각했던 것보다 훨씬 괜찮은 녀석
아닌가. 앞으로가 정말로 기대된다. 하지만 그전에 고정관념

을 한 번 부숴줄 필요가 있었다.

"다시 읽어라. 머리에 먹물 좀 들어갔다고 세상을 맘대로 재단하지 마라. 천하는 네 생각보다 훨씬 넓다."

곽한은 그제야 자신이 뭔가를 놓쳤을 수도 있다는 생각에 다시 찬찬히 책자를 읽었다. 곽한의 고개가 몇 번이나 갸우뚱거리며 움직였다. 칠성검법은 칠성검법이었는데, 뭔가가 미묘하게 달랐다. 그저 쭉 읽었을 때는 분명히 칠성검법이었는데, 이렇게 하나하나 뜯어서 다시 읽어 보니 왠지 전혀 다른 내용인 듯했다.

곽한은 생각처럼 잘 외워지지 않자 당황해서 고개를 들었다. 그의 눈에 모든 걸 알고 있다는 듯 미소를 지은 금철휘의 모습이 보였다.

"하루 정도면 되겠느냐?"

"어떻게든 해내겠습니다."

곽한의 대답에 만족한 금철휘가 고개를 끄덕여주고는 곽한의 뒤에 숨어 고개만 살며시 내밀고 있는 곽소미를 쳐다봤다. 곽소미는 금철휘와 눈이 마주치자 화들짝 놀라 얼른 고개를 쏙 집어넣었다.

금철휘는 그때까지 계속 뒤춤에 감추고 있던 왼손을 꺼냈다. 그리고 회심의 미소를 지었다. 금철휘의 왼손에는 당과 하나가 들려 있었다. 당과를 본 곽소미의 눈이 휘둥그레졌다.

곽소미는 계속 곽한 뒤에서 망설였다. 당장에라도 나가서 당과를 받아오고 싶은데, 그러기에는 금철휘의 표정이 마음에 걸렸다. 금철휘 스스로는 모르고 있지만, 지금 이 순간, 그의 얼굴에 약간의 음흉함이 어려 있었다. 사실 음흉한 게 아니라 장난기와 기대감이었지만, 어린 곽소미에게는 그렇게 보이지 않았다.

보다 못한 곽한이 옆으로 슬쩍 피하며 곽소미를 앞으로 밀었다. 곽소미는 균형을 잃고 앞으로 몇 발을 종종종 걸어갔다. 곽소미의 눈앞으로 당과가 쑥 나타났다. 곽소미는 당과와 금철휘의 얼굴을 번갈아 쳐다보며 눈을 동그랗게 떴다.

"귀엽구나."

금철휘는 그 모습이 너무나 귀여워서 당과를 곽소미의 손에 꽉 쥐어 주고는 숙였던 몸을 일으켰다. 전생에는 어린아이를 볼 기회가 많지 않았다. 하지만 금철휘는 그럼에도 아이들을 무척 좋아했다.

사실 곽한과 곽소미를 금룡장 안으로 들인 것도 그런 이유가 살짝 끼어 있었다. 물론 더 큰 이유는 칠성검법, 아니, 그걸 이용해 아칠을 골탕먹이기 위함이지만 말이다.

금철휘는 자신을 빤히 쳐다보는 곽소미에게 미소를 한 번 날려주고는 쑥스러워서 헛기침을 몇 번 했다. 그리고 몸을 돌려 그곳을 빠져나갔다.

아칠은 금철휘가 멀어져가는 걸 그저 멍하니 바라봤다. 금철휘에게 이런 면이 있을 줄은 몰랐다. 아칠은 금철휘의 어릴 때부터 지금까지의 모습을 쭉 지켜봤다. 하지만 금철휘는 단 한 번도 아이들에게 따뜻하게 대한 적이 없다.

"헉! 고, 공자님! 같이 가야죠!"

아칠은 금철휘의 모습이 모퉁이를 돌아 사라지자, 퍼뜩 정신을 차리고 달려갔다.

두 사람이 사라지자, 그곳에는 곽한과 곽소미만 남았다. 곽한은 사라지고 보이지 않는 금철휘를 향해 공손히 허리를 숙였다. 그리고 결연한 눈으로 금철휘가 주고 간 철성검법의 검보를 노려봤다. 은혜에 보답하기 위해서라도 결코 실망시키지 않을 것이다.

곽한이 그렇게 마음을 굳건히 먹는 동안 곽소미는 옆에서 열심히 당과를 먹었다. 얼굴에 한가득 웃음을 머금고서.

"아, 그러고 보니 저 녀석들 때문에 만혈괴의를 까맣게 잊고 있었군."

금철휘가 걸음을 멈추고 말하자, 아칠은 뜨끔한 표정으로 슬며시 고개를 돌렸다. 사실 금철휘가 끝까지 기억해내지 못하기를 바랐다. 그래서 곽한과 곽소미를 안으로 들이며 정신이 없어지자 내심 쾌재를 불렀다. 한데 결국 금철휘가 그것을 다시 기억해낸 것이다.

"공자님, 대체 요즘 왜 이렇게 기억력이 좋아지셨습니까. 아아, 예전이 너무 그립습니다."

금철휘가 인상을 팍 썼다. 그러자 아칠이 고개를 움츠리며 어색하게 웃었다.

"에헤헤. 제 말은 그게 아니라…… 굳이 위험을 자초할 필요가 없다, 뭐 그런 말이지요. 헤헤헤."

이번에는 금철휘도 선선히 고개를 끄덕였다.

"뭐, 굳이 거기에 갈 이유는 없지."

사실 만혈괴의를 보러 가려는 이유도 그저 재미를 위해서였다. 하지만 이제는 그보다 더 재미있는 걸 찾았으니 굳이 거기까지 갈 이유가 없었다. 금철휘는 즐거운 미소를 지으며 아칠을 쳐다봤다. 아칠은 뭐가 그리 좋은지 금철휘와 눈이 마주치자 바보같이 웃었다.

금룡장 내원에 있는 전각 중 하나인 이설각에는 연무장이 딸려 있었다. 그리고 그곳 연무장에는 항상 수련을 하는 사람이 있었다. 한서연이었다.

백검화의 모든 것을 이어받은 사람답게 한서연의 검무는 화려하기 그지없었다. 또한 그녀의 검에서는 검무처럼 화려한 검기가 꽃처럼 흐드러지게 피어났다. 마치 연무장이 꽃밭으로 변한 듯했다.

백검화는 멀찍이 떨어진 곳에서 그 모습을 대견하게 바라봤다. 한서연의 나이 이제 고작 스물하나다. 물론 백검화는 그 나이에 이미 한서연이 마주한 벽을 뛰어넘었다. 하지만 그건 기연이 있었기 때문이지 재능이 뛰어나서가 아니었다.

'그분이 아니었다면 어쩌면 난 아직도 벽 앞에서 헤매고 있었을지도 모르지.'

백검화의 뇌리에 아련한 추억이 떠올랐다. 그 당시의 그녀는 참으로 당돌했다. 또한 아무것도 몰랐다. 그때 그녀의 검무를 보며 툭 던져준 그의 한마디가 그녀 앞을 가로막은 벽을 단숨에 부숴 버렸다. 그녀의 나이 고작 열여덟이었을 때였다.

"확실히 화려하고 변화가 다채롭구나. 그때의 나처럼."

사실 한서연도 열여덟 무렵부터 벽을 만났다. 그리고 그 벽을 부수기 위해 무던히 애를 썼다. 그러다가 백검화가 주화입마에 빠지면서 수련을 등한시할 수밖에 없었다.

하지만 그럼에도 한서연의 실력은 대단했다. 어쩌면 반년 동안 고생하면서 검에 깊이가 생겼는지도 몰랐다. 그러나 그것만으로 벽을 뚫기에는 요원했다.

"슬슬 말해줄 때가 되었네."

사실 처음 벽에 부딪혔을 때부터 준비된 말이 있었다. 그 말은 백검화에게 그러했듯 한서연의 벽도 부술 것이다. 하지만 백검화는 더 시간을 끌었다. 그때는 말할 때가 아니었다. 예전이라면 몰랐겠지만 자신이 더 높은 경지에 올라서야 알수 있었다.

백검화가 판단하기에 지금이 딱 그때였다. 그리고 그 순간 누군가가 연무장에 들어섰다. 백검화는 고개를 돌려 들어온 사람을 확인했다. 남의 수련을 지켜보는 건 결례다. 그것도 미리 수련하고 있다고 이설각주에게 신신당부를 하고 온 상황에서는 더더욱 그렇다. 이설각주가 제대로 일을 하지 않았거나, 아니면 자신을 무시했다는 뜻이다. 살짝 일그러진 백검화의 표정이 굳었다. 들어온 사람은 금철휘였다.

'확실히 저 사람이라면 가능하겠지. 그래도……'

금철휘는 금룡장에서 가지 못할 곳이 없다. 더구나 명목상으로 이설각은 금철휘의 셋째 부인이 머무는 곳이다. 당연히 누구도 저지하지 않았을 것이다. 하지만 그러면 본인이 주의했어야 한다.

백검화가 막 금철휘에게 다가가 뭐라고 하려는 순간, 금철휘가 고개를 저으며 말했다.

"그냥 칼만 빨리 휘두른다고 될 거 같냐? 변화에는 중심이 제대로 서 있어야 돼."

금철휘의 말에 한서연이 검무를 멈췄다. 그녀의 눈이 몽롱하게 풀렸다. 방금 전의 그 한 마디가 그녀를 단숨에 새로운 영역으로 안내한 것이다.

그리고 그것을 지켜보는 백검화 역시 그대로 굳어 버렸다.

금철휘는 자신이 만들어 놓은 광경을 보며 씨익 웃었다. 그리고 몸을 돌려 연무장 밖으로 나갔다. 백검화의 귀에 연무장 밖에서 이설각주에게 신신당부를 하는 금철휘의 목소리가 아련히 들려왔다.

"안에서 먼저 나오기 전에는 아무도 들이지 마. 네 목숨을 걸고 지켜."

백검화의 의식이 단숨에 과거, 그녀가 깨달음을 얻는 순간으로 날아가 버렸다. 그때도 똑같은 말을 들었다. 그녀가 아직도 잊지 못하는 사람, 혈룡귀갑대주로부터.

*　　*　　*

추가장주는 성심을 다해 손님을 맞이했다. 그리고 온 역량을 다해 대접했다. 그는 그런 대접을 받을 자격이 있었다. 더구나 지금 같은 상황이라면 기둥뿌리라도 뽑아서 갖다 바쳐야만 한다.

그렇게 극진히 모신 덕분에 손님이 본격적으로 움직였다. 추가장주는 아들이 누운 방 앞을 초조하게 서성였다. 그리고 그런 추가장주 근처에서 네 명의 사내와 두 명의 여인들이 추가장주와 비슷한 표정으로 서 있었다.

"벌써 진맥을 하러 들어가신 지 한 시진이 다 되어가는 듯한데, 아직도 나오지 않으시는 걸 보면 확실히 주화입마가 무섭긴 하네요."

문아영이 최대한 목소리를 낮춰 옆에 있는 항주오룡만 들을 수 있도록 속삭였다. 그녀의 말에 표백영이 딱딱하게 굳은 표정으로 추가장주의 눈치를 살폈다.

'들은 모양이군.'

새삼 문아영이 얼마나 철이 없는지 알 수 있었지만, 굳이 그걸 드러내 망신을 줄 필요는 없었다. 문아영과 소연희는 제법 괜찮은 신붓감이었다. 물론 표백영은 그녀들을 맞이할 생각이 전혀 없었지만 다른 항주오룡들은 그렇지 않았다.

"신의께서는 어떤 병이든 진맥에 한 시진을 쓰신다고 하오. 그러니 주화입마가 문제가 아니라는 뜻이오."

표백영은 만혈괴의를 신의라 불렀다. 그가 있는 근처에서 감히 그를 괴의라 지칭할 수는 없었다. 그건 이곳에 있는 다른 사람들도 마찬가지였다. 만혈괴의는 그 의술만큼이나 무공도 뛰어났다. 또한 성격도 종잡을 수 없는 사람이었다. 그가 있는 곳에서는 무조건 조심해야만 한다.

잠시 침묵이 감돌았다. 문아영과 소연희는 그 무거운 침묵이 견딜 수 없었다. 문아영이 말을 꺼낸 것도 그런 이유였다. 그녀가 더 이상 참지 못하고 다시 입을 열려 했다. 그 순간 방문이 열렸다.

모두의 시선이 만혈괴의에게로 향했다. 만혈괴의는 청수한 인상의 중년인이었는데, 겉으로 보기와는 달리 나이가 상당히 많았다.

"시, 신의께서 보시기에 어, 어떻습니까?"

추가장주가 말까지 더듬으며 물었다. 그의 마음은 새까맣게 타들어가고 있었다. 만혈괴의는 그런 추가장주를 그저 힐끗 쳐다보고는 무심히 말했다.

"그나마 오래되지 않아 가능성이 있네."

추가장주의 안색이 대번에 밝아졌다. 드디어 희망이 생긴 것이다. 과연 만혈괴의라는 생각이 들었다.

"하면 치료는 언제부터……."

"뭐, 오늘은 늦었으니 내일부터 하지. 아마 보름쯤 걸릴 게 야."

추가장주는 눈물이라도 쏟을 것만 같았다. 보름이면 다시 아들이 살아 움직일 수 있다는 생각만으로도 날아갈 것 같았 다.

"그건 그렇고……."

만혈괴의가 말을 돌리자, 추가장주가 얼른 대답했다.

"예. 말씀만 하십시오. 뭐든 준비해 드리겠습니다."

"듣자 하니, 항주에 백검화가 왔다고 하던데……."

백검화에 대한 소문은 벌써 한바탕 항주를 휩쓸고 지나갔 다. 하지만 대부분 낭설이라는 것이 대세였다. 또한 그에 관 한 얼토당토않은 소문까지 합해져 정말 말도 안 되는 헛소문 까지 돌아다녔다. 그러나 그런 헛소문조차도 이제는 더 이상 돌아다니지 않았다. 관심이 멀어진 것이다.

만혈괴의는 그 소문 때문에 물어본 것이 아니었다. 만혈괴 의는 그런 소문이 항주를 휩쓸었다는 사실조차 몰랐다. 그는 백검화에 대한 정보를 사기 위해 상당한 돈을 지불했다. 정보에 관한 한 최고라고 자부하는 사해방으로부터 얻은 정보에 따르면 백검화는 분명히 항주로 들어왔다. 그것도 주화입마에 빠진 상태로 말이다.

"분명히 그런 소문이 돌았습니다. 금룡장의 소장주와 혼례를 올릴 거라는 소문까지 돌았으니까요."

"금룡장?"

만혈괴의도 금룡장은 안다. 금룡장은 그야말로 돈으로는 천하제일이었으니까. 금룡장을 얻으면 천하를 얻을 수 있다는 말까지 나올 정도로 대단한 곳이었으니 말이다.

"예. 하지만 소문의 신빙성이 좀 떨어집니다. 백검화가 어떤 사람인데 고작 금룡장의 소장주와 혼례를 올리겠습니까?"

"금룡장 정도면 아무리 백검화라도 혹할 것 같은데?"

"그야 금룡장만 보면 그렇지요. 하지만 그곳의 소장주는 얘기가 좀 다릅니다. 파락호에 멍청이라서 세간의 비웃음이란 비웃음은 혼자 다 가진 놈입니다."

만혈괴의는 잠시 고민에 빠졌다. 백검화는 분명히 항주에 있다. 그걸 알았기에 여기까지 왔다. 고작 추가장의 요청에 그가 움직인 이유가 바로 추가장이 항주에 있기 때문이었다.

"그 소문에 대해 좀 더 자세히 조사해줄 수 있나?"

추가장주는 즉시 고개를 숙였다.

"물론입니다. 금룡장에 제가 직접 찾아가서라도 알아내고 말겠습니다."

만혈괴의는 그 대답에 만족한 표정으로 돌아섰다. 그가 자신의 거처로 가버리자, 추가장주는 함께 있던 표백영을 비롯한 항주오룡과 쌍화에게 부탁했다.

"자네들이 좀 나서주지 않겠나? 나도 따로 움직이겠지만 아무래도 금룡장의 돼지와 가까이 지내고 있으니 자네들의 힘이 큰 도움이 될 듯한데."

"맡겨 주십시오. 어떻게든 알아내겠습니다."

사실 조금만 조사해 보면 충분히 알 수 있는 일이었다. 비록 금룡장이 작정하고 소문을 숨겼지만 추가장주가 본격적으로 움직이면 그쯤이야 얼마든지 알아낼 수 있었다. 그 소문이 사실이라면 말이다.

하지만 소문이 사실이 아니라면 조사하는 데 시간이 훨씬 많이 걸리고 어려울 수밖에 없다. 추가장주는 그럴 경우를 가정해 부탁한 것이다.

"정 안 되면 그 돼지를 직접 신의께 소개해 드릴 수도 있으니 너무 심려 마십시오."

"그런 방법도 있었군. 아무튼 고맙네. 그리고 부탁하네."

추가장주는 몇 번이나 감사를 표했다. 그렇게 항주오룡에게 부담을 지워주려는 의도였다. 좀 더 성심껏 움직이도록 말이다. 결국 항주오룡은 그날 저녁 금철휘를 만나기 위해 금룡장으로 향했다.

제10장
무영객

백검화는 퍼뜩 정신을 차리고 자신의 제자를 바라봤다. 한서연은 지그시 눈을 감은 채 서 있었다. 그녀의 손에 들린 검이 서서히 움직였다.

그리고 새로운 검무가 시작되었다.

말 그대로 백 개의 꽃이 일제히 피어났다. 변화의 극치였다. 연무장 가득 꽃이 피어났다. 그리고 꽃잎이 하늘하늘 흩어져 바람과 함께 춤을 췄다.

백검화는 그 광경을 보며 감탄했다. 그리고 크게 고개를 끄덕였다. 확실히 벽을 넘었다. 그동안 끊임없는 노력과 성찰로 변화의 중심을 세울 준비가 끝났기에 그것을 깨달은 순간

단번에 벽을 허물 수 있었던 것이다.

'대체 정체가 뭐지?'

금철휘가 해준 조언은 십여 년 전 자신이 받았던 조언과 똑같았다. 백검화가 익힌 백화검법을 제대로 꿰뚫어 보지 않고서는 결코 나올 수 없는 조언이었다. 당시 혈룡귀갑대주는 백검화가 수련하는 모습을 딱 한 번 보고는 그 요체를 꿰뚫었다.

'백화검법에 대해 잘 알고 있거나, 아니면 당시의 그분과 맞먹을 정도이거나.'

백검화는 속으로 그렇게 생각하다가 고개를 저었다. 자신이 생각해도 말이 안 된다. 금철휘는 고작 스물한 살이었다. 그렇게 젊은 나이에 예전 혈룡귀갑대주의 능력을 가졌다는 건 있을 수 없는 일이었다. 혈룡귀갑대주는 천하제일인이었다. 게다가 무(武)에 관한 한 누구도 따를 수 없는 천재였다.

또한 백화검법을 알고 있을 리도 없었다. 백화검법은 백검화의 사부가 창안한 검법이었고, 백검화가 유일한 전승자였다. 천하에 백화검법을 아는 이는 단 두 명, 백검화와 한서연뿐이었다.

백검화는 혼란스러웠다. 그렇게 잠시 생각에 잠긴 사이, 한서연이 상기된 얼굴로 다가왔다.

"사부님!"

백검화는 한서연을 향해 자애롭게 웃어주었다.

"축하한다. 드디어 벽을 넘었구나."

"예. 감사해요, 사부님."

한서연은 환한 미소를 머금은 얼굴로 백검화에게 달려가 안겼다. 백검화도 그녀를 살며시 안아주었다. 그렇게 서로를 끌어안은 두 여인의 뇌리에는 한 사람의 얼굴이 떠올라 있었다.

'금철휘……'

두 여인 모두 혼란스러웠다. 백검화는 금철휘의 정체가 궁금했고, 한서연은 금철휘가 자꾸 떠올라 당황스러웠다. 고작 몇 번 만났을 뿐인데, 만날 때마다 워낙 강렬한 인상을 심어주니 자연스럽게 뇌리에 그 모습이 새겨졌다.

'하아.'

두 여인은 서로가 알지 못하게 속으로 한숨지었다. 한숨과 함께 혼란이 더욱 깊어갔다.

*　　　*　　　*

두 사람을 혼란의 구렁텅이에 빠뜨린 금철휘는 가벼운 마음으로 뒤뚱뒤뚱 걸었다. 살이 너무 많아 걷기가 불편할 지경이었지만 금철휘는 굳이 살을 뺄 생각을 하지 않았다. 걷는 게 조금 불편하지만 그뿐이었다. 어차피 천령신공을 이용하면 다리에 무리가 가지도 않는다. 오히려 지속적으로 천령신공을 운용해야 하니 수련으로 딱 좋았다. 최근에는 그 덕분에 일단공과 이단공의 성취가 조금씩 깊어지고 있었다.

"삼단공이랑 사단공도 제법 깊어졌고."

얼마 전 백검화의 주화입마를 치료하면서 천령신공의 경지가 급속도로 깊어졌다. 확실히 실전만한 수련은 없는 법이다. 더구나 보통 실전이 아니라 제대로 들여다보기도 어려울 정도로 굳건하게 방어된 백검화의 주화입마를 치료했으니 보통 어려운 실전이 아니었다.

그렇게 한 번 힘든 일을 겪고 나니, 경지가 눈에 띌 정도로 깊어졌다. 이제는 백검화와 비슷한 수준의 주화입마는 더 쉽게 치료할 수 있을 듯했다.

"흐음, 어디 또 주화입마 걸린 사람 없나?"

효과가 있다는 걸 확인했으니, 괜히 욕심이 났다. 주화입마에 걸린 사람들을 고치다 보면 얼마나 더 경지가 깊어지겠는가. 금철휘는 문득 천령신공의 각 단계에 끝이라는 것이 있을까 하는 생각이 들었다.

'그 끝에 뭐가 있을까?'

금철휘는 그런 생각을 하다가 전율했다. 어쩌면 자신이 상상도 할 수 없는 일이 벌어질지도 모른다는 생각이 들었다. 그리고 성취욕이 강해졌다. 어떻게든 끝을 보고 싶었다.

'그리고 천령신공의 마지막인 구단공의 끝도 보고 싶다.'

물론 이론적으로 만들기만 하고 실제로 그 길을 가본 사람은 아무도 없다. 하지만 금철휘는 확신했다. 그 길이 틀리지 않을 거라고. 그러니 지금 육단공까지 제대로 익히지 않았는가. 아마 칠단공이나 팔단공도 분명히 이론에서 벗어나지 않을 것이다. 천령신공을 익히면 익힐수록 그에 대한 확신은 더욱 깊어졌다.

거처로 돌아온 금철휘는 침상에 누워 살짝 인상을 찌푸렸다. 방금 전까지 어디로 갔는지 근처에서 사라졌던 호위무사가 다시 다가왔기 때문이다.

'정말 귀찮군.'

누군가가 계속 자신을 지켜본다는 건 상당히 신경을 건드리는 일이다. 더구나 금철휘는 천령신공으로 인해 웬만한 무인들보다 훨씬 예민하다. 그가 느끼기에는 호위무사가 코앞까지 얼굴을 들이밀고 눈동자를 굴려 이리저리 살펴보는 것 같았다.

'또 재워?'

은근슬쩍 다가가 수혈을 짚어서 재워 버리는 일은 별로 어렵지 않았다. 누군가의 주변에 은신한다는 건 쉽게 움직이지 않는다는 것과 같다. 하지만 동선을 예측하기 어렵게 걸어가면 의외로 간단히 그가 모르게 근처를 스쳐 지나갈 수 있었다. 금철휘의 수법은 호위무사가 감히 알아차릴 수 없을 정도로 고명했다. 천령신공의 공능까지 이용하니 그로서는 그저 자신이 졸았다고 여길 수밖에 없었을 것이다.

'아니, 그보다 더 근본적인 대책이 필요해.'

금철휘는 이번 기회에 아예 호위무사를 제거하고 싶었다. 더 이상 근처에서 얼쩡대지 못하도록, 또 신경을 건드리지 못하도록 말이다.

가장 확실한 방법은 아버지인 금일청을 찾아가 담판을 짓는 것이다. 물론 허락하지 않을 것이다. 금룡장의 소장주라는 신분은 때로 위험을 동반한다. 그런 아들이 호위도 없이 돌아다니게 둘 수 있겠는가. 아들 사랑이 지독한 사람이 말이다.

'그렇다면……'

그렇다면 완전히 자신의 사람으로 만들어서 다른 일을 시키는 것도 한 가지 방법이다. 아니, 그게 제일 좋은 방법이었다. 그렇다면 수를 내야 했다.

'이럴 때는 도박이 최고지. 보아하니 실력도 제법 있는 것 같고, 그런 놈들의 경우 호승심과 자존심이 어마어마한 법이거든.'

금철휘는 어떻게 호위무사의 호승심을 자극해서 내기로 끌어들일까 고민했다. 그리고 어떤 내기를 해야 그가 자신 있게 덤벼들지 궁리했다. 의외로 답은 어렵지 않게 구했다.

'살수 출신이랬지?'

호위무사에 대한 정보는 여기저기서 얻을 수 있었다. 또한 몇 번 대면해 봤고, 그의 몸에서 움직이는 기의 흐름을 모두 파악했기 때문에 주력무공도 어렵지 않게 유추할 수 있었다.

금철휘는 침상에 누운 채 고개를 이리저리 돌려 뭔가를 찾았다. 그의 눈에 붓 통이 보였다. 붓 몇 개를 든 금철휘는 그 것을 던졌다 받으며 갖고 놀았다. 그러다가 붓 하나를 획 던져 붓 통에 넣었다. 침상에서 붓 통이 있는 서탁까지는 그리 멀지 않았지만, 그래도 단번에 넣기에는 그리 쉽지 않은 거리였다.

"오오! 이럴 수가!"

금철휘가 손뼉을 치며 좋아했다. 물론 다 연기였다. 금철휘는 그 뒤로 계속 붓을 던졌다. 열 개를 던져 그 중 두 개가 붓 통에 들어갔다.

"이거 의외로 재미있는데?"

금철휘는 고개를 휘휘 돌려 또 다른 놀이를 찾았다. 천장에 숨어서 그 광경을 고스란히 지켜보던 호위무사는 조용히 한숨과 함께 고개를 저었다. 스물한 살이나 먹고 저게 뭐 하는 짓이란 말인가.

하지만 금철휘는 호위무사가 한숨을 쉬건 말건 전혀 신경 쓰지 않고 새로운 놀이를 찾아냈다. 이번에는 붓을 던져 방문에 꽂는 놀이였다. 당연히 방풍을 위해 막아 놓은 한지가 숭 숭 뚫렸다. 금철휘는 또 손뼉을 치며 좋아했다.

"아예 이번 기회에 본격적으로 이걸 연습해봐?"

금철휘는 그대로 일어나 어딘가로 향했다. 호위무사는 그런 금철휘를 한심한 눈으로 쳐다보며 그 뒤를 따랐다.

'좀 나아진 줄 알았더니 이게 또 무슨 헛짓거리인가.'

금철휘가 그날 한 일은 아주 간단했다. 대장간에 들러 비수를 수십 자루나 구입한 것이다. 그것도 대충 자기 눈에 차는 것만 골랐는데, 호위무사의 입장에서 보자면 그조차 한심하기 짝이 없었다.

'저런 엉터리 비수를 그렇게 비싸게 사다니, 이놈 금룡장을 물려받을 생각이 있긴 한 건가?'

하지만 아무리 한심해도 그는 금철휘를 쫓아다닐 수밖에 없었다. 금철휘는 자신의 거처인 금룡각에 딸린 연무장으로 향했다. 그곳에 커다란 표적을 만들어 놓고는 멀찍이 떨어져서 비수를 던져 표적의 한가운데 맞히는 연습을 시작했다.

금철휘의 실력은 지극히 평범했다. 거리가 그리 멀지 않았는데도 수십 개를 던지면 가운데 박히는 건 한두 개가 전부였다. 그나마 아예 표적 밖으로 날아가 담장에 맞고 떨어지는 경우도 부지기수였다. 하지만 금철휘는 그런 자신의 실력에 대단히 만족스런 표정을 지었다.

"이야, 이 정도면 나도 꽤 괜찮은 실력인데? 조금만 연습하면 살수 정도는 충분히 해먹을 수 있겠어."

금철휘는 그렇게 말하며 호위무사가 숨어 있는 곳을 똑바로 쳐다봤다. 누가 봐도 도발이었다. 당연히 호위무사도 금철휘가 어설픈 도발을 한다는 걸 알아차렸다. 그래서 그저 피식 웃고 말았다.

'그래도 기분이 좋지는 않군.'

아무리 도발이라는 걸 알아도 그런 말을 들었는데 기분이 좋을 리 없었다.

금철휘가 그렇게 비수를 던지며 놀고 있을 때, 아칠이 연무장으로 들어왔다.

"공자님! 대체 지금까지 어디 계셨던 겁니까? 얼마나 찾으러 다녔는지 아십니까?"

아칠은 씩씩대며 금철휘에게 다가갔다가 금철휘의 손에 들린 비수들을 보고는 눈이 휘둥그레졌다.

"어? 공자님, 뭐 하십니까?"

"뭐, 별거 아냐. 그냥 좀 놀고 있었지."

아칠이 멍한 표정으로 금철휘와 그의 손에 들린 비수를 번갈아 쳐다봤다. 아칠의 표정도 처음 호위무사가 지었던 것과 비슷했다.

"잘 봐라."

금철휘는 또 비수들을 휙휙 던졌다. 타닥 소리와 함께 비수들이 표적에 박혀 들었다. 세 개를 던졌는데 그 중 두 개가 중심에 꽂혔다.

"봤어? 이 정도면 일급 살수쯤 되지 않을 거 같으냐?"

아칠은 반사적으로 아부를 했다. 언제나 그래 왔듯이.

"역시 공자님이십니다. 어설픈 살수보다 훨씬 나은 거 같은데요? 헤헤헤."

아칠의 말에 금철휘가 의기양양한 표정으로 호위무사가 숨은 쪽을 쳐다봤다. 결국 호위무사도 모습을 드러낼 수밖에 없었다. 이렇게 지속적으로 도발을 하는 건 자신과 얘기를 하고 싶다는 뜻 아니겠는가.

"절 보고 싶으시면 그저 말씀만 하시면 됩니다."

금철휘는 호위무사의 목소리가 살짝 가라앉은 걸 확인하고는 씨익 웃었다. 도발이 그럭저럭 효과를 냈다. 이제 다 낚인 거나 다름없었다. 금철휘는 일부러 어설프게 행동했다. 오히려 그것이 더 잘 먹혀들 거라 예상한 것이다. 그리고 그 예상은 정확히 적중했다.

"제 실력을 보고 싶으신 겁니까?"

금철휘가 고개를 끄덕이자, 호위무사가 자신의 비수 열 자루를 일제히 날렸다.

타다다닥!

열 자루의 비수가 표적 한가운데 줄을 맞춰 꽂혔다. 확실히 대단한 광경이었다. 하지만 금철휘는 그저 심드렁한 표정이었다.

"뭐, 오랫동안 손에 익은 비수를 쓴 것치고는 그럭저럭이군."

그 말에 호위무사가 발끈했다. 하지만 그 역시 유치한 도발이라는 것을 깨닫고 화를 내리눌렀다.

"그래서 하고 싶으신 말씀이 뭡니까?"

금철휘가 씨익 웃으며 손가락 하나를 들어 올렸다. 호위무사는 그 손가락이 마치 어린아이 팔뚝 같다는 생각을 하며 금철휘의 말을 기다렸다.

"나랑 대결을 하는 건 어때? 이 비수들로."

호위무사가 어이없는 표정을 지었다. 결국 이것을 위해서 자신을 계속 도발했다고 생각하니 짜증이 일었다.

"왜? 이렇게 형편없는 비수로는 제 실력을 발휘하지 못할 거 같아?"

"하겠습니다."

금철휘가 회심의 미소를 지었다. 호위무사는 그저 잠깐 어울려 주며 금철휘의 콧대를 콱 눌러 줄 생각으로 허락했다. 하지만 그조차 금철휘가 노린 것이었다.

"그냥 하면 재미가 없으니 내기나 할까? 어때? 자신 없으면 그만두고."

호위무사가 한숨과 함께 고개를 저었다.

"후우. 하죠. 뭘 거시겠습니까?"

금철휘의 표정이 대번에 진지해졌다. 이제 완전히 낚였으니 지금부터는 굳이 장난을 칠 이유가 없었다. 호위무사는 갑자기 바뀐 분위기에 가슴이 철렁 내려앉았다. 하지만 크게 걱정하지는 않았다. 어쨌든 비수를 가지고 시합을 한다면 자신이 질 리가 없었다.

"내가 지면 얼마 전에 우연히 구한 비급을 주지."

호위무사가 피식 웃었다. 무공 비급이라니. 자신을 우습게 봐도 너무 우습게 봤다. 그는 살수 계통의 무공을 익혔다. 즉, 같은 계통의 무공이 아니라면 익힐 수가 없다. 새로운 무공을 익히기엔 나이가 너무 많았다. 또한 같은 계통에서는 더 이상 그가 원하는 무공은 있을 수가 없다. 그는 흑영문의 무공을 익혔으니까. 흑영문은 최고의 살수 문파였다. 당연히 그곳의 무공도 살수 계통에서는 최고였다.

금철휘는 품에서 비급 하나를 꺼냈다. 그리고 그것을 호위무사에게 넘겼다. 읽어보라는 뜻이었다. 호위무사는 예의상 그것을 받아 펼쳤다. 일단 받았으니 읽는 척이라도 해야만 한다. 하지만 그의 눈이 찢어질 정도로 커지는 데에는 그리 오랜 시간이 필요치 않았다.

딱 한 장을 읽었을 때, 금철휘가 비급을 낚아챘다. 어찌나 거기에 집중하고 있었는지 그것을 인지하지도 못했다. 그저 멍청한 표정으로 비급을 가져간 금철휘를 바라볼 뿐이었다.

"어때? 욕심이 좀 생겨?"

"그, 그, 그걸 대체 어디서 구하신 겁니까?"

"우연히."

"우연이라니요! 사영보(死影步)를 어떻게 우연히 구한단 말입니까!"

사영보는 십여 년 전 활동했던 전설적인 살수 사영의 독문 무공이었다. 그가 한 번 걸음을 걸으면 반드시 하나의 목숨이 사라진다고 해서 일보일살(一步一殺)로 불리는 살수였다.

사영이 사라진 건 마지막으로 받은 의뢰를 실패했기 때문인데 당시 목표가 천하제일인이었던 혈룡귀갑대주였다. 그 뒤로 더 이상 사영은 모습을 드러내지 않았다. 실제로 사영이 혈룡귀갑대주를 죽이려 시도했는지 아니면 그냥 의뢰를 포기하고 숨었는지는 알려져 있지 않다.

한데 그런 사영의 독문보법인 사영보가 나타난 것이다. 그것도 금철휘의 손에 말이다. 그러니 어찌 놀라지 않을 수 있겠는가. 아무리 흑영문이 대단하다 해도 사영에 비할 수는 없다. 만일 사영보를 익힐 수만 있다면 그는 단숨에 새로 태어날 수 있을 것이다.

호위무사의 눈에 욕망이 어렸다. 금철휘는 그것을 보며 씨익 웃었다. 이제야 목표를 완벽하게 낚아 올렸다.

"이제 내 조건을 말할 차례지?"

호위무사는 건성으로 고개를 끄덕였다. 생각은 이미 사영보에 가 있었다. 어차피 자신이 질 가능성은 눈곱만큼도 없었으니까.

"내가 이기면, 너 앞으로 내 근처에서 얼쩡대지 마."

호위무사는 대번에 정신이 번쩍 들었다. 찬물을 뒤집어쓴 것 같았다. 설마 그런 조건을 내걸 줄은 몰랐다. 그건 자신이 미숙하다는 뜻이었다. 금철휘가 신경을 쓰고 있다는 뜻이니까 말이다.

그건 안 된다고 말하려던 호위무사는 차마 입을 열지 못했다. 눈앞에서 사영보가 아른거렸다. 한 장밖에 못 읽었지만 진본이 확실했다. 그 안에 담긴 무리(武理)는 진짜 사영보가 아니라면 결코 나올 수 없는 것들이었다.

'내가 질 리가 없잖아. 대체 뭘 고민하는 거지?'

갑자기 그런 생각이 들었다. 하지만 확실히 짚고 넘어가는 것이 좋았다. 걸린 것이 워낙 크기 때문이다.

"비수를 표적에 꽂는 대결을 원하십니까?"

금철휘가 고개를 끄덕이며 바닥에 어지럽게 놓인 비수들을 가리켰다.

"저것 중에서 열 개를 골라 던지는 거야. 어때, 아주 간단하지?"

"하겠습니다."

호위무사가 먼저 비수들을 열 개 골라 집었다. 비수의 달인답게 그나마 가장 상태가 양호한 것들을 순식간에 골라냈다. 그것을 보며 금철휘가 나직이 혀를 찼다.

"쯧쯧, 초보자 상대로 너무 열 올리는 거 아냐?"

호위무사는 순간 얼굴이 벌게졌지만, 그래도 꿋꿋이 비수를 살폈다. 다른 것도 아닌 사영보가 걸렸는데 사정을 봐주고 말고 할 것이 어디 있겠는가.

"그런데 말이야, 그냥 던지면 대결이 너무 불공평하잖아. 안 그래?"

호위무사가 눈살을 찌푸렸다. 이제 와서 왜 딴소리를 한단 말인가. 그의 눈이 금철휘의 손에 들린 비급으로 향했다. 금철휘는 비급을 이리저리 흔들면서 말을 이었다.

"그러니까 난 표적만 맞추는 걸로 하고, 넌 벽에 비수를 자루만 남게 박아 넣는 걸로 하자고. 무슨 말인지 알겠지?"

금철휘는 그렇게 말하며 아칠에게 눈짓을 했다. 눈치 빠른 아칠은 냉큼 달려가 표적 옆 담장에 적당히 새로운 표적을 그렸다. 돌로 만들어진 담장이었기에 웬만한 실력으로는 비수를 꽂기도 쉽지 않을 것이다.

호위무사는 그것을 보며 피식 웃었다. 그리고 고개를 끄덕였다.

'내가 그렇게 우스워 보였나?'

마음만 먹으면 아예 자루도 보이지 않을 정도로 꽂을 수 있다. 아니, 담장을 완전히 뚫어 버릴 수도 있었다. 하지만 굳이 그러지 않기로 했다. 그저 표적의 한가운데 비수를 꽂은 후, 그 비수에 또 다른 비수를 꽂기로 결정했다. 아마 자신의 실력을 보고나면 식겁하리라. 호위무사는 그렇게 예상하고는 금철휘를 비웃었다.

금철휘는 호위무사가 자신을 비웃든 말든 신경 쓰지 않았다.

"일단 내가 먼저 던질 테니까 잘 보고 있으라고."

금철휘는 그렇게 말하며 비수 열 자루를 휙휙 던졌다. 신중하게 던지지도 않았다. 비수는 빠르게 날아가 표적에 탁탁 소리와 함께 꽂혔다. 놀랍게도 다섯 개가 표적 정중앙에 박혔고, 나머지도 중간에서 꽤 가까운 곳에 꽂혔다.

"어때? 이 정도면 나도 꽤 하지?"

금철휘가 의기양양하게 말하자, 호위무사가 고개를 끄덕였다. 확실히 예상외의 결과이긴 하다. 그의 예상으로는 열 개를 모두 표적에 제대로 꽂는 것도 쉽지 않을 것 같았으니 말이다.

'뭐, 그래도 결과는 이미 나온 거나 다름없지.'

호위무사는 비수를 휙 던졌다. 담장에 그려진 표적 한가운데 비수가 깊이 박혔다. 딱 자루만 남긴 상태였다.

"호오. 역시."

금철휘가 눈을 빛내며 고개를 끄덕였다. 그의 입가에 작은 미소가 매달렸다. 그리고 불행하게도 호위무사는 그 미소를 확인하지 못했다.

두 번째 비수가 날아갔다. 호위무사의 내력을 가득 싣고서. 표적에 박힌 비수를 밀어내려면 웬만한 힘으로는 안 된다. 여차하면 원래의 비수를 반으로 쪼개야 할 수도 있었다. 그렇기에 호위무사는 충분한 힘을 실었다.

휘익! 탁!

호위무사가 얼빠진 표정을 지었다. 말도 안 되는 일이 벌어진 것이다. 비수는 분명히 표적 안에 꽂혔다. 하지만 한가운데가 아니었다. 정중앙에 가깝기는 했지만 표시된 경계를 훌쩍 넘었다. 실패한 것이다.

"뭐야? 역시 내공을 실어서 던지는 게 쉽지 않은 모양이네?"

금철휘는 그저 살짝 놀란 듯이 말했다. 하지만 듣는 입장에서는 그렇게 받아들여지지 않았다. 꼭 비아냥거리는 것처럼 들렸다. 그래서 비수를 던지는 팔에 더욱 힘이 들어갔다.

세 번째 비수는 전혀 엉뚱한 곳에 박혔다. 표적 안에 들어가지도 못한 것이다. 호위무사는 믿을 수 없었지만 일단 실수를 인정했다. 너무 흥분했다. 자신답지 않게 말이다.

'정말 거슬리는군. 보통이 아니야.'

처음부터 의도적으로 신경을 건드렸다. 그래서 진짜 제 실력을 발휘하지 못했다. 자객질을 그만둔 지 꽤 오래되긴 했지만 그래도 이렇게 평정이 흔들렸다는 건, 절대 있어선 안 되는 일이었다.

"후욱."

호위무사는 단 한 번의 호흡으로 대번에 마음을 안정시켰다. 그의 능력에 금철휘도 눈을 빛냈다. 평정을 되찾는 실력 하나만큼은 발군이었다. 물론 다른 것들은 모두 미숙하기 그지없었지만 말이다.

네 번째 비수가 날아갔다. 이번에는 정중앙 표적에 들어가긴 했는데, 너무나 아슬아슬했다. 경계에 딱 걸친 것이다. 금철휘의 한마디가 즉시 따라붙었다.

"호오. 운이 좋네?"

호위무사는 그 말에도 평정이 흔들리지 않았다. 그저 기분만 나빠졌을 뿐이다. 금철휘는 더 이상 흔들기가 소용없다는 걸 깨닫고 입을 다물었다. 이제부터는 천령신공에 좀 더 집중할 생각이었다.

호위무사는 쉬지 않고 연달아 비수를 날렸다. 만일 금철휘가 천령신공에 집중하지 않고 계속 말로 흔들기를 시도하고 있었다면 아마 거의 손을 쓰기 어려웠을 것이다. 그 정도로 빠르게 비수를 날렸다. 마치 여섯 개의 비수를 동시에 던진 듯했다.

그리고 결과는 처참했다. 그 여섯 비수가 모두 표적을 벗어난 것이다. 마치 비수로 원을 그리듯 표적의 경계를 살짝 넘어 탁탁탁 꽂혔다.

호위무사는 멍한 표정으로 그 광경을 바라봤다. 어찌 저리도 절묘하게 비수가 꽂힐 수 있단 말인가.

'내공을 담아 던졌는데도 이렇게 심하게 빗나갔다고?'

다른 사람은 몰라도 그의 경우 오히려 내공을 실으면 비수를 훨씬 더 정확하게 던질 수 있다. 그런데도 이렇게 어이없이 몽땅 빗나간 것이다. 모든 비수를 던질 때 손에 정확하게 꽂힐 거라는 느낌이 왔는데도 이런 결과가 나왔기에 더욱 실망스러웠다.

'내 감각이 무뎌진 건가? 아니면 내게 무슨 문제라도 있는 건가?'

그렇게 점점 심각한 생각을 이어가고 있을 때, 금철휘가 씨익 웃으며 다가왔다. 뒤뚱거리는 걸음이 오늘따라 그렇게 미워 보일 수가 없었다.

"자아, 결국 내기에는 내가 이겼네?"

금철휘가 호위무사를 빤히 바라보자, 결국 그도 고개를 끄덕일 수밖에 없었다.

"인정합니다. 앞으로 공자님께 손을 떼겠습니다."

그는 이 사실을 금룡장주에게 어떻게 보고해야 할지 막막했다. 금철휘 몰래 감시할까 하는 생각도 잠깐 들었지만 그렇게 하고 싶지는 않았다.

그리고 그런 먹잇감을 금철휘는 기분 좋게 낚아챘다. 마치 매가 병아리를 콱 잡듯이 말이다.

"어차피 일자리를 잃었으니까 다시 일을 구해야 하지 않겠어?"

금철휘의 말에 호위무사가 인상을 찌푸렸다. 자신을 우습게 봐도 정도가 있지, 이게 무슨 짓이란 말인가. 하지만 이어지는 금철휘의 말과 행동에 그도 결국 입을 꾹 다물고 고민할 수밖에 없었다.

"참고로 난 네가 원래 얼마를 받았든 그런 건 관심 없어. 앞으로 한 달에 금 열 냥을 주지. 그리고 계약금으로 이걸 주겠어. 어때? 슬슬 구미가 좀 당겨?"

금철휘는 그렇게 말하며 사영보가 담긴 비급을 호위무사의 눈앞에서 흔들었다. 그의 눈빛이 급격히 흔들렸다. 딱 한 장을 봤는데도 뭔가 깨달음들이 줄지어 달려들기 일보 직전이었다. 만일 한 장만 더 읽는다면 순식간에 지금보다 몇 단계는 위로 올라갈 수 있을 것이다.

'사영보다. 사영보. 대체 뭘 망설이느냐.'

그가 망설이는 이유는 딱 하나, 금일청이었다. 금일청 밑에서 일하는 건 비단 돈 때문만은 아니었다. 물론 돈도 충분히 받고 있지만 그보다는 금일청이 그에게 준 신뢰, 그리고 예전 그의 목숨을 구해준 인연과 은혜 때문이었다.

한데 그런 금일청을 냉큼 배신하고 금철휘에게 붙을 수는 없지 않은가. 아무리 사영보가 탐난다 해도 말이다.

"뭘 그렇게 망설여? 천하의 무영객이 너무 소심한 거 아냐?"

그 말에 호위무사, 무영객의 표정이 대번에 변했다. 자신의 정체는 아무도 모른다. 심지어는 금일청조차 모른다. 한데 금철휘가 그것을 어찌 안단 말인가.

"그걸 어떻게 안 겁니까?"

무영객의 표정이 심상치 않았지만 금철휘는 전혀 개의치 않았다. 사실 그 역시 자신이 어떻게 그 사실을 알고 있는지 알 수 없었다. 그저 갑자기 머릿속에 떠올랐다.

'아! 그럼 이 뚱땡이 자식이!'

그제야 그것이 몸의 주인인 금철휘가 가지고 있던 기억이라는 것을 깨달았다. 금철휘는 고개를 갸웃거렸다. 금철휘의 기억은 거의 남아 있지 않았다. 한데 왜 갑자기 이렇게 불쑥 떠오른단 말인가.

무영객에 대해서 생각하니 그에 관한 기억들이 술술 떠올랐다. 물론 많지는 않았다. 그저 그의 과거 행적과 정체에 관한 몇 가지가 전부였다. 금철휘는 왜 갑자기 이런 일이 벌어졌는지 생각했다. 답은 간단했다.

'천령신공.'

천령신공의 작용으로 뇌가 활성화되며 잊었던 기억들이 조금씩 복구된 것이다. 물론 양이 많지는 않을 것이고, 생전에 강렬했던 기억들만 남을 것이다. 무영객과 연관된 다른 기억들도 연쇄적으로 떠올랐다. 아무래도 무영객이 일종의 촉매 역할을 한 모양이었다.

"지금 중요한 건 이거 아닌가?"

금철휘가 다시 비급을 들어 무영객의 눈앞에 들이밀었다. 무영객의 눈에 갈등이 어렸다. 하지만 그는 결국 포기 쪽으로 결정을 내렸다. 아무리 그래도 신의를 포기할 수는 없었다.

"아, 그리고 보니 아버지께 먼저 말씀을 드려야겠군. 어쨌든 아버지의 사람을 빼 오는 건데, 함부로 하면 예의가 아니지."

무영객의 모든 고민이 일거에 해소되었다. 그렇게만 해준다면, 그래서 진짜 허락을 받아 내기만 한다면 모든 걱정이 사라진다. 그리고 어차피 금철휘를 위해 일을 한다면 금일청의 명을 듣는 거나 다름없지 않은가.

"그, 그렇게 해주시겠습니까?"

금철휘의 눈에 이채가 어렸다. 설마 무영객이 금일청 때문에 고민하고 있을 줄은 몰랐다. 금철휘가 계속 말을 덧붙인 이유는 무영객이 사영보를 포기할 것 같았기 때문이다.

'이거 생각보다 믿을 만한데?'

이 정도라면 뭐든 믿고 맡길 수 있을 듯했다. 물론 그 전에 아버지인 금일청을 만나 남은 한 가지 문제를 해결해야 하지만 말이다.

*   *   *

그날 밤, 금일청은 한편으로는 서운하면서도 다른 한편으로는 너무나 가슴 벅찬, 말로 형언할 수 없는 기묘한 표정으로 술잔을 기울였다. 그런 금일청 앞에는 무영객이 마주앉아 있었다. 그 역시 술을 마시고 있었다.

"그 녀석이 자네를 달라고 할 줄은 몰랐군. 정말 놀랐네."

"저도 놀랐습니다."

"난 자네가 그것을 원한다는 사실이 더 놀랍네. 대체 그 녀석이 어떻게 구워삶은 건가?"

무영객은 잠시 망설였다. 하지만 결국 고개를 끄덕였다. 자신에게 사영보가 있다는 걸 아는 사람은 금철휘와 아칠뿐이다. 하지만 금철휘는 몰라도 아칠의 입을 믿을 수가 없었다. 아마 모르긴 해도 조만간 자신에게 사영보가 있다는 사실이 암암리에 떠돌 것이다. 최소한 금일청은 알게 될 것이다.

'공자님이 조금만 더 조심해주셨으면 좋았을 텐데.'

무영객은 아쉬운 표정으로 입을 열었다.

"이걸 받았습니다."

무영객이 품에서 꺼낸 책자를 힐끗 쳐다본 금일청이 의아한 표정을 지었다.

"제목도 없는 책자라. 무슨 무공비급이라도 되는 건가?"

"예. 사영보입니다."

"사영보?"

금일청은 고개를 갸웃거렸다. 예전 사영이라는 전설적인 살수가 있었다는 건 알지만, 그가 익힌 무공 중 하나가 사영보라는 걸 알 수는 없었다. 금일청은 상인이지 무인이 아니다.

"제 모든 걸 바쳐서라도 한 번 도전해볼 가치가 있는 무공입니다."

"호오. 철휘가 정말 대단한 걸 가지고 있었군."

금일청은 그 말을 끝으로 더 이상 관심을 가지지 않았다. 물론 궁금하긴 했다. 무공비급은 아무리 돈이 많다 하더라도 쉽게 구할 수 있는 것이 아니었다. 한데 그냥 무공비급도 아니고 무영객이 모든 것을 걸 정도로 여기는 대단한 무공비급을 금철휘가 어떻게 구했는지 너무나 궁금했다.

하지만 거기까지였다. 금일청은 자신이 어디까지 관여하고, 어디서 선을 그어야 하는지 명확히 아는 사람이었다.

"아무튼 앞으로도 잘 부탁하네. 그 녀석, 머리만 좋았지 아직 경험이 한참 부족해. 자네 같이 경험 많은 사람의 조언이 반드시 필요하다네."

무영객은 그 말에 알겠다고 대답하긴 했지만 속으로는 한숨을 쉬었다. 금일청은 금철휘를 잘 모른다. 무영객이 보기에 금철휘는 결코 경험이 모자란 애송이가 아니었다. 오히려 산전수전 다 겪은 노강호의 모습이 언뜻언뜻 비칠 정도였다.

'그렇게 생각하니 정말로 그렇군. 대체……'

무영객은 새삼 금철휘의 정체가 궁금해졌다. 금룡장의 소장주라는 허울 좋은 신분 말고 진짜 그가 감추고 있는 것이 무엇인지 말이다.

'함께하다 보면 결국은 알게 되겠지.'

무영객의 눈에 결연한 의지가 떠올랐다. 어쨌든 금철휘를 위해 일을 하게 된 이상, 결코 등을 돌리지 않을 것이다. 계속 신의를 쌓아가다 보면 결국 모든 것을 알게 되지 않겠는가. 지극히 자연스럽게 말이다.

그렇게 상념과 상념이 부딪치며 한밤중의 술자리가 점점 깊어졌다.

제11장
금향각

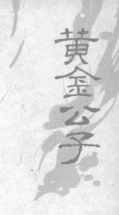

"토룡들?"

금철휘는 아칠의 말에 눈살을 살짝 찌푸렸다.

"그 떨거지들이 또 왔어?"

"예. 왠지 초조한 기색이던데요?"

"초조해?"

금철휘는 고개를 갸웃거렸다. 그들이 초조할 이유가 어디 있겠는가. 집안 잘 만나서 어릴 때부터 호의호식해온 놈들이다. 게다가 어려운 일이라고는 한 번도 겪어 보지 못한 애송이들이었다.

짐작이 아예 안 가는 건 아니었다. 아마 추영우에 대한 일이리라. 추영우를 고치기 위해 만혈괴의가 추가장에 왔다는 소식은 이미 들어 알고 있었다. 그와 관계된 어떤 일이 있으리라.

"만혈괴의라…… 한번 만나보고 싶기는 했지."

전생에는 만혈괴의를 만날 일이 전혀 없었다. 아니, 의원을 만날 일 자체가 없었다. 혈룡귀갑대는 모든 치료를 자체적으로 알아서 해결했다. 당연히 그럴 수밖에 없었다. 천하가 그들을 쫓아다녔으니 말이다. 그래서 혈룡귀갑대원들은 대체적으로 의술에 밝았다. 물론 대부분 전투와 관계되어 얻은 상처에 국한되지만 말이다.

"지금 어디 있느냐?"

"어디긴 어디겠습니까. 접객당에서 다과를 축내고 있습죠."

"그래? 그놈들한테는 물 한 잔도 아까운데. 얼른 가자. 쯧."

금철휘가 벌떡 일어나 휘적휘적 걸어가자, 아칠이 고개를 몇 번 젓고는 따라갔다.

"휘유. 요즘은 점점 더 종잡을 수가 없으니, 원……."

접객당에 들어서자, 네 명의 사내와 두 명의 여인이 눈을 반짝이며 금철휘를 바라봤다. 물론 자리에서 일어나거나 반가이 맞아주지는 않았다. 그들에게 금철휘는 아직까지 고작 그 정도 관계에 불과했다. 다만 표백영만이 웃으며 손을 흔들어주었을 뿐이다.

"술이나 한잔했으면 하는데, 괜찮은가?"

말은 괜찮으냐고 물으면서 당연히 함께할 것이라 여기고 있다는 것이 말투에 고스란히 묻어났다. 금철휘는 굳이 거절할 생각이 없었기에 고개를 끄덕였다.

"술은 네가 사는 거지?"

"하하. 이거 천하제일의 갑부가 필부의 돈을 뜯어먹는구만. 좋네. 내가 거하게 사지."

표백영은 짐짓 호탕한 척 말했지만 금철휘는 그의 목소리에 담긴 감정을 고스란히 읽어낼 수 있었다.

'이놈들 뭔가 나한테 원하는 게 있군.'

금철휘의 입가가 슥 올라갔다. 원하는 게 무엇이든 쉽게 줄 생각은 없었다. 뼛속까지 우려먹을 거라 다짐하며 아칠에게 말했다.

"아칠, 안내해라."

"예. 공자님."

아칠의 입가가 히죽 올라갔다. 그의 머릿속에서 항주에 있는 모든 기루와 주루가 일목요연하게 정리되었다. 오늘은 여자들도 있으니 기루는 곤란했고, 주루 중에 골라야 하는데, 그 중 가장 훌륭하고 비싼 주루를 찾아내는 데에는 촌각이면 충분했다.

"모시겠습니다. 가시죠."

아칠이 자신만만하게 말하며 앞장섰다. 금철휘는 만족스

럽게 고개를 끄덕이며 그 뒤를 따랐다. 그리고 항주오룡과 쌍화가 찜찜한 표정으로 자리에서 일어났다. 왠지 금철휘가 자신들을 주도하는 것 같아 기분이 좋지 않았다.

그래도 주루에서는 다들 즐겁게 먹고 마셨다. 술을 사겠다고 한 표백영의 표정이 조금 안 좋은 걸 빼고는 말이다. 이곳 향화루는 아무나 쉽게 올 수 있는 곳이 아니었다. 표백영이 아무리 풍운보의 소보주라고 하지만 하룻밤 술값으로 금 수십 냥을 쓸 수 있을 정도는 아니었다. 하지만 향화루에서 기분 좋게 마시려면 그 정도는 필요했다.

"왜 그렇게 우거지상이야? 자, 일단 마셔."

금철휘가 표백영의 술잔에 술을 가득 따랐다. 그리고 아칠을 시켜 새로운 요리를 주문시켰다. 표백영의 표정이 한 단계 더 굳었다.

금철휘는 덩치답게 어마어마하게 먹어댔다. 마치 안 먹으면 죽기라도 하는 것처럼 요리가 나오기 무섭게 접시를 비워댔다. 그러니 자연스럽게 다른 사람들도 경쟁적으로 먹게 되었다.

'오늘 출혈이 아주 크군.'

이렇게 큰 손해를 보는데 아무런 성과가 없다면 그 또한 미칠 노릇이다. 표백영은 적당히 분위기를 살피며 목적을 꺼냈다.

"한데 요즘 자네를 중심으로 묘한 소문이 하나 돌고 있는데, 혹시 알고 있나?"

"응? 소문? 뭔데?"

금철휘는 마치 뭐든 대답해 줄 것처럼 말했다. 표백영은 그래도 돈을 쓴 보람이 있다고 생각하며 말을 이었다.

"백검화와 자네가 혼례를 올린다는 소문 말이네."

"그래? 그런 소문이 돌고 있었나?"

금철휘는 고개를 한 번 갸웃하고는 술잔을 비웠다. 그리고 새로 놓인 요리를 게걸스럽게 먹어치웠다. 표백영은 금철휘가 답해주기만을 기다렸다. 하지만 금철휘는 접시를 비우고 새로운 요리 몇 개를 주문하고는 다시 술을 마셨다.

점점 표백영의 인내심이 바닥으로 치달렸다. 대체 이 돼지는 뭘 이렇게 많이 처먹는단 말인가. 지금까지 나온 술과 요리만 대충 계산해도 금 열 냥이 훌쩍 넘는다. 시켜도 꼭 비싼 요리만 시키고, 술도 가장 귀한 걸로만 시키니 표백영의 입장에서는 정말 미치고 팔짝 뛸 지경이었다.

사실 그들은 예전 금철휘를 뜯어먹을 때 이런 짓을 종종 벌였다. 금철휘가 한 달에 쓰는 돈의 절반 이상이 이들을 위해 나갔으니 이런 일 한 번 겪는다고 욕을 할 입장은 아니었다. 하지만 자신이 그 짓을 하는 것과 겪는 것은 천지 차이다. 예전에 한 짓은 이미 기억에 없었고, 금철휘가 자신에게 하는 패악만 속속 뇌리에 저장되어갔다.

"대답 안 해줄 건가?"

표백영의 목소리가 가라앉았다. 스산한 기운이 감도는 것이 적지 않게 화가 났다는 뜻이었다. 나머지 친구들이 그걸 감지하고는 입을 다물었다. 순식간에 분위기가 싸해졌다.

"뭐야? 분위기 잡치게."

금철휘의 투덜거림에 표백영이 얼른 정신을 차렸다. 지금은 이럴 때가 아니었다. 일단 원하는 것을 알아내기 전까지는 최대한 자신을 억눌러야만 했다.

'나중에 두고 보자. 이 개자식.'

표백영은 억지로 미소를 지었다.

"미안하게 됐네. 너무 궁금해서 말이야. 한데 정말 말해주지 않을 건가?"

금철휘는 그 와중에도 아칠을 시켜 새로운 술과 요리를 주문했다. 표백영이 그걸 보며 빠득 이를 갈았지만 그래도 끝까지 참아냈다.

"그게 왜 궁금한데?"

"백검화라면 천하에서도 손꼽히는 고수 아닌가. 그런 고수가 항주에 왔다면 응당 관심을 가지는 것이 당연하지. 어쩌면 항주의 판도가 바뀔 수도 있는 일인데."

"흐음, 그 정도로 대단한가?"

금철휘가 턱을 긁적이며 그렇게 중얼거렸다. 사실 백검화가 상당한 고수이긴 하지만 금철휘의 눈에는 거의 들어오지 않았다. 금철휘가 전생에 상대했던 고수들 중에는 백검화보다 약했던 사람은 단 한 명도 없었다.

'세상 돌아가는 것도 좀 알아둬야겠군. 정보가 필요해.'

금철휘가 그렇게 생각한 순간, 그에 관한 기억들이 쑥쑥 솟아났다. 금철휘는 속으로 감탄하지 않을 수 없었다. 이 똥 땡이는 막판에 지랄한 것만 빼면 정말로 천재 중의 천재였다.

"백검화가 금룡장에 있는 건 맞아."

금철휘의 말에 좌중이 한 차례 술렁였다. 설마 했던 일이 진실로 밝혀지자, 다들 당황스러웠다. 백검화 정도 되는 고수가 금룡장에 몸을 의탁했다면 향후 금룡장을 견제하기가 더욱 어려워진다.

"설마…… 소문대로 백검화를 부인으로 맞아들인 건가?"

금철휘가 씨익 웃었다.

"글쎄. 과연 어떨까."

금철휘는 그렇게 말하며 또 술과 요리를 주문했다. 표백영의 입이 쩍 벌어졌다. 이번에 시킨 양이 좀 많았다. 지금까지 시킨 걸 모두 합한 만큼 더 주문한 것이다.

그런 표백영이 안타까워 보였는지 문아영과 소연희가 넌지시 자신들도 보태겠다고 말했다. 그리고 나머지 항주오룡도 그러겠노라고 말했다. 한 시진이 지난 후, 다들 그 결정을 후회했지만 말이다.

*   *   *

"내 다시 향화루에 오면 사람이 아니다."

항주오룡 중 불같은 성격을 가진 장무룡이 이를 갈며 말했다. 금철휘가 오늘 먹고 마신 술과 요리는 그야말로 엄청났다. 한 사람이 그렇게 많은 음식을 먹을 수 있다는 사실을 그들은 오늘 처음 알았다.

"그러니 돼지처럼 살이 뒤룩뒤룩 찌지 않았겠어요?"

문아영도 씩씩대며 그렇게 말했다. 표백영이 가장 많은 돈을 내긴 했지만 어쨌든 그들이 가진 모든 돈을 꺼내도 그날 먹은 음식값을 다 해결하지 못해 외상으로 남겨야 했다.

"그 자식은 누가 장사꾼 자식 아니랄까 봐 그 자리에서……."

기천웅과 오운도 씩씩거리긴 마찬가지였다. 아니, 그들은 너무나 황당했다. 모자란 돈은 무려 금 마흔 냥이었다. 그들이 가진 돈을 몽땅 합해봐야 금 스무 냥이 채 안 되었으니 돈이 모자란 건 당연했다. 하지만 그렇게 많은 액수가 나올 줄은 몰랐다.

그 모자란 돈은 금철휘가 흔쾌히 냈다. 하지만 그냥 낸 것이 아니었다. 금철휘는 그들에게 그 돈을 빌려주는 대가로 차용증을 썼다. 이자까지 받아먹을 셈이었다.

"무슨 놈의 이자가 오 할이나 되느냐고!"

그것도 한 달이 아니라 하루에 오 할이다. 폭리도 이런 폭리가 없었다. 하지만 그들은 금철휘의 한마디 말에 차용증을 쓰고 말았다.

'명문 무가의 소가주들이 주루에 외상이나 깔고 다니면 과연 체면이 설까?'

순간적인 객기일 수도 있었지만, 금철휘의 말에도 충분히 일리가 있었다. 그들은 향후 항주에서 큰 영향력을 행사하는 자리에 앉게 될 것이다. 그런 사람들이 고작 술값이 없다고 외상을 깔고 다닐 수는 없었다.

"내일 당장 갚아 버리면 돼."

차용증 날짜가 내일로 되어 있기에 내일 당장 갚으면 마흔 냥만 갚으면 된다. 그런데도 다들 이렇게 투덜거리는 것은 어쨌든 상당한 돈을 지출했기 때문이다.

그래도 어느 정도 성과가 있었기에 화를 참을 수 있었다. 백검화에 대한 정보를 꽤 많이 얻을 수 있었으니까 말이다.

"그런데 좀 이상하지 않아요?"

지금까지 조용히 있던 소연희가 입을 열자, 다들 그녀를 주목했다. 소연희는 일행의 시선이 모인 걸 확인하고 말을 이었다.

"대체 왜 백검화에 대해서 그렇게까지 숨기려는 걸까요?"

"숨기다니? 금룡장에 있다는 사실을 확인했잖소."

"그게 전부잖아요. 백검화가 어떤 사람이냐는 물음에도 그저 웃기만 하고, 또 부인으로 맞을 거냐는 말에도 그저 웃기만 하고. 우리가 들은 건 백검화가 금룡장에 있다는 사실 하나뿐이에요."

확실히 듣고 보니 그랬다. 하지만 대체 왜 그런지는 아무리 생각해도 알 수 없었다. 오랫동안 봐 왔던 금철휘의 성격을 보면 충분히 자랑할 만한데 말이다.

"어쨌든 우리는 충분히 목표한 바를 이뤘소. 일단 추가장으로 가서 만혈괴의부터 만납시다. 내가 보기에 그가 백검화를 찾는 이유도 왠지 심상치 않은 것 같으니까."

표백영의 눈이 번득였다. 어쩌면 이번 일은 금룡장에 타격을 줄 수도 있었다. 백검화나 만혈괴의나 내로라하는 무림의 고수들이다. 그들이 만일 싸우기라도 한다면 그 사이에서 금룡장이 받을 타격은 결코 만만치 않을 것이다.

'그런 손해들이 계속 쌓이다 보면 거성이 무너지는 법이지.'

표백영의 눈이 야망으로 활활 타올랐다. 그리고 그것은 나머지 일행 역시 마찬가지였다. 그들 모두 가문을 항주제일로 만들고자 하는 욕망은 누구에게도 뒤지지 않았다. 돈으로만 따지면 항주제일은 곧 천하제일이다. 금룡장이 그러하듯이.

* * *

금철휘는 향화루의 꼭대기 층에서 멀어져가는 항주오룡과 쌍화를 지켜봤다. 그리고 아칠은 사방을 두리번거리며 금철휘의 눈치를 힐끗힐끗 살폈다.

"저…… 공자님."

아칠은 금철휘의 눈치를 다시 살피고 주위를 둘러보며 물었다.

"대체 여기는 뭡니까? 왜 향화루에 이런 곳이 있는 겁니까? 그리고 저도 몰랐던 곳을 공자님은 대체 어떻게……."

아칠은 금철휘가 갑자기 돌아서서 자신을 똑바로 쳐다보는 바람에 말을 이을 수 없었다. 그저 침을 꿀꺽 삼키고는 금철휘를 바라보기만 했다.

"아무래도 이상해."

"예? 뭐가 말입니까?"

"저놈들. 왜 백검화에 그렇게 관심이 많지?"

"헤헤. 그거야 소문이 파다하게 났으니 그런 거 아닙니까. 게다가 백검화의 미모가 워낙 대단해야 말이지요. 뭐, 나이는 좀 있지만."

금철휘가 고개를 저었다.

"아니야. 그런 게 아니었어. 저놈들 뭔가 다른 꿍꿍이가 있어."

"헤헤, 그걸 공자님이 어찌 아십니까?"

금철휘는 말문이 막혔다. 어찌 아냐고? 그냥 안다. 전생의 금철휘였다면 몰랐을 수도 있다. 또 이 몸뚱이의 주인인 금철휘도 몰랐을 수 있다. 하지만 둘이 합해지며 묘한 상승작용을 일으켰다.

"어쨌든 알아봐야겠어. 일단 여기부터 해결을 하고."

"예? 뭘 해결한단 말씀이십니까?"

"향화루가 누구 건지 아느냐?"

"헤헤, 그걸 제가 어찌 압니까? 항주에서 손가락에 꼽히는 신비인 아닙니까. 향화루주의 정체를 알고자 사해방에서도 움직였다는 소문이 있을 정도인데 그걸 제가 알면 여기서 이러고 있겠습니까? 벌써 돗자리 깔았죠, 헤헤헤."

금철휘가 그런 아칠을 보며 씨익 웃었다. 그리고 엄지손가락으로 자신을 가리켰다.

아칠은 그 의미를 이해하지 못해 멀뚱멀뚱 쳐다보다가 이내 경악하며 괴성을 질렀다.

"으에엑!"

아칠은 믿을 수 없다는 듯 말을 더듬었다.

"마, 마, 마, 마, 말도 안 돼! 향화루주가 공자님이라고요!"

아칠의 반응은 당연했다. 그는 항상 금철휘와 함께 있었다. 한데 금철휘가 대체 언제 향화루 같은 엄청난 주루를 세웠단 말인가. 그건 거의 불가능했다.

"대체 언제 이런 걸 세우신 겁니까! 아니! 그보다 설마 절 그냥 놀리시는 건 아니시죠?"

"내가 널 놀려서 뭐하냐? 어차피 조만간 피눈물을 흘릴 텐데."

"예? 그게 무슨 말씀이십니까? 제가 피눈물을 흘린다니요?"

"알면서 뭘 물어?"

"공자님, 진짜 끈질기십니다. 그러니까 그 칠성검법 제가 익힌다고 하지 않았습니까. 수련한다고요!"

"이미 늦었다니까 그러네."

아칠은 고개를 절레절레 저었다. 하지만 금철휘의 입가에 머문 미소를 보면 조금 꺼림칙하긴 했다. 그래도 칠성검법이 삼류 이하의 무공임은 달라지지 않는다.

"한데 향화루는 대체 언제……."

아칠은 그렇게 물으며 향화루에 대해 기억을 더듬었다. 향화루는 생각보다 오래된 곳이다. 물론 다른 유명한 주루나 기루에 비하면 새로 생긴 거나 다름없지만, 아무리 그래도 금철휘의 나이를 고려하면 뭔가 맞지 않는다.

"향화루가 생긴 지 한 십 년 됐지?"

"예. 그쯤 되었습죠."

아칠이 떨떠름한 표정으로 고개를 주억거렸다. 만일 정말로 금철휘가 향화루를 만들었다면 고작 열한 살에 그 일을 했다는 뜻이다. 그것도 정체가 전혀 드러나지 않게 말이다.

'하긴, 그때만 해도 우리 공자님이 이러지 않으셨지.'

예전의 금철휘는 지나칠 정도로 똑똑한 천재였다. 그러니 이런 일을 해도 하나 이상할 게 없다.

"아니, 그럼 대체 그동안 왜 향화루에 꼬박꼬박 돈을 내셨습니까? 주인이면 그냥 공짜로 먹고 마셔도 될 텐데."

"그런 게 있느니라. 그나저나 슬슬 올 때가 되었는데 왜 안 오는 거야?"

"예? 누가 또 올 사람이 있습니까?"

금철휘는 대답하는 대신 눈을 빛냈다. 이곳으로 다가오는 인기척이 느껴졌다. 천령신공의 감각은 거의 절대적이었다. 만일 천령신공이 예측하지 못할 정도의 고수, 그러니까 백검화를 넘어서는 고수가 다가온다 해도 충분히 알아차릴 수 있다. 아무리 기를 감추더라도 그 위화감을 결코 감출 수 없는 법이다. 지금 다가오는 사람들이 그러했다.

'이거 상당한 고수로군.'

게다가 한두 명이 아니다. 무려 여섯 명이나 된다. 그것도 모두 여인들이다. 이내 문이 열리고 그 여인들이 들어왔다. 한가운데 있는 아름다운 여인 하나를 호위하듯 다섯 명의 여인들이 둘러싸고 있었다.

"이제 와서 이러시는 이유가 뭐죠?"

들어오자마자 다짜고짜 꺼낸 말이 그거였다. 아칠은 당황해서 금철휘와 방금 말한 여인을 번갈아 쳐다봤다. 그리고 분위기가 심상치 않자 슬그머니 뒤로 물러났다.

"고, 공자님. 정말로 주인 맞습니까?"

아칠은 금철휘에게만 말한다고 귓속말을 했지만 고수들의 입장에서는 코앞에서 소리치는 것과 다를 바 없었다.

"웃기지 마! 누가 인정한다고 그래!"

여인의 앙칼진 외침에 아칠이 어색하게 웃으며 뒤로 주춤 물러났다. 그리고 최대한 금철휘에게서 멀어졌다. 이럴 때 근처에 있으면 불벼락을 함께 맞을 확률이 높다. 금철휘가 그런 아칠을 슬쩍 쳐다보자, 켕기는 게 있었는지 헤헤 웃었다.

"헤헤. 일단 제가 살아야 나중에 공자님을 업고 달리기라도 할 거 아닙니까."

아칠의 넉살에 금철휘는 그저 피식 웃고는 다시 여인들에게로 시선을 돌렸다. 한가운데에 있는 여인이 앞으로 한 걸음 나섰다. 위험성이 전혀 없다고 판단한 것이다. 호위들도 마찬가지로 판단했다. 그녀들이 보기에 금철휘는 무공이라고는 전혀 익히지 않은 돼지일 뿐이었다.

"향화루를 이렇게 키워낸 건 나야."

"하지만 지분은 내가 가지고 있지."

"흥, 허울뿐인 지분? 그깟 종이 쪼가리 뺏어서 태워 버리면 돼."

금철휘가 빙긋 웃었다.

"날강도가 따로 없군."

"날강도는 너야! 이제 와서 이게 무슨 짓이야! 도의도 몰라?"

"도의? 넌 뒤통수를 치는 게 도의라고 생각하나 보지?"

금철휘의 말에 여인의 눈에 살기가 돌았다.

"그러니까 뒤통수 한 대 맞고 찌그러져 있었으면 좋잖아. 이렇게 다시 들쑤시면 그 뒤통수가 남아날 거 같아?"

금철휘가 크게 고개를 끄덕였다.

"부인하지 않는 걸 보니 좀 안심이군."

여인의 안색이 살짝 굳었다. 그러자 금철휘가 여세를 몰아 말을 이었다.

"자, 우리 다시 차근차근 얘기해 보자고. 대체 내 뒤통수를 친 이유가 뭐야?"

여인이 결국 한숨을 내쉬었다.

"우리가 아니야."

"내분이라도 일어나서 둘로 갈라졌나 보지?"

여인의 눈이 휘둥그레졌다.

"그걸 대체 어떻게 알았지? 설마 또 운영하는 조직이 있는 거야? 아니, 그렇더라도 그걸 알아내는 건 불가능한데……."

금철휘가 어이없다는 듯 그녀를 쳐다봤다.

"너 금향각에서 일하는 거 맞아? 어떻게 떠보기에 당해?"

여인, 화예지는 그 말에 입을 꾹 다물었다. 그리고 분한 눈으로 금철휘를 노려봤다. 금철휘가 나타나서 흔들지 않았다면 그녀도 결코 이렇게 쉽게 넘어가지 않았을 것이다. 한데 애송이 취급을 받으니 화가 치밀었다.

"필요 없으니까 각주 불러와. 각주가 날 너무 우습게 본 모양인데? 뒤통수를 친 것도 모자라 직접 오지 않고 다른 사람을 보내다니 말이야."

금철휘의 말에 화예지의 안색이 더욱 굳었다. 그녀는 잠시 뜸을 들이다가 결국 입을 열었다.

"내가 각주야."

"뭐? 누구 맘대로? 각주를 임명한 건 나야. 내가 그것도 기억 못할 것 같아?"

금철휘는 그렇게 말하며 자신의 기억이 잘못된 건 아닌지 다시 한 번 되새겼다. 아니면 떠오른 기억이 제대로 정리가 안 된 건지 다시 한 번 확인했다. 하지만 아무리 확인해도 그건 아니었다.

"하아. 그러니까 원래 각주는 네 뒤통수를 치고 항주에서 발을 뺐어."

금철휘가 그럴 줄 알았다는 듯 고개를 끄덕였다. 어차피 다 예상했던 것들이다.

"남은 떨거지들을 네가 모아서 근근이 명맥만 유지했고?"

화예지가 발끈했다.

"떨거지라니! 이렇게 강한 떨거지 봤어? 다른 곳은 몰라도 항주에서만큼은 우리가 모르는 게 없어!"

"그래? 그럼 백검화에 대해서도 잘 알겠네?"

"당연하지! 주화입마에 빠져서 항주에 들어왔잖아! 지금은 금룡장에 있고."

"그게 전부야?"

금철휘의 얼굴에 떠오른 실망에 화예지가 설명을 덧붙였다.

"네 셋째 부인이 될 거라며. 주화입마도 고쳤고."

"주화입마를 고쳐? 누가?"

화예지는 입을 꾹 다물었다. 고쳤다는 건 알겠는데, 누가 어떻게 고쳤는지는 전혀 모른다. 금철휘가 고개를 젓자, 그녀는 또 발끈했다. 하지만 할 말이 없었다.

"뭐, 그래도 그 정도면 그럭저럭이네. 쓸 만하겠어."

"우리를 부리겠다고? 의뢰비가 만만치 않을 텐데?"

화예지가 거만한 표정으로 눈을 치켜떴다. 하지만 금철휘는 꿈쩍도 하지 않았다.

"내 걸 내가 쓰는데 의뢰비 걱정을 왜 해?"

"누가 네 거라고 했지? 엄연히 금향각은 내 거야."

"금향각에 들어간 모든 자금이 내 주머니에서 나왔는데? 그러니까 강도 짓을 하시겠다? 도망간 그 배신자처럼?"

"그딴 놈이랑 비교하지 마!"

전 금향각주였던 진추방은 당시 부각주였던 화예지의 아버지를 죽이고 금향각의 알맹이만 쏙 빼서 사라졌다. 남은 자들도 상당히 뛰어났지만 그때 진추방이 데려간 자들과 비교하면 태양 앞의 반딧불이었다.

"그 돈, 다 물어줄 테니까 금향각이고 향화루고 내게 싹 넘겨."

금철휘가 흔쾌히 고개를 끄덕였다.

"그럼 그렇게 해. 한데 물어줄 돈은 있고?"

"흥. 우리 향화루를 무시하지 마. 그쯤이야 충분히 감당할 수 있으니까."

화예지는 이렇게 깔끔하게 마무리할 수 있어서 다행이라고 생각했다. 사실 강짜를 '부리면 금철휘를 협박해서라도 일을 성사할 생각이었다.

'그래도 눈치가 아예 없는 놈은 아니네.'

당장 칼 앞에서 목숨을 걸 사람은 많지 않다. 화예지는 자신과 호위들이 은연중에 흘린 기세에 금철휘가 물러난 거라고 생각했다.

"처음 금향각을 만들 때 들어간 돈이 금 만 냥이었지? 향화루는 이천 냥이고. 만 이천 냥. 당장 준비해주지."

화예지의 말에 금철휘가 눈을 크게 떴다. 그녀는 그게 그녀의 현금 동원력에 놀란 거라 여겼다. 하지만 금철휘가 입을 여는 순간 그녀를 비롯한 호위들의 안색이 싸늘하게 굳었다.

"만 이천 냥? 이거 계산이 좀 이상하지 않아? 이러면 날강도랑 뭐가 달라?"

"뚫린 입이라고 말을 함부로 하지 마라!"

호위 하나가 나서서 금철휘의 목에 검을 들이댔다. 검 끝이 금철휘의 두툼한 목에 살짝 닿아 핏방울이 맺혔다.

"이거 치우지? 피 볼 생각 없으니까."

금철휘는 목에 닿은 검을 손가락으로 잡아 옆으로 치웠다.

"그 만 이천 냥이 들어간 시점이 무려 십 년 전이야. 한데 원금만 토해내시겠다? 너희가 생각해도 말이 안 되지?"

"흥, 누가 장사꾼 아니랄까 봐. 좋아. 이자까지 계산해주지. 삼만 냥을 내겠어. 어때? 몇 배나 남는 장사니까 너도 충분하지?"

금철휘가 어이없다는 듯 피식 웃었다.

"이거 왜 이러시나 선수들끼리. 최소 칠십만 냥은 주셔야지? 참고로 시간이 지나면 지날수록 금액이 더 늘어난다는 건 잊지 마셔."

"웃기지 마라! 이 도둑놈 같으니!"

"도둑놈이라니? 난 크게 생각해 준 건데? 원래 이자는 월 일 할을 받아야 하는데, 그걸 크게 감해서 년 오 할로 줄였는데도 이따위 소리나 들어야 하다니."

화예지가 죽일 듯 노려봤지만 금철휘는 안색 하나 변하지 않고 당당히 말했다.

"월 일 할 복리로 계산하면 일억 냥으로도 모자라. 그래서 년 오 할로 계산해서 칠십만 냥으로 했는데, 뭐 잘못된 거라도 있나?"

화예지가 고개를 돌려 호위 중 한 명을 쳐다봤다. 그녀의 호위이자 향화루의 재정을 맡고 있기에 가장 계산이 빠르고 정확한 여인이었다. 그녀가 굳은 표정으로 고개를 살짝 끄덕였다. 계산은 거의 정확하다는 뜻이다.

하지만 그걸 인정할 수는 없었다. 오 할이라니 그런 폭리가 어디 있단 말인가.

"인정할 수 없어."

아예 협박을 하기로 작정을 한 화예지가 그렇게 말하며 금철휘를 노려봤다. 금철휘는 그녀가 혹할 만한 얘기를 꺼냈다.

"그럼 내기로 결정하는 건 어때?"

"얼토당토않은 내기라면 그냥 네 목을 자르고 거절하겠다."

"일단 얘기나 들어보지그래?"

화예지가 금철휘를 노려보자 금철휘는 기다렸다는 듯이 씨익 웃으며 말했다.

"일단 내기 종목은 살빼기야. 어때? 흥미가 좀 생겨?"

"살? 네놈의 그 돼지 같은 살을 빼겠단 뜻이냐?"

금철휘가 고개를 끄덕이자 화예지가 코웃음을 쳤다. 살이 많으면 조금만 애써도 큰 무게를 뺄 수 있다. 그따위 어설픈 수작에 넘어갈 자신이 아니었다.

"일단 내 근수부터 재고 시작하는 게 어때?"

금철휘는 그렇게 말하며 아칠을 쳐다봤다. 아칠은 불안함을 감추지 못하면서 마지못해 움직였다. 아칠은 순식간에 저울을 대령했다. 그리고 금철휘의 몸무게를 쟀다.

"사, 사백 근이 조금 넘는뎁쇼."

아칠이 질렸다는 듯 금철휘를 바라봤다. 대체 뭘 어떻게 먹었기에 사백 근이 넘는단 말인가. 그 정도 무게를 가지고 움직이는 게 신기할 지경이다.

"흠, 뭐 적당하군."

적당하다는 금철휘의 말에 다들 어이없는 눈으로 노려봤다. 하지만 이어지는 말에는 경악을 담을 수밖에 없었다.

"백이십 근으로 하지."

"배, 백이십 근이나 빼시겠다는 말씀이십니까?"

아칠이 말까지 더듬으며 묻자, 금철휘가 그게 무슨 소리냐는 듯 쳐다봤다.

"뭔 소리야? 내 무게를 백이십 근으로 만들겠다는 뜻인데."

모두의 눈이 찢어질 듯 커졌다. 그럼 무려 이백팔십 근을 빼겠다는 뜻이다. 그건 누가 봐도 불가능했다.

금철휘는 그런 좌중을 둘러보며 거기에 한마디를 덧붙였다.

"기간은 열흘로 할까?"

싸한 한기가 방안을 한바탕 휩쓸고 지나갔다. 이건 무조건 금철휘가 지는 내기였다. 이런 내기를 제안한다는 건 금향각과 향화루를 넘겨줄 구실을 만드는 것에 불과했다.

"그럼 조건이 문제인데……, 일단 내가 지면 향화루와 금향각을 넘기는 건 물론이고, 향후 내가 금룡장에서 받을 유산의 절반을 내놓는 걸로 하지."

다들 입이 쩍 벌어졌다. 지나치게 파격적이다. 향화루와 금

향각이야 그렇다 치고 금룡장을 걸다니, 제정신으로 할 소리
는 절대 아니었다.

"그리고 내가 이기면, 널 시비로 쓰겠다. 어때? 그 말을 들
으니까 갑자기 하기 싫어져? 두려워?"

금철휘의 말에 화예지가 잠시 머뭇거렸다. 너무나 자신만
만한 태도가 불안했다. 뭔가 수를 감춰둔 듯했다. 하지만 이
걸 거절하면 그야말로 바보다.

"좋아. 해."

그녀의 호위 중 그걸 말리는 사람은 한 명도 없었다. 굴러
들어온 호박을 왜 발로 차버리겠는가. 다들 화예지의 승리를
확신했다. 단 한 명 금철휘를 제외하고는.

"예쁜 시비 하나 생기겠네. 참고로 난 시비를 거칠게 다루니
까 각오 단단히 하는 게 좋을 거야."

금철휘의 말에 화예지가 눈살을 찌푸렸다. 하지만 이내 피식
웃었다. 아무렴 어떠랴, 어차피 내기는 끝난 거나 다름없는데.

화예지는 금철휘를 보며 예쁘게 웃어 주었고, 금철휘는 그
것을 보며 의미심장한 미소를 지었다. 그렇게 희대의 내기가
성립되었다.

〈다음 권에 계속〉

『흑사자』, 『적포용왕』의 작가!
김운영 판타지 장편소설

김운영 판타지 장편소설
FANTASYSTORY & ADVENTURE

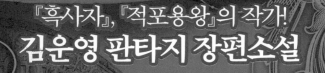

TALES OF DRAGOON

용기사전

이제 세상에는 4명의 용기사가 존재한다.
새롭게 탄생한 용기사는 레이어스 왕국의 레빈!!

dream
books
드림북스

정령왕

엘퀴네스

개정판

이환 판타지 장편소설

『숲의 종족 클로네』, 『은빛마계왕』의 작가,
이환 대표작 『정령왕 엘퀴네스』 완전 개정판!

어설픈 정령왕의 좌충우돌 모험기를 다시 만난다!

컬러 일러스트 · 네 칸 만화 · 캐릭터 프로필 & QnA
매권 미공개 외전 수록!

dream
books
드림북스

劍皇刀帝

임무성 신무협 장편소설
ORIENTAL FANTASYSTORY & ADVENTURE
검황도제

한국 장르 문학계의 신화가 된
황제의 검 작가 임무성
그의 손끝에서 열리는 무협의 새로운 지평!

「검황도제」

검과 도가 합일을 이루는 그날
피로 얼룩진 난세가 끝나고 천하에 드리워진 그림자가 걷혀
다시없는 광명의 시절이 도래하리라.

dream
books
드림북스

Noblesse

노블레스

손제호 장편소설

Son Je ho popular literature

극화 사상 최대 조회수를 자랑하는
네이버 화요웹툰 노블레스의 소설판!

손제호 장편소설 『노블레스』

사립 예란고교에 온 의문의 전학생.
그 정체는 820년 만에 깨어난 노블레스!

dream
books
드림북스